HEXE MIT LEIB UND SEELE

PREMONITION POINTE
BUCH FÜNF

DEANNA CHASE

Übersetzt von
HELENA TAMIS

ÜBER DIESES BUCH

Iris Hartsen glaubte, sie hätte endlich alles, was sie wollte. Sie hatte ihren Traumjob als Bürgermeisterin von Premonition Pointe und war mit einem attraktiven, charismatischen Mann verheiratet, der sie vergötterte. Doch als sie herausfand, dass ihr Mann mit einer Drogendealerin unter einer Decke steckte, war sie plötzlich Single und musste als Bürgermeisterin abtreten. Nun macht sie einen Neuanfang. Allerdings trifft ein Fluch Premonition Pointe, und der Tourismus ist am Ende, sodass aus dem Strandstädtchen eine Geisterstadt wird. Iris würde alles tun, um ihre geliebte Heimat zu retten, selbst wenn sie sich dazu an den neuen Mann in ihrem Leben wenden muss. Mit der Hilfe des örtlichen Zirkels und des fast schon zu perfekten Nachbarn zapft Iris bei ihrem Neuanfang eine Magie an, von der sie nichts ahnte, und kann vielleicht sogar wieder lernen, Vertrauen zu fassen.

KAPITEL EINS

„Spürt ihr die Magie über eure Haut prickeln?", fragte Iris Hartsen die vier Zirkelmitglieder, die mit ihr auf dem leeren Stadtplatz standen. Vor nicht mal einer Stunde war ein Fluch gewirkt worden, der Premonition Pointe zu einer Geisterstadt machte. Normalerweise hätte es in dem Strandstädtchen im Sommer von Touristen gewimmelt, aber die Läden waren leer, nachdem alle Gäste vorerst auf mysteriöse Weise verschwunden waren. Es war unheimlich.

Grace Valentine, die Immobilienmaklerin, schob sich eine kastanienrote Haarsträhne hinters Ohr und schüttelte den Kopf. „Nein. Ich spüre überhaupt nichts." Sie wandte sich an ihre Freundinnen. „Irgendwer von euch?"

Hope und Joy sagten beide Nein, doch Gigi nickte.

„Ich spüre ... etwas. Als wäre die Luft geladen, vielleicht?" Gigi, eine hübsche Blondine, fuhr sich mit der rechten Hand den linken Arm hinab und verzog das Gesicht. „Es ist irgendwie klebrig, wie feuchte Luft, nur ..." Sie rieb sich wieder über den Arm und fuhr zusammen. „Das war unangenehm."

„Es brennt ein bisschen", sagte Iris mit gerunzelter Stirn. „Ich frage mich, weshalb es nur uns beide betrifft."

„Es muss an der Magieart liegen", sagte Joy, die auf ihrem Handy scrollte. „Hier steht, wenn Kräuter die Hauptursache des Fluchs sind, dann betrifft es viel wahrscheinlicher Hexen, die Talente in Erdmagie haben."

„Du arbeitest mit Kräutern?", fragte Gigi Iris, in ihren Augen leuchtete Interesse. Gigi hatte eine neue Hautpflegemarke, die sie in einem Laden vor Ort verkaufte, und war inzwischen ziemlich bekannt für ihre Talente mit Pflanzen.

„Nein", sagte Iris, die den Kopf schüttelte. „Mache ich überhaupt nicht. Oder habe ich zumindest in der Vergangenheit nicht gemacht." Iris stammte aus einer langen Reihe mächtiger Hexen, aber sie selbst war nie sonderlich magisch gewesen. Ihre Mutter hatte ihre Macht vom Meer erhalten und war die Art Hexe gewesen, die Dinge wusste, bevor sie geschahen. Sie hatte auch Geisterführer gehabt, aber Iris hatte ihre Gaben nicht mitbekommen. Die einzige Fähigkeit, von der Iris dachte, dass sie sie besaß, war ein unheimlicher Geschäftssinn. Sie konnte mit fast sicherer Genauigkeit vorhersagen, ob ein Geschäft aufblühen würde oder nicht. Es war immer schade, wenn neue Geschäftsbesitzer in Premonition Pointe ihren Rat nicht annahmen. Obwohl sie jetzt niemand mehr zurate ziehen würde, da sie erst vor ein paar Tagen als Bürgermeisterin rausgeflogen war.

Gigi legte Iris sanft eine Hand auf den Arm. „Ich würde gern mit dir arbeiten, wenn du ein paar Tränke oder Kräutersäfte ausprobieren willst."

„Das ist sehr nett von dir", sagte Iris, die die andere Frau anlächelte, während ein leichtes Gewicht von ihrem Herzen fiel. Als langjährige Bürgermeisterin von Premonition Pointe hatte Iris festgestellt, dass sie zu beschäftigt war, um Freundschaften zu schließen oder zu pflegen. Es war eine der großen Unzulänglichkeiten in dem Leben, das sie sich geschaffen hatte. Aber wenn sie die Gelegenheit erhielt, würde sie nur zu gerne dieses Versäumnis nachholen, jetzt, da sie sehr viel mehr Freizeit vor sich haben würde. Und sie konnte sich keine bessere Gruppe Frauen vorstellen, als die vier, die mit ihr auf dem Stadtplatz standen.

„Danke, Gigi. Das Angebot würde ich gern irgendwann mal annehmen", sagte Iris mit einer Hand auf dem Herzen. „Aber gerade jetzt halte ich es für besser, rüber zum Büro des neuen Übergangsbürgermeisters zu gehen und ihn von eurem Verdacht wissen zu lassen, damit sie vielleicht die Jagd nach demjenigen, der das getan hat, und die Frage, warum, präzisieren können."

„Wir gehen mit dir", sagte Joy schnell, ihr Blick verlagerte sich von Iris auf ihre Freundinnen und wieder zurück. „Ich kenne Tad aus dem Kunstbeirat, und …"

„Und was?", fragte Iris nach einer kurzen Pause.

„Ähm, wie gut kennst du Tad?", fragte Joy.

Iris schüttelte den Kopf. „Ich kenne ihn nicht. Nicht wirklich. Am meisten habe ich mich mit ihm ausgetauscht, während wir gestern in der Bird's Eye Bakery Schlange gestanden sind. Er hat mir ein paar Fragen über das Budget der Stadt gestellt, und als ich gesagt habe, dass ich es nur zu gerne mit ihm durchgehe, hat er abgelehnt. Er hat gesagt, er würde es schon allein hinbringen." Iris runzelte die Stirn, dann seufzte sie. „Ich schätze, er hat sich Sorgen gemacht, wie es vor dem Stadtrat aussieht, wenn die Ex-Bürgermeisterin ins Büro käme. Was denken die denn? Dass ich jetzt alles sabotieren würde, nur weil ich die Show nicht mehr leite? Das Einzige, was ich für Premonition Pointe wollte, war, dass es ein Erfolg ist." Sie schaute sich in den leeren Straßen um, in denen es vor Leuten wimmeln sollte, und ihr wurde das Herz schwer. „Jetzt seht es euch an."

Joy legte ihr leicht eine Hand auf den Arm. „Wir wissen, dass du das willst, was für Premonition Pointe am besten ist. Darum bist du sofort zu uns gekommen, als der Fluch die Stadt getroffen hat, oder?"

Iris nickte.

„Genau", sagte Joy. „Darum gehen wir mit dir zum Bürgermeisterbüro. Meiner Erfahrung nach ist Tad eingebildet, und es ist nicht sehr wahrscheinlich, dass er unsere Hilfe annimmt, aber ich habe irgendwie raus, wie man mit ihm umspringt. Wenn es euch nichts ausmacht, hätte ich gern die Gelegenheit, zu sehen, ob ich zu ihm durchkomme, bevor er uns gleich wegschickt."

„Ja. Okay." Ein unbehagliches Loch tat sich in Iris' Magen auf. Das würde nicht gut laufen. Da bestand gar keine Frage. Joys Einschätzung des Mannes passte zu Iris' erstem Eindruck, als sie ihm in der Bäckerei begegnet war. Er war defensiv gewesen und hatte sich benommen, als würde ihn Iris' Angebot, ihn zu beraten, bedrohen. Sie schüttelte das ab, aber jetzt, da es in Premonition Pointe ernsthafte Schwierigkeiten gab, wie konnte sie ihre geliebte Stadt in den Händen eines Mannes lassen, der zu sehr von seinem Ego getrieben schien, als dass er Hilfe annahm? Sie bezweifelte, dass sie Erfolg haben würden, ihn von ihrer Theorie zu überzeugen, aber sie mussten es versuchen. Sie nickte Joy zu. „Übernimm du die Führung."

Joy straffte die Schultern und marschierte die Hauptstraße entlang, direkt zum Rathaus. Iris fiel zurück, denn sie wusste, dass es nicht geholfen hätte, wenn sie das Rudel anführte. Aber alles in ihr verlangte danach, die Kontrolle zu übernehmen, diejenige zu sein, die sich mit der Krise der Stadt befasste, genau wie sie es unzählige Male zuvor getan hatte, wenn etwas in ihrem Strandstädtchen schief lief.

„Was dir passiert ist, ist Mist", sagte Hope, die sich neben Iris einreihte. „Ich habe gehört, sie haben dich wegen deines Ex rausgeschmissen."

Iris nickte. „Ja. Oder zumindest war das die passende Ausrede."

Hope stieß ein Knurren aus. „Und da ist er wieder, der mittelmäßige Mann, der eine starke, kluge Frau rausschiebt, damit stattdessen einer von ihnen in einer Machtposition antreten kann. Ekelhaft, wenn du mich fragst."

„Schon. Aber es ist durch, und ich ziehe weiter. Oder zumindest habe ich das versucht, bevor *das* passiert ist." Gegen Hopes Einschätzung ließ sich nichts einwenden. Es war genau das, was passiert war, aber wenn Iris zu viel Zeit damit verbrachte, darauf herumzureiten, würde sie sich nur in eine verbitterte Bitch verwandeln. Stattdessen war sie entschlossen, weiterzuziehen, eine Möglichkeit finden, Premonition Pointe wachsen und gedeihen zu helfen, ohne die Bürgermeisterin zu sein. Obwohl das nichts war, was sie tun konnte, wenn die Stadt verflucht war.

„Wir kriegen das hin." Hope drückte ihr die Hand und schenkte ihr ein zuversichtliches Lächeln. „Wenn es eines gibt, was wir Mädels haben, dann Ausdauer."

„Deswegen bin ich zum Zirkel gekommen." Iris erwiderte den Händedruck, und zum ersten Mal seit Monaten hatte sie das Gefühl, dass sie nicht allein war. Weshalb hatte sie sich nicht schon früher mit diesen Frauen angefreundet? Sie hatte sie immer gemocht. Das Problem war die Zeit gewesen. Iris hatte alles, was sie besaß, in ihren Job gegeben. Ein Gutes daran, dass sie gefeuert worden war, war, dass Zeit kein Problem mehr sein würde. Zumindest nicht in den nächsten paar Monaten, bis sie sich einen neuen Job suchen musste.

Iris' Herz begann zu rasen, als sie sich dem Rathaus näherten. Das überwältigende Gefühl des Scheiterns ließ sich auf ihr nieder. Die Erniedrigung, dass sie gefeuert worden war, war etwas, dass sie tief in sich vergraben hatte, entschlossen, sie zu ignorieren. Sie wusste, dass sie eine verdammt gute Bürgermeisterin gewesen war. Niemand konnte ernsthaft argumentieren, dass die Stadt unter ihrer Führung nicht aufgeblüht war. Sie holte tief und beruhigend Luft und folgte Hope in das Büro.

Dort herrschte Chaos.

„Julie! Ich habe dir gesagt, du sollst den Gouverneur ans Telefon kriegen! Wenn du deinen verdammten Job nicht erledigen kannst, dann scher dich doch verdammt noch mal hier raus!", brüllte Tad aus seinem Büro.

Julie liefen Tränen über die Wange, während sie hektisch wählte und dann die Nummer mit bebendem Finger noch einmal tippte.

Die Wut packte Iris, als sie sah, wie die Hände ihrer ehemaligen Assistentin zitterten.

Nach einem weiteren erfolglosen Anruf legte Julie den Hörer wieder auf und zog eine Grimasse, während sie sagte: „Er ist unterwegs nach Washington, Mr. Howell. Seine Assistentin sagt, er ist erst morgen wieder verfügbar."

„*Bürgermeister* Howell heißt das. Und das kann nicht bis morgen warten!" Tad platzte aus seinem Büro, mit rotem Gesicht, die Lippen wütend verzogen. Er trug einen teuren Anzug und hatte die Haare mit viel zu viel Gel nach hinten gepatscht. „Wir brauchen ihn, um die Magie-Taskforce reinzuholen, damit wir der Sache auf den Grund gehen können. Verstehen Sie denn gar nichts?"

„Ich hab's versucht, Bürgermeister Howell." Julie straffte die Schultern und wandte sich zu ihm, den Kopf hoch erhoben, aber das Beben in ihrer Stimme ließ sich nicht überhören. „Niemand sonst hat die Berechtigung, die Taskforce zur autorisieren."

Tad stieß ein Knurren aus und marschierte zu ihr.

Iris' Instinkte übernahmen, und sie setzte sich in Bewegung, wollte ihm den Weg abschneiden, bevor er Julie erreichte. Aber Joy hielt den Arm vor, um sie aufzuhalten, und sagte: „Wir können helfen."

Der Bürgermeister kam abrupt zum Stillstand und wandte sich an sie, seine Miene völlig überrascht. Eindeutig war ihm nicht klar gewesen, dass sie da waren. Sein Blick schweifte über sie, und dann kniff er die Augen zusammen, als er Iris sah. „Was machen Sie denn hier?"

„Wir kommen, um Hilfe anzubieten", sagte Joy, bevor Iris antworten konnte. „Die Stadt wurde verflucht, und wir glauben..."

„Es ist mir scheißegal, was Sie glauben." Er deutete auf die Tür. „Raus jetzt. Wir sind in einer Krise, und das letzte, was ich brauche, ist ein Haufen übereifriger älterer Frauen, die im Weg rumstehen."

„Das war jetzt aber unhöflich", sagte Hope, die Hände in die Hüfte gestemmt. „Wenn Sie mal zwei Sekunden lang richtig nachdenken würden, könnten wir..."

„Raus jetzt!", brüllte er. „Und bleiben Sie mir aus dem Weg, außer Sie wollen, dass bei Ihnen zu Hause der Sheriff auftaucht."

Iris kochte bei dieser Abfuhr von Tad. Eindeutig hatte der Mann keine Ahnung, wie man irgendwas erledigte, und er benahm sich, als wären sie und der Zirkel irgendwelche Amateurdetektive, anstatt mächtige Hexen, denen Ressourcen zur Verfügung standen. Ohne ein Wort ging sie hinüber zu Julie, nahm das Telefon und wählte die persönliche Handynummer der Assistentin des Gouverneurs.

„Iris Hartsen, legen Sie auf, oder ich lasse Sie festnehmen, sobald die Jungs in Blau hier reinkommen", sagte Tad durch zusammengebissene Zähne.

„Lisbeth?", sagte Iris ins Telefon, ignorierte Tads Wutanfall völlig. „Hier ist Iris Hartsen in Premonition Pointe. Es scheint, als wäre unsere Stadt verflucht worden, und unser neuer Bürgermeister, Tad Howell, bittet um eine Notfallentsendung der Magie-Taskforce. Leider konnten wir den Gouverneur nicht zu fassen kriegen. Können Sie uns helfen?" Nachdem Iris ein paar Fragen über den Fluch und den Zustand der Stadt beantwortet hatte, stieß sie ein erleichtertes Seufzen aus, als Lisbeth ihr sagte, sie würde das ihr Bestes tun, um den Gouverneur zu erreichen.

Tads Nasenflügel bebten, aber dieses eine Mal hielt er den Mund.

„Danke, Lisbeth. Du bist die Beste." Iris legte den Hörer wieder auf das Telefon und wandte sich um, um Tad ins Gesicht zu schauen. „Das war die persönliche Assistentin des Gouverneurs. Sie sagte, sie würde ihm die Papiere sofort schicken, und sobald die Anfrage bestätigt ist, bekommen Sie ein Fax."

„Wann ist das?", wollte Tad wissen.

Iris zuckte mit den Schultern. „Heute Nachmittag, oder vielleicht morgen früh, würde ich schätzen. Aber meiner persönlichen Erfahrung nach erwarte ich, dass Sie mindestens ein paar Tage lang keine Taskforce zu Gesicht bekommen. Es gibt nicht genug Agenten, um alle Notfälle im Staat abzudecken. Und da keiner körperlich verletzt zu sein scheint, werden wir nicht ganz oben auf der Liste stehen."

„Na ja, das war dann ja nicht mal so nützlich, oder? Kein Wunder, dass der Stadtrat Sie mit einem Tritt rausbefördert hat." Er machte auf dem Absatz kehrt, marschierte zurück in sein Büro und knallte die Tür zu.

KAPITEL ZWEI

*E*r ist ein richtiges Arschloch, was?", sagte Hope, die
„   sich nicht die Mühe machte, die Stimme zu senken.

„Da besteht keine Frage", stimmte Iris zu, die bereits die
Tür aufzog. Ihr Besuch beim Bürgermeister war eine völlige
Zeitverschwendung gewesen.

„Iris?", rief Julie.

Mit der Hand, die immer noch die Tür hielt, erstarrte Iris
und schaute über die Schulter zurück zu ihrer ehemaligen
Assistentin. „Ja, Julie?"

Die jüngere Frau warf einen kurzen Blick auf die Tür ihres
Chefs, bevor sie zurück zu Iris schaute. Ihre Wangen wurden
rosa, als sie sagte: „Seit du nicht mehr da bist, ist es nicht mehr
dasselbe."

Ein Teil der Wut, die sich in Iris' Eingeweiden
zusammenballte, löste sich auf, während sie der jüngeren Frau
ein dankbares Lächeln zuwarf. „Danke, dass du das sagst. Ich
wünschte, die Dinge hätten ein anderes Ende gefunden."

„Ich auch." Julie lief hinter dem Schreibtisch hervor und
schlang die Arme um Iris, hielt sie ganz fest.

Iris war erst zu verblüfft, um sich zu bewegen, aber dann erwiderte sie die Umarmung und blinzelte brennende Tränen weg. Sie und Julie hatten sich nicht wirklich nahe gestanden. Sie hatten eine gute Arbeitsbeziehung geführt, aber es hatte nicht gerade eine Freundschaft zwischen den zwei Frauen bestanden. Darum war dieses offene Zurschaustellen von Gefühlen eine Überraschung, aber sie mochte sie und war froh, zu wissen, dass sie auf die Frau irgendeine Wirkung gehabt hatte. „Es kommt schon in Ordnung, Julie. Das verspreche ich."

Julie trat zurück, ihre Miene skeptisch, doch sie nickte trotzdem. „Danke für deine Hilfe."

„Jederzeit, klar?" Iris drückte ihr die Hand und senkte die Stimme. „Du hast meine Nummer. Nutze sie, wenn du sie brauchst."

„Okay", flüsterte Julie zurück, bevor sie sich wieder an ihren Schreibtisch setzte.

„Gehen wir", sagte Iris und marschierte aus dem Büro, ihr war dabei ein bisschen schlecht. Die Lage im Bürgermeisterbüro war schlimmer, als sie es vorhergesehen hatte. Aber es gab nichts, was sie tun konnte. Oder doch?

„Wir können immer noch den Zauber wirken, um zu sehen, ob wir der Ursache des Fluches auf den Grund gehen können", sagte Grace, die hinaus auf das Meer starrte. Der Wind hatte zugenommen, wehte ihre Haare ins Gesicht, und als sie sie zurückstrich, blickte sie finster, und ihre Augen waren umwölkt. „Wie viel Erfahrung hast du mit der Magie-Taskforce?"

„Nicht viel", gab Iris zu. „Sie sind meistens zu wenige und werden normalerweise nur eingesetzt, wenn Magie als Waffe gegen Menschen benutzt wird. Wenn wir nicht herausfinden, dass die Touristen verletzt wurden oder verschwunden sind, werden sie vermutlich nicht viel Zeit hier verbringen."

„Dann ist es ja abgemacht", sagte Grace, die die Schultern straffte und zu ihrem Auto ging. „Wir wirken den Zauber selbst und sehen, ob wir den Fluch aufspüren und umkehren können. Los jetzt. Wir haben Arbeit."

Iris sah ehrfürchtig hinterher, als die vier Frauen ausfächerten, und jede zu ihrem Auto ging. Ihre Entschlossenheit und Kraft, ohne Fragen zu stellen, weil sie helfen wollten, berührte ihr Herz und brachte sie dazu, Grace nachlaufen, bis zum Beifahrersitz. „Danke dir für ... alles."

„Da gibt es nichts zu danken", sagte sie. „Das ist auch unsere Stadt. Wir lieben es hier, und auf keinen Fall lassen wir denjenigen, der das getan hat, damit davonkommen."

Die Heftigkeit ihres Tonfalls erfüllte Iris mit Hoffnung, während sie durch die leeren Straßen jagten.

Zehn Minuten später waren die fünf Frauen um eine Feuergrube auf der windumtosten Klippe über dem Pazifik versammelt. Gigi öffnete eine Segeltuchtasche und holte einen Mörser mit Stößel heraus, während Hope einen Salzkreis anlegte und Grace fünf Kerzen um die Feuergrube aufstellte.

Joy wandte sich an Iris. „Hast du so was je zuvor gemacht?"

„Versucht, einen Fluch zu verfolgen?", fragte Iris mit gerunzelter Stirn. „Nein, nichts dergleichen."

„Ich habe gemeint, deine Macht mit der anderer Hexen vereint", sagte Joy.

„Oh. Nein. Das habe ich auch noch nicht gemacht." In Wahrheit hatte Iris immer nur mit ihrer eigenen Mutter gearbeitet, sich an Wasserzaubern und der Suche nach Geisterführern versucht. Sie war in beidem nie sonderlich gut gewesen.

„Na dann, sieht aus, als hättest du einen wilden Ritt vor dir."
Sie lächelte Iris an, dann zog sie sie rüber zu einem Holzstamm,
der zu einer Bank geschnitzt war. „Setz dich hier hin."

Iris musterte den Stamm. Er war großartig, mit einer
natürlichen Optik, und wirkte, als gehöre er in Lucas Kings
Ausstellungsraum anstatt hier auf eine verlassene Klippe. „Hat
Lucas den gemacht?", fragte Iris Hope.

„Ja. Es kommen noch zwei mehr, wenn er die Zeit findet.
Ist das nicht wunderbar?" Hope steckte den Salzbehälter
zurück in Gigis Tasche und kam, um sich neben Iris zu setzen.
„Er sagte, er wolle nicht, dass wir Schlammspritzer auf unsere
Kleider kriegen, jedes Mal, wenn wir ein Zirkeltreffen haben,
also hat er mit der Arbeit an denen angefangen. Er ist ein echt
Süßer, besonders, weil er nicht wirklich Zeit hat, um solche
Nebenprojekte zu machen."

„Das ist mit Liebe gemacht, da bin ich sicher", sagte Iris, die
den überraschenden Ansturm der Eifersucht dämpfen wollte,
der durch sie hindurch blitzte. Es war ja nicht, dass Iris es auf
Hopes Verlobten abgesehen hätte. Nein, das war es überhaupt
nicht, aber sie war eifersüchtig auf ihre Beziehung. Obwohl sie
gedacht hatte, sie wäre mit Tom glücklich, bevor er sich als
Krimineller herausgestellt hatte, hatte er sich nie wirklich um
Iris' Bedürfnisse gekümmert. Er war nicht der Typ, der sie mit
Geschenken überraschte oder es auf sich nahm, etwas zu tun,
das ihr das Leben erleichterte. Sie hatte ihre Aufgaben gehabt,
und er die seinen. Und das war es. Sex am Mittwoch. Auswärts
essen am Sonntag. Eine Woche Urlaub am Ort von Toms Wahl,
jedes Jahr. Und das war so ziemlich die Grundlage ihrer
Beziehung gewesen.

Verdammt, wenn das mal nicht traurig war. Wie war sie an
den Punkt gelangt, um zu glauben, dass sie glücklich gewesen
waren? Sie hatte alle ihre Mühe in ihre Arbeit gesteckt, und

Tom ... Na ja, obwohl er ein erfolgreiches Sägewerk besessen hatte, hatte er sich aus Gründen, die sie immer noch nicht verstand, mit Drogendealern eingelassen.

Das letzte, was sie gehört hatte, war, dass Tom sein Sägewerk verkauft und eine Kunstgalerie in einer kleineren Stadt etwa dreißig Meilen südlich von Premonition Pointe eröffnet hatte. Er hatte auch eine jüngere Freundin, die irgendeine Art Medium und Handleserin war. Jedes Mal, wenn sie an ihn dachte, brodelte es in ihren Eingeweiden, und sie musste sich davon abhalten, einen Fluch zu bestellen, der ihm Erektionsbeschwerden verursachte, und Akne am Hintern. Der Idiot war allen möglichen Vorwürfen, die mit dem Drogenhandel zu tun hatten, ausgewichen, und zwar aufgrund eines technischen Fehlers, und er hatte sich neu erfunden, mit einem neuen, verbesserten Leben. In der Zwischenzeit hatte Iris keinen Job mehr, und noch wichtiger, es war ein Job gewesen, den sie geliebt hatte. Und daran war nur Tom schuld.

„Okay, stellen wir das mal auf die Beine“, sagte Grace, die auf einem groben Baumstamm ihnen gegenüber Platz nahm. Joy und Gigi folgten, vervollständigten den Kreis rund um die Feuergrube. Weiße Säulenkerzen waren vor jeder von ihnen aufgestellt, und Gigi war damit beschäftigt, eine Handvoll Kräuter in ihren Mörser zu werfen.

Gigi wandte sich an Iris. „Kannst du bereits fühlen, wie sich die Klebrigkeit verstärkt?“

Iris nickte. Ihre Haut fing an, wegen der Magie in der Luft unangenehm zu prickeln.

„Das liegt daran, dass wir an dem Aufspürzauber arbeiten. Es weiß Bescheid“, sagte Gigi und presste die Lippen fest aufeinander.

„Wie?“ Iris spähte in den Mörser. Es war eine Mischung aus Hellrot und Gelb mit einem Stapel grüner Kräuter.

„Es ist der Hibiskus", sagte sie ernst. „Den nutze ich in den meisten meiner Wahrsagezauber."

„Aber du hast doch noch gar nichts gemacht", sagte Iris, die verwirrt war, wie genau die Blüten eines Hibiskus den Zauber betreffen konnten, der sich über die Stadt gelegt hatte.

„Das musste ich nicht. Die Jahre, in denen ich mit Hibiskus in Wahrsagezaubern gearbeitet habe, haben dafür gesorgt, dass meine Magie irgendwie auf Autopilot läuft. In dem Augenblick, in dem ich ihn zermahlen habe, hat der Zauber reagiert, bereit, seine Geheimnisse auszubreiten." Gigi griff nach Iris' Hand und legte eine kleine Anzahl zerstoßener Blüten in ihre Handfläche. „Spürst du irgendwas anderes?"

Die klebrige Magie wurde intensiver, sodass Iris' Haut sich zusammenziehen wollte. Sofort ließ sie den Inhalt ihrer Hand in die Feuergrube fallen und rieb sich die Handfläche auf der Jeans. „Das war … heftig."

Gigi nickte. „Das liegt an der Art des Zaubers. Wenn es zu viel wird, musst du dich nicht daran beteiligen."

Iris schüttelte den Kopf. Auf keinen Fall würde sie das verpassen. Es war das erste Mal, dass sie erfahren hatte, wie es war, magische Kräfte zu haben. In ihren ganzen siebenundvierzig Jahren auf der Erde hatte sie immer angenommen, dass sie in der magischen Abteilung übergangen worden war. Aber jetzt hatte sich das alles geändert. Wenn sie Gigi und dem Zirkel helfen konnte, herauszufinden, woher der Fluch kam, war sie ganz dabei. „Nein. Ich will helfen. Machen wir das. Sag mir einfach, was ich tun muss."

„Okay." Gigi reichte Iris den Mörser und einen Klumpen Löwenzahn. „Zieh die Blüten ab und wirf sie in den Mörser. Sobald das getan ist, nimm den Stößel und zermahle sie mit dem Hibiskus."

„Bin dabei." Iris schloss die Finger um eine der

Löwenzahnblüten und verkniff sich eine Grimasse, als ihre Finger bei dem Kontakt brannten. Das bedeutete nur, dass ihre Magie auf den Löwenzahn reagierte, oder? Während sie die Blüten mit dem Zeug zerstieß, das bereits im Mörser war, ging ihr Blutdruck hoch, und ihre Sicht wurde unklar. Sie erwartete, dass sie ein Schwindel überfiel, aber stattdessen klärte sich ihre Sicht, und plötzlich stand sie in ihrem hinteren Garten und beobachtete jemanden in einem schwarzen Umhang, der Feuer in einem Kelch machte. Die Person hob die Arme und sprach dann einen Zauber, sodass das Feuer hoch in die Luft schoss. Ein Blitz knisterte durch den blauen Himmel, traf den Kelch und zerschlug ihn in winzige Bruchstücke, die sich in ihrem ganzen Garten verteilten.

„Iris?", rief Gigi. „Hey, alles in Ordnung?"

Die Stimme klang weit entfernt, und erst als Gigi noch einmal ihren Namen rief, blinzelte Iris rasch und stellte fest, dass sie wieder auf der Klippe war, die Zirkelmitglieder starrten sie alle erwartungsvoll an.

Iris schaute sich bei den anderen vier Frauen um, und dann hinab auf die dicken Säulenkerzen, die alle brannten, ihre Flammen schwankten in der Brise.

„Was ist hier gerade passiert?", fragte Gigi, die Stirn in Falten gelegt.

Iris wusste nicht, wie sie die Vision verstehen sollte. War es irgendeine Art Traum? Eine echte Vision? So etwas hatte sie noch nie zuvor erlebt. Sie betrachtete Gigi, die ihr gegenüber stand. Gigis weißer Leinenrock und die passende Rüschenbluse wehten hinter ihr im Wind, während ihr honigblondes Haar um ihr Gesicht peitschte. Sie wirkte ätherisch und mächtig und wie alles, was Iris jemals hatte sein wollen, als sie jünger gewesen war.

„Iris?", fragte Gigi. „Was hast du gesehen?"

„Woher wisst ihr, dass ich was gesehen habe?", fragte Iris, immer noch desorientiert.

„Ich kenne die Anzeichen. Du warst körperlich hier, aber du warst auf etwas konzentriert, das niemand von uns übrigen sehen konnte." Gigi senkte die Stimme, als sie anfügte: „Meine Mom hat das immer wieder mal gemacht."

Der Schmerz in Gigis Stimme berührte etwas tief in Iris. Sie wusste, dass Gigi ihre Mutter verloren hatte, als sie noch ein Teenager gewesen war, und obwohl Iris nicht annähernd etwas ähnlich Traumatisches durchgemacht hatte, wusste sie, wie es war, in diesem Alter ohne die eigene Mutter durchs Leben zu gehen. Nur dass Iris' Mom freiwillig gegangen war. Ein scharfer, schmerzhafter Stich ging durch Iris' Herz, aber sie ignorierte ihn und sagte: „Ich habe was gesehen, oder jemanden, der einen Zauber in meinem hinteren Garten durchführt, aber ich weiß nicht, ob es echt war."

Gigis Augen wurden groß. „In deinem Garten? Glaubst du, das war der Fluch?"

Iris nickte. „Ja. In meiner Vision war es das, aber woher weiß ich, ob es wirklich so passiert ist?"

„Finden wir es heraus", sagte Grace, die ihre Hände zur Seite hinhielt und nahelegte, dass sie wollte, dass alle sich an den Händen fassten.

Iris verband die Hände mit denen von Hope und Grace. Sofort ließ die Intensität der klebrigen Magie nach, sodass Iris sich fast normal fühlte. „Huch."

„Faszinierend, oder?", fragte Gigi, die Iris' Blick festhielt.

Iris runzelte die Stirn. Die Magie war fast weg, sodass sie sich sowohl verwirrt als auch befreit fühlte. Sie war nicht ganz sicher, ob sie es mochte. Nach Jahren, in denen sie geglaubt hatte, sie wäre nicht magisch, war sie nicht ganz bereit, ihre Verbindung zu ihrer Macht zu verlieren. „Wird es nicht alles blockieren, dass wir uns so an den Händen halten?"

„Das wird uns helfen, uns zu konzentrieren. Es ist alles noch da", sagte Gigi. „Vertraue mir."

Iris nickte und hoffte, sie lag richtig.

Gigi schloss die Augen und begann einen Zauber. „Salz und Meer, Wind und Feuer, zeigt uns, was auf der Erde vorgefallen ist."

Die anderen drei Hexen wiederholten die Worte, und als sie den Zauber ein drittes Mal wiederholten, schloss sich Iris an. Ein elektrisches Zischen blitzte durch Iris' Fingerspitzen und schoss durch ihre Adern. Je länger sie sangen, umso intensiver wurde die elektrische Ladung, bis Iris davon vibrierte. Die Magie, die ihre Haut überdeckt hatte, war wieder da, aber diesmal fühlte sie sich wie eine tröstende Decke an, und nicht wie ein Ausschlag.

Die Flammen auf den Kerzen wurden blau, kurz bevor Rauch die Luft in ihrem Zirkel füllte und dann in einer soliden Gestalt zusammenkam, um genau die Szene auszuführen, die Iris in ihrer Vision bezeugt hatte.

Der Rauch löste sich so schnell auf, wie er erschienen war, und sobald er weg war, senkte sich Stille auf die kleine Gruppe Hexen herab.

Iris zog sich vor Grace und Hope zurück und bedauerte es sofort, als ihre Haut von der Magie des Fluges zu jucken begann. Sie schlang die Arme um sich, versuchte, es zu blockieren, aber es war ein sinnloses Unterfangen.

„Das hast du in deiner Vision gesehen, oder?", fragte Gigi.

Iris nickte. „Genau, nur dass ich es in meinem hinteren Garten geschehen sah, anstatt gleich hier auf der Klippe."

„Verdammt", murmelte Hope, die sich mit der Hand durch die dunklen Haare fuhr. „Das ist echt nicht gut."

„Nein. Ist es nicht", sagte Iris, in ihrem Magen brodelte es wegen der Implikationen.

„Wir brauchen jemanden mit einem Motiv. Das ist die einzige Möglichkeit, damit sie nicht dich verdächtigen", sagte Gigi.

„Wer hat es auf dich abgesehen, Iris?", fragte Joy. „Irgendwelche Feinde?"

„Du meinst, außer dem neuen Bürgermeister, meinen Ex und dem Großteil des Stadtrats? Ganz zu schweigen von einer Menge aufgebrachter Bürger, die keine Fans von irgendeiner städtischen Politik in den letzten paar Jahren waren?" Iris warf die Hände in die Luft. „Die Liste hat kein Ende."

Grace warf ihr ein mitfühlendes Nicken zu und öffnete den Mund, um etwas zu sagen, aber sie wurde vom Geräusch von Sirenen unterbrochen.

Sie alle wandten sich um, um einen Streifenwagen zu sehen, der am Straßenrand stehen blieb, und einen weiteren, der direkt dahinter schlitternd zum Stillstand kann.

Iris beobachtete, wie John Garrison, ein Veteran aus der Polizei von Premonition Pointe, mit Handschellen in einer Hand auf sie zu marschierte. Als er bei ihr ankam, war er ganz sachlich und sagte: „Iris Hartsen, Sie werden verhaftet wegen des Wirkens eines illegalen Zaubers über die Stadt Premonition Pointe, und des Versuches, es mit Hexenkraft zu vertuschen."

„Was?", entfuhr es Iris, aber dann hielt sie den Mund, als John anfing, ihr Recht auf Verweigerung der Aussage zu zitieren.

„Sie können sie nicht festnehmen", verlangte Gigi. „Sie haben keine Ahnung, wovon Sie da reden."

Hope, Joy und Grace stimmten ein, verteidigten Iris, ohne zu zögern.

Iris wusste das mehr zu schätzen, als sie auch nur ahnen konnten, aber in Wahrheit, wenn jemand einen Fluch aus ihrem Garten gewirkt hatte, und die Behörden das herausgefunden hatten, war Iris jetzt die Hauptverdächtige. Das Beste, was sie an dieser Stelle tun konnte, war Kooperation und die Suche nach einem Anwalt. Sie schaute zu Gigi. „Ist Sebastian in der Stadt?"

„Ja", erwiderte Gigi, die bereits ihr Handy aus der Tasche ihres Rockes holte. „Ich lasse ihn zu dir auf die Wache kommen."

„Danke", sagte Iris und ließ sich von John zu seinem Fahrzeug eskortieren.

KAPITEL DREI

*I*ris saß auf der kalten Metallbank in ihrer Zelle und starrte auf die Betonwände, fragte sich, wie ihr Leben so weit außer Kontrolle geraten war. Geschieden. Arbeitslos. Mit dem Vorwurf, ihre geliebte Stadt verflucht zu haben. Der schlimmste Teil war, falls ihre Vision und der Wahrsagezauber stimmten, dann hatte die Polizei vermutlich schon Beweise.

Würde sie wirklich so untergehen? Ein Fluch, der alles ruinierte, wofür sie im Lauf der letzten paar Jahre gearbeitet hatte? Zornestränen brannten in ihren Augen, aber sie blinzelte sie weg, zu wütend, um irgendjemanden von der Polizei ihre Schwäche sehen zu lassen. Trotz aller Beweise, die sie womöglich gesammelt hatten, sie würde sich gegen die Vorwürfe wehren, bis zum bitteren Ende. Falls es eines gab, was für Iris sprach, war es ihr Schneid. Das hatte ihr Vater gesagt, als sie noch ein kleines Mädchen gewesen war. Sie hatte es etliche Male bewiesen, und das hier war nicht anders. Sobald Sebastian seine Magie wirkte und sie auf Kaution rausbekam, würde sie tun, was immer nötig war, um

23

herauszufinden, wer sie bezichtigte, und ihn oder sie auf die Knie zwingen. Er würde den Tag bedauern, an dem er sich mit Iris Hartsen angelegt hatte.

„Ich muss schon sagen, so habe ich mir nicht vorgestellt, dass sich die Dinge abspielen würden", sagte eine vertraute und nicht willkommene Stimme von außerhalb ihrer Zelle.

Iris sprang von ihrer Bank und marschierte hinüber zur Zellentür, spähte durch die Gitterstäbe auf ihren Ex. „Tom. Was zum Teufel machst du hier?"

Er hob eine buschige Augenbraue. „Redet man so mit einem Mann, der das alles für dich verschwinden lassen wird?"

Sie schnaubte fast, während sie ihn anstarrte und sein Erscheinungsbild zur Kenntnis nahm. Er hatte eine falsche, orangefarbene Bräunung, und seine Haare waren länger und zottiger als früher, als würde er sich als alternder Surfer ausgeben. Und um diesen Look noch zu vervollkommnen, trug er Surf-Shorts und ein T-Shirt mit *Hangin' Loose*-Schriftzug. Sie schüttelte den Kopf, wollte unbedingt sagen, dass er wie ein trauriger alter Mann aussah, der unbedingt seine Teenagerzeit nachholen wollte. Stattdessen hob sie auch eine Augenbraue und schaute ihn an. „Wie genau glaubst du, dass du mir hier helfen kannst?" Ein winziger Funke der Hoffnung entflammte in ihrer Brust, als sie fragte: „Weißt du, wer es wirklich getan hat?"

„Ach, komm schon, Iris. Alle wissen, dass du es warst. Sie durchforsten dein Grundstück gerade jetzt nach Spuren des Zaubers. Ganz zu schweigen davon bist du die Einzige mit einem Motiv. Wer sonst würde auch nur daran denken, die Touristen wegzuzaubern, nachdem du gefeuert wurdest? Keiner weiß besser als du, wie wichtig sie für die Gesundheit dieses Städtchens sind."

Iris starrte ihn an. „Das kannst du nicht ernst meinen. Du

glaubst wirklich, dass ich so einen Fluch gewirkt habe? Abgesehen davon, dass die ganze Vorstellung völlig lächerlich ist, seit wann war ich denn magisch?"

„Du wurdest auf den Klippen mit dem Stadtzirkel verhaftet, oder?", fragte er, einen selbstzufriedenen Ausdruck auf dem Gesicht. „Du kannst doch wirklich nicht die Ausrede des Nichtwissens nutzen, wenn du eine Art Séance durchgeführt hast. Wie würde das denn vor einer Jury aussehen?"

Warum war er so verdammt selbstsicher? Es war, als würde er die Tatsache genießen, dass sie diesmal diejenige hinter Gittern war. Iris wollte durch die Gitterstäbe der Zelle greifen und ihn würgen. Nicht, dass sie eine gewalttätige Person gewesen wäre, aber sie hatte einen höllischen Tag hinter sich. Stattdessen schniefte sie und sagte: „Ich werde nichts davon mit einer Antwort rechtfertigen."

„Wie du meinst, Iris." Er kniff die Augen zusammen, jetzt funkelte er sie an, während er nichts tat, um sein Missfallen zu verbergen. „Es muss ja immer nur auf deine Art gehen, oder?"

„Was zum Teufel soll das denn heißen?", fragte sie mit einer leisen, zittrigen Stimme. „Bist du echt nur hergekommen, um mit mir einen Streit anzufangen?"

„Nicht unbedingt." Er fuhr sich mit der Hand durch seine zu langen Haare, lächelte vor sich hin, bevor er nüchtern wurde und ihr in die Augen starrte. „Ich muss zugeben, mir macht es gar nichts aus, dich ein bisschen runtergemacht zu sehen. Diese selbstgerechte Art, die du in den letzten Jahren an den Tag gelegt hast, war ekelhaft. Es ist ja nicht so, als hättest du nie die Regeln gebogen. Aber wenn jemand anders es macht, dann ist derjenige Müll, oder, Iris?"

Also war es das, was er wollte. Prahlen und der Versuch, sie zu erniedrigen, weil sie ihn in dem Augenblick sitzen gelassen hatte, als sie herausgefunden hatte, dass er dabei half, illegale

Drogen zu vertreiben. „Ich bin nicht diejenige, die mit einer Dealerin gearbeitet und Drogen unter die Leute gebracht hat, die in der Stadt Schaden angerichtet haben. Wie kannst es wagen, dich zu benehmen, als hätte ich jemals etwas getan, das gleichwertig mit deinen Verbrechen wäre."

„Und doch bist du diejenige, die in einer Gefängniszelle sitzt", sagte er und grinste sie an.

Reiner Hass auf den Mann führte dazu, dass sie die Gitterstäbe packte, bis ihre Knöchel weiß wurden. Sie beschloss, dass es was Gutes war, dass sie in diesem Augenblick eingesperrt war, denn wenn er so etwas zu ihr gesagt hätte, während sie frei war, wäre sie durchgedreht. „Ich werde nicht lange hier sein."

„Trotzdem hängen Strafanzeigen über deinem Kopf", sagte er. „Wie wird das denn für dich laufen? Keine Stadt wird jemanden anstellen oder wählen, der man vorwirft, eine ganze Stadt verflucht zu haben. Aber wenn du willst, kann ich dir hier raushelfen."

Iris kniff die Augen zusammen, musterte ihn. Er hatte was vor, sie hatte nur keine Ahnung, was es sein könnte. Weshalb hatte er sie nicht einfach in Frieden gelassen, um sein neues Leben mit seiner neuen Freundin zu führen? Die Wahrheit war, Iris vermisste ihn nicht. Sie vermisste die Kameradschaft und jemanden zu haben, mit dem man jeden Tag reden konnte, aber Tom konkret? Nein. Sie hatte viel zu schnell erfahren, dass sie nicht tatsächlich in ihn verliebt gewesen war. Sie waren nur sehr lange zusammen gewesen, und es war behaglich gewesen. Ihr kam, dass vielleicht das ein Teil seines Problems war, und er deshalb so wütend auf sie war. Er war nicht dumm. Er hatte es vermutlich gewusst, und sie dafür verabscheut. Sie schüttelte den Kopf, löste sich von ihren Gedanken konzentrierte sich auf seine Worte. „Du glaubst, du kannst helfen? Du hast gerade gesagt, dir gefällt es, mich in einer Gefängniszelle zu sehen. Weshalb solltest du mir helfen, und noch wichtiger, wie?"

„Das Warum ist leicht. In meiner neuen Gemeinde hilft es mir nicht sonderlich weiter, dass meine Ex-Frau im Gefängnis sitzt. Das sieht nicht gut aus, besonders, da die Gerüchte über den Drogenring noch kursieren. Niemand kennt wirklich die Einzelheiten, aber sie wissen, dass ich ursprünglich mal gesucht wurde. Wenn du hier im Gefängnis verrottest, wird das die Leute nur genauer hinschauen lassen, was hier in Premonition Pointe los war, und wie genau die Vorwürfe fallen gelassen wurden. Das ist nichts, was ich jetzt gerade will oder gebrauchen kann. Ich bin sicher, das verstehst du."

„Klar", sagte sie trocken. Da er buchstäblich ihre Karriere ruiniert hatte, wusste sie nur zu gut, wie es einem das Leben wirklich versauen konnte, mit einem Verbrecher in Verbindung gesetzt zu werden. Selbst wenn sie geschieden waren. Der einzige Unterschied war, dass Iris nicht schuldig war. Tom war es gewesen. „Dann mach schon. Wie glaubst du denn, kannst du mir helfen?"

Seine Lippen wölbten sich zu einem gepressten, fast schon bösen Grinsen. „Na ja, wie es sich erweist, gibt es einen Grund dafür, dass ich wegen eines technischen Fehlers freikam, außer kompletter Inkompetenz."

Iris hatte so etwas erwartet, aber sie hatte nichts Abschließendes finden können. Außerdem hatte sie die Sache fallen lassen, als Tom einverstanden gewesen war, die Stadt zu verlassen. Je weniger über den Skandal geredet wurde, umso besser. Das hatte sie zumindest gedacht. Schade auch, dass es nicht funktioniert hatte. „Und?"

„Es erweist sich, dass der Staatsanwalt mir immer noch einen oder zwei Gefallen schuldet. Er ist bereit, einen Deal mit dir zu machen, wenn du behauptest, dass der Fluch nur ein Unfall war, und zustimmst, nie wieder im Premonition Pointe für ein Amt zu kandidieren. Es gibt vermutlich irgendeine Art Probezeit als Teil der Abmachung, aber du wirst nicht einsitzen müssen. Und dann, wenn du die Bedingungen erfüllt hast, wird die Akte versiegelt. Unterzeichne einfach das Geständnis, und er wird die Papiere aufsetzen."

„Einen Deal machen?", wiederholte sie, während sie versuchte, ihren Verstand um das zu winden, was gerade passiert war. Sie saß erst seit einer Stunde in einer Gefängniszelle, vielleicht höchstens zwei. Und bereits jetzt kam Tom rein, spielte den Verhandler, um mit irgendeiner Art Deal rauszukommen, noch bevor sie sich auch nur die Zeit genommen hatten, sie zu befragen. „Das ist gestellt. Sie haben mich in die Falle gelockt, und du bist eingeweiht." Das war keine Frage. Es gab keine andere Möglichkeit.

Tom zuckte mit den Schultern. „Wie es sich erweist, schulde ich vielleicht dem Staatsanwalt auch selbst ein oder zwei Gefallen. Aber das hat nichts mit den Entscheidungen zu tun, vor denen du jetzt gerade stehst. Nimm den Deal an, Iris. Dann verlasse Premonition Pointe. Schaffe dir irgendwo anders ein Leben. Irgendwo an der Ostküste oder unten im Süden. Lass die Dinge hier ruhen und zieh weiter."

Iris knirschte mit den Zähnen und schüttelte den Kopf.

„Jetzt sei doch nicht stur. Denk zumindest darüber nach. Der Staatsanwalt wird deinem Anwalt ein Geschenk offerieren. Du wirst vierundzwanzig Stunden haben, darüber nachzudenken, bevor er es vom Tisch nimmt." Er schüttelte den Kopf und warf ihr dann einen verärgerten Blick zu. „Pass doch einmal auf dich selbst auf, Iris. Ich flehe dich an. Hier kannst du nicht gewinnen."

Iris neigte den Kopf und beäugte Mann, den sie vor über

fünfzehn Jahren geheiratet hatte. Dann war es an ihr, den Kopf zu schütteln. „Ich kann nicht glauben, dass ich dich einmal für einen integren Mann gehalten habe. Ich schätze, ich war zu blind, um es zu sehen, oder vielleicht wollte ich es einfach nicht, aber es gab schon immer so eine Unterströmung der moralischen Zwielichtigkeit, oder?"

Er verdrehte die Augen. „Jeder lebt in einer moralischen Grauzone. Man muss nur genau genug hinschauen, um die Grenzen zu finden."

„Ich schätze, das stimmt", sagte Iris mit einem Nicken. „Aber niemand muss besonders genau nachsehen, um deine zu finden. Was immer der Staatsanwalt gegen dich in der Hand hat, das muss ja ein echter Knaller sein, dass du reinkommst und ihm zu Diensten bist. Das muss echt nerven, sein Schoßhündchen zu sein", sagte sie mit einem eigenen kleinen bösen Grinsen, weil sie wusste, dass die Worte schnell zu ihm durchdringen würden. Tom war ein stolzer Mann gewesen, und zwar schon immer. Nahezulegen, dass er das Schoßhündchen eines anderen war, würde ihm nicht gerade gefallen.

„Fick dich doch, Iris. Ich bin nur hergekommen, um zu versuchen, dir zu helfen. Was du mit diesem Angebot machst, liegt völlig an dir. Aber denk dran, wenn ich am Ende meine Galerie wegen dir verliere, oder wenn Kimmie mir irgendwie Stress macht, weil sie mit dem Ex der Stadt-Psychopathin von Premonition Pointe zusammen ist, komme ich zurück, und du wirst dich mit mir auseinandersetzen müssen, anstatt des Staatsanwalts. Und ich werde nicht so nachgiebig sein."

„Drohungen?", schoss sie zurück, während er zur Tür ging, die zurück zur Vorderseite der Wache führte. „Echt, Tom? Nach allem, was du getan hast?"

Er hielt inne, die Hand auf dem Türknauf. Dann schaute er

zurück und sagte: „Zwischen uns gibt es keine Treue. Das hast du völlig klargemacht, als du mich in dem Augenblick rausgeworfen hast, als du über das Sägewerk und die Drogen Bescheid wusstest. Du hast nicht einmal gefragt, ob ich erklären kann, weshalb ich involviert war. Dir war es egal. Es war offensichtlich, dass es dir nur um deinen Job ging. Also benimm dich jetzt nicht, als würde ich dir was schulden."

„Du wolltest, dass ich dich frage, warum? Du hast die Frau gefickt, die für das ganze Geschäft die Verantwortung hatte!", stieß sie hervor, kam endlich direkt an die Sache heran, die ihr am meisten wehgetan hatte.

„Habe ich das?", fragte er kühl. „Ich schätze, das wirst du niemals wirklich herausfinden, da du dir nie die Mühe gemacht hast, mich zu fragen." Ohne ein weiteres Wort marschierte er durch die Tür, ließ sie schweigend zurück, um zu versuchen, zu verarbeiten, was er gerade alles gesagt hatte.

KAPITEL VIER

*J*ris stand auf der Schwelle ihrer Eingangstür und fühlte sich, als hätte sie einen Schlag in die Magengrube bekommen. Das für gewöhnlich ordentliche Wohnzimmer war auf den Kopf gestellt. Die Kissen auf ihrer Couch waren über zerbrochenem Glas verstreut, und über ihr aufgelöstes Blumenarrangement, das auf dem Tisch am Eingangsfenster gestanden hatte. Alle Schubladen ihrer Anrichte waren geöffnet, und die Papiere lagen überall verstreut.

„War das das Werk der Polizeiwache Premonition Pointe, oder ist jemand eingebrochen?", fragte Sebastian hinter ihrer Schulter.

Iris reichte ihrem Anwalt die Papiere, die an die Tür geklebt gewesen waren. Es war eine Benachrichtigung, dass der Wohnort durchsucht worden war. Die richterliche Freigabe war daran geheftet, und soweit es Iris sagen konnte, war es eine rechtmäßige Durchsuchung gewesen. Wenn sie einen Aufstand machte, würde sie vermutlich irgendeine Art

Vergleich von der Wache bekommen für all den Schaden, den sie mit ihren Besitztümern angerichtet hatten, aber sie fühlte sich geistig nicht imstande, sich damit herumzuschlagen, alles zu dokumentieren. Sie wollte nur alles wieder aufstellen, sich in ihrem Bett zusammenrollen und so tun, als hätte es diesen Tag nie gegeben.

„Bastarde", sagte Sebastian.

Sie nickte und stieß ein Seufzen aus, während sie sich an die Arbeit machte, den Saustall aufzuräumen.

Sebastian folgte ihr in den Raum und sagte: „Wo finde ich denn einen Müllbeutel und einen Besen?"

Iris klemmte sich ein Sofakissen an die Brust und starrte ihn einen Augenblick an, bevor sie widersprechen konnte. „Du musst mir dabei nicht helfen. Ich schaffe das schon."

„Ich weiß, das muss ich nicht, aber ich mache es trotzdem", sagte er, ein entschlossener Ausdruck in seinem Gesicht. Er holte sein Handy heraus und fing an, Bilder von dem Schlamassel zu machen. „Außerdem will ich dokumentieren, was sie angestellt haben."

Schon wahr. Das war eine gute Idee. Iris nickte. „Ich hole einen Besen und ein paar Mülltüten."

In den nächsten Stunden gingen Iris und Sebastian gründlich durch ihr Haus, machten Bilder von allem und stellten es dann wieder her. Die Suchmannschaft hatte keinen Quadratzentimeter unberührt gelassen. Sie war nicht überrascht, ihre Unterwäsche über den ganzen Boden verstreut zu sehen, aber als sie den lila Dildo gleich dort auf ihrem Bett fand, stieß sie ein Keuchen aus und schob Sebastian aus dem Zimmer, schlug die Tür hinter ihm zu.

„Iris, warte. Ich brauche Bilder", sagte er durch die Tür.

„Davon nicht", sagte sie, ihre Stimme war völlig autoritär.

Dann kniff sie die Augen vor dem Sexspielzeug zusammen, und auf ihren Wangen brannte Hitze. „Da weint die *Desperate Housewife* in mir!", murmelte sie, bevor sie ihn sich schnappte und zurück in die Schublade schob. „Unfassbar." Iris schüttelte den Kopf und legte sich dann die Hände aufs Gesicht. „Du kannst jetzt reinkommen."

„Bist du sicher?", fragte er skeptisch.

„Ja." Iris sank auf ihr Bett, fühlte sich völlig bedrängt und geschlagen.

Sebastian steckte den Kopf herein. Seine dunklen Haare fielen über ein Auge, und ein Blutfleck war auf seinem Hemd, weil er sich in den Finger geschnitten hatte, als er ihr geholfen hatte, eine zerbrochene Vase wegzuräumen. „Alles in Ordnung?"

„Nein, aber ich werde es überleben." Sie warf ihm ein schwaches Lächeln zu und stieg aus dem Bett. „Ich bin nur müde. Das war ein langer Tag."

Er nickte. „Lass mich ein paar Fotos machen, und dann hohle ich uns Lieferessen. Glaubst du, du kannst mit mir ein paar Dinge durchgehen, während wir essen?"

„Ja, das kann ich machen." Sie warf einen Blick auf ihr Schlafzimmer und verzog das Gesicht. „Das wird später ein Spaß, hier aufzuräumen."

„Ich würde ja helfen, aber ..." Er zuckte mit den Schultern. „Ich stelle mir vor, dass du diesen Raum lieber selbst machst."

Iris stieß ein schnaubendes Lachen aus. „Da hast du recht. Ich werde mal was bestellen, während du deine Fotos machst. Sind Burger okay?"

„Perfekt." Er legte ihr beruhigend eine Hand auf den Arm und fügte an: „Das kommt in Ordnung, Iris. Ich verspreche es."

Sie wusste, dass es keine Möglichkeit gab, dass er

irgendwas garantieren konnte, aber sie wusste die Geste zu trotzdem zu schätzen. „Danke."

Da sie sowieso ein paar Minuten aus dem Haus musste, entschied sich Iris dafür, die Bestellung abzuholen, die sie aufgegeben hatte. Mit den Burgern und Fritten in einer Tüte in einer Hand und einem Sixpack Bier in der anderen ging sie über ihre Zufahrt und hätte ihren Nachbarn Kade nicht mal gesehen, hätte er sie nicht gerufen.

„Hey, Iris. Wie ist es mit dem Zirkel gelaufen?" Kade stand auf seiner Veranda, eine Hand auf dem Geländer, während er zu ihr herüber lächelte.

Der hochgewachsene Mann mit den strahlend blauen Augen wirkte im Dämmerlicht umwerfend. Ihr wurde klar, dass sie ihn erst heute Vormittag kennengelernt hatte, als sie ins Café spaziert waren, und plötzlich hatte Iris das Gefühl, dass dieser Tag hundert Jahre lang gewesen war. „Ähm, okay, schätze ich. Was danach passiert ist, ist alles Scheiße geworden."

Er runzelte die Stirn. „Was meinst du?"

„Man hat mich festgenommen und mir vorgeworfen, dass ich den Fluch gewirkt hätte." Sie biss die Zähne zusammen, verabscheute, dass irgendwer überhaupt jemals denken würde, dass sie so etwas tun könnte.

„Na, offensichtlich stimmt das nicht", sagte er sofort, sein Lächeln wurde zu einer finsteren Miene.

Iris' Augenbrauen schossen nach oben. Wie kam es, dass ein Mann, dem sie gerade erst begegnet war, ihr glaubte, aber die Polizei der Stadt, die sie liebte und der sie so lange gedient hatte, nur zu gerne das Schlimmste über sie annahmen? „Was macht dich da so sicher?"

Sein Gesicht wurde noch finsterer. „Weil ich bei dir war, als der Fluch gewirkt wurde. Und du hast nur Kaffee genippt und BeeBee schöne Augen gemacht." Beim Klang ihres Namens kam sein flauschiger kleiner Hund aus dem Haus geschossen und kam schlitternd zu seinen Füßen zum Stillstand.

Iris spürte, wie ein Lächeln auf ihre Lippen trat, als sie das süße Hündchen beäugte. Dann kamen die Worte an, und sie stieß ein leises Keuchen aus. Natürlich. Kade war ihr Alibi. Bei allem, was im Lauf des Tages passiert war, war ihr diese Tatsache völlig entgangen. Sie räusperte sich. „Ähm, macht es dir was, ein bisschen rüberzukommen? Mein Anwalt ist da, und ich weiß, dass er das gerne direkt von dir hören würde."

„Überhaupt nicht." Er schaute hinab auf seinen Hund. „Macht es dir was, wenn dieser Tunichtgut sich uns anschließt?"

„Ob es mir was ausmacht? Ich bestehe darauf." Iris pfiff leise und sagte dann: „Komm, BeeBee. Hier drüben, Süße." Der Hund schoss von Kades Veranda und direkt auf Iris zu.

Kade lachte leise, während er seinem Hund folgte. „Sie ist schon ein wenig süchtig nach Aufmerksamkeit."

Iris ging in die Hocke und kraulte dem Hund die Ohren. „Das sehe ich. Aber das ist cool." Sie machte Babygeräusche vor dem Hund. „Wir werden uns einfach super verstehen, oder, BeeBee?"

BeeBee wedelte mit ihrem winzigen Schwanz, sodass ihr ganzer Körper vor Aufregung wackelte.

Iris lachte und öffnete dann die Tür für sie. „Dann komm mal rein. Das Abendessen wird kalt." Sie schaute zu Kade auf, der direkt hinter ihnen stand. „Hast du schon gegessen? Ich habe Burger für mich und Sebastian geholt, aber ich kann meinen teilen, falls du Hunger hast."

Er lachte leise. „Alles gut. Ich hatte vor nicht allzu langer

Zeit übrig gebliebene Pizza. Aber BeeBee lässt dich vielleicht nicht so leicht vom Haken. Sie sabbert dich wahrscheinlich komplett voll, bis du ihr einen Bissen abgibst."

„Ach, ein solcher Hundebesitzer bist du also?", scherzte Iris, während sie ins Haus gingen. „Sie hat dich früh trainiert, um ihr was abzugeben, was?"

„Schuldig." Er warf ihr ein verlegenes Lächeln zu und folgte ihr in die Küche, wo sie Sebastian an ihrem Frühstückstisch fanden, der auf seinen Block kritzelte.

Sebastian schaute auf und blinzelte Kade an, wirkte überrascht, ihn dort zu sehen. „Hallo."

„Hey." Kade winkte ihm zu, dann schnippte er mit den Fingern. BeeBee kehrte sofort an seine Seite zurück und machte Sitz.

„Du lässt dich ja vielleicht mit dem Bissen vom Tisch herumschubsen, aber verdammt, du hast es höllisch gut gemacht, sie zu trainieren", sagte Iris.

Kade zuckte mit einer Schulter. „Sie ist ein guter Hund."

„Daran besteht kein Zweifel", sagte Sebastian, der sich erhob und Kade eine Hand hinhielt. „Ich bin Sebastian Knight, Iris' Anwalt. Und Sie sind?"

„Ups!" Iris lächelte Sebastian entschuldigend an. „Das ist Kade Carson, mein neuer Nachbar und mein Alibi für heute Vormittag. Ich dachte mir, du möchtest vielleicht mit ihm reden."

Kade schüttelte Sebastian die Hand. „Schön, dich kennenzulernen, Mann."

„Dich auch." Sebastian ließ ihn los und setzte sich wieder auf den Stuhl, die Anspannung aus seinem Gesicht war weg. „Alibi, was? Na, das sind gute Neuigkeiten. Setzt euch, und wir machen uns an die Arbeit."

Zwei dezimierte Burger und ein leeres Sixpack Bier später

packte Sebastian seine Notizen ein und erhob sich. „Ich kann nichts versprechen, aber mit Kades Aussage, dass du an diesem Vormittag bei ihm warst, und auch nach der Abbuchung von der Bankkarte im Café, sollte es genug sein, um diese Vorwürfe fallen zu lassen. Solange sie nicht irgendwelche Beweise haben, mit denen sie dich direkt beschuldigen können, fällt ihr Vorwurf gegen dich bereits auseinander. Ich rede morgen mit dem Staatsanwalt und lasse dich wissen, wo wir stehen."

Iris hätte sich erleichtert fühlen sollen. Sie hatte ein Alibi und Aufzeichnungen, die ihre Geschichte unterstützen, aber wer wusste, was während der Durchsuchung passiert war? Was, wenn sie Beweise platziert hatten? Oder falls sie irgendetwas bei sich zu Hause hatte, das irgendwie mit dem Zauber in Verbindung zu bringen war? Ihre Gedanken rasten, und ihre Nervosität war auf einem Allzeithoch, sodass sie auf ihrem Stuhl herumrückte.

Sebastian legte ihr eine Hand auf die Schulter. „Versuch, dich zu entspannen. Sie haben nichts, was vor Gericht standhalten wird, von dem wir wissen, und mit dieser Information ist es sogar noch schlimmer. Lass die Sorgen bei mir, in Ordnung?"

Iris stieß Luft aus. „Ja, okay. Danke."

Er nickte und begab sich zur Tür.

„Sebastian?", rief sie ihm nach. Als er sich umdrehte, fügte sie an: „Sag Gigi Danke für alles."

„Mache ich."

Nachdem ihr Anwalt durch die Eingangstür verschwunden war, verschränkte Iris die Arme auf dem Tisch und ließ den Kopf fallen, sodass ihre Stirn auf den Unterarmen lag. „Ich kann nicht glauben, dass das alles passiert ist."

„Ich schon", sagte Kade.

Sie riss den Kopf zurück und spähte zu ihm. „Echt? Warum?"

Er runzelte die Stirn, und dann wurde sein Blick hart, als er sagte: „Sagen wir einfach mal, das ist nicht das erste Mal, dass Tad Howell sich mit einer verfluchten Stadt herumschlagen muss."

KAPITEL FÜNF

*I*ris stieß ein Keuchen aus, während sie den Mann mit dem stürmischen Blick musterte, der neben ihr saß. „Kennst du Tad?"

„Vor langer Zeit kannte ich ihn", sagte er, während er BeeBee aufhob, um sie auf seinen Schoß zu setzen.

„Was heißt das?", fragte Iris, die seinen Blick festhielt.

„Wir sind ein paar Jahre lang zusammen aufs Internat gegangen." Er strich mit der Hand über den Rücken seines Hundes, während seine Lippen sich nach unten wölbten. „Wir waren noch Jugendliche, also sind vermutlich jegliche Akten darüber versiegelt, aber ich weiß ganz sicher, dass er in einen Fluch in unserer verschlafenen Stadt in New England verwickelt war. Kannst du dir vorstellen, dass er den Nerv hatte, zu behaupten, das wären die Geister von den Hexenverurteilungen von Salem gewesen?"

„Du meinst, diejenigen, die davongekommen sind?", fragte Iris, die sich auf die Tatsache bezog, dass alle echten Hexen, die am Scheiterhaufen verbrannt worden waren, verschwunden waren, bevor die Flammen sie erreichen konnten.

Gerüchteweise hieß es, dass sie sich als Männer verkleidet und lange, geheime Leben geführt hatten.

„Ja. Er ist nicht gerade die hellste Kerze auf der Torte. Auf jeden Fall hat er es getan, um ein Mädchen zu beeindrucken, weil er glaubte, wenn er alles aufklären würde, würde er der Held sein. Nur dass sie die ganze Zeit wusste, dass er derjenige war, der verantwortlich war, und sich geweigert hat, ihm überhaupt Zeit zu schenken."

„Und woher wusste sie das?", fragte Iris, die fasziniert von dieser Information war. So lange war Tad noch nicht in Premonition Pointe. Vier oder fünf Jahre höchstens. Soweit sie es wusste, kannte niemand wirklich Einzelheiten aus seiner Vergangenheit, die so weit zurücklagen. Er hatte die richtige Ausbildung, und durch die Fähigkeit, allen in den Arsch zu kriechen, hatte er endlich bekommen, was er wollte. Ihren Job. Es war kein Wunder, dass der Stadtrat ihn anstelle von Iris wollte. Sie nahm Befehle nicht gut an. Mr. Verflucht-gern-alle schien der perfekte Lakai für jemanden zu sein, der Probleme schaffen wollte.

„Ich habe es ihr vielleicht gesteckt", sagte er mit einem verlegenen Grinsen.

„Weil du mit ihr zusammen sein wolltest?", riet Iris.

Er lachte leise. „Jeder wollte mit ihr zusammen sein. Du glaubst nicht, dass er jemanden einen solchen Fluch für einfach irgendwen wirken ließ, oder?"

„Also hat er es nicht selbst gemacht?", fragte Iris, die zusammenpuzzeln wollte, was vor all den Jahren in diesem Internat vorgefallen war.

„Nein." Kade schüttelte den Kopf. „So talentiert ist er nicht."

„Wer war es dann?", fragte sie.

„Keine Ahnung. Wir haben es nie rausgefunden. Das war das Einzige, was er nicht rauslassen wollte. Er hat einen Deal gemacht, damit er seinen Komplizen nicht verraten musste. Ich schätze, unter Verbrechern gibt es manchmal wirklich Ehre."

Iris sank zusammen. „Das hilft mir eigentlich nicht weiter, wenn wir nicht wissen, wer unter seinem Befehl steht."

„Echt? Ich dachte, damit hättest du was, wonach du Ausschau halten kannst, wenn wir ihm am Vormittag nachspionieren."

Iris starrte ihn an, ihr Mund stand überrascht offen. „Du willst dem neuen Bürgermeister der Stadt nachspionieren, weil er uns nur ganz vielleicht zu seinen Fluchwirkern führt?"

Er beugte sich vor, sah sie intensiv an. „Nein. Ich meine, ja. Ich bezweifle, dass er dumm genug ist, uns direkt zu ihnen zu führen, aber was immer er tut, es könnte zu einem Hinweis oder Muster führen, oder irgendetwas, das uns hilft, seine Motive rauszukriegen. Wenn wir Glück haben, ist er sorglos genug, dass wir uns zusammenstückeln können, wer es getan hat. Denn ich weiß bereits, dass es nicht du oder dein Zirkel von Premonition Pointe waren."

Iris lehnte sich in ihrem Stuhl zurück und verschränkte die Arme vor der Brust. Sie wollte unbedingt glauben, dass er etwas auf der Spur war, aber ihre Skepsis war zu stark. „Wie kommt es, dass du zufällig genau in dieselbe Stadt gezogen bist wie Tad Howell? Ist das irgendwie alles gestellt?"

Er stieß ein schnaubendes, wenig amüsiertes Lachen aus. „Gestellt? Ich habe deinem Anwalt gerade dein Alibi verschafft. Weshalb sollte ich versuchen, dich in was reinzuziehen? Ich habe dich erst heute Vormittag getroffen."

Iris hob eine Augenbraue. „Sag du es mir. Es ist kein Geheimnis, dass Tad und mein Ex versuchen, mich aus der Stadt zu treiben. Vielleicht gehörst du zum Plan. Ihr wart beide auf dem Internat in New England und habt es irgendwie geschafft, all die Jahre später hier zu landen?", sagte Iris. „Das wirkt seltsam, oder?"

„Erst mal ist es nicht seltsam, dass Tad und ich beide in Premonition Pointe sind. Unsere Familien haben beide fünfundvierzig Meilen im Inland von hier gewohnt. Unser Internat war mit unserer Kirche verbunden. Deshalb war es so schockierend, dass er tatsächlich in einen Fluch verwickelt war. Gute Kirchenjungen sollen doch nicht in solche Schwierigkeiten geraten. Und zum zweiten wusste ich nicht, dass dein Ex will, dass du gehst", sagte er, die Augenbrauen zusammengekniffen, als würde er versuchen, etwas herauszufinden. „Warum?"

„Ich habe keine Ahnung. Es ist möglich, dass er mich einfach nur verletzen will. Er weiß, wie sehr ich diese Stadt liebe. Oder vielleicht hat der Staatsanwalt ihn gezwungen, zu versuchen, mich zum Gehen zu bewegen. Da kann man nur raten."

„Warum hat es jeder so darauf abgesehen, dich aus der Stadt zu treiben?", fragte er, obwohl er mehr mit sich selbst zu reden schien, als eine Antwort zu erwarten.

„Ich bin derzeit in der Gegend hier nicht wirklich beliebt", sagte Iris mit einem Grinsen, als wäre das keine Untertreibung. „Aber ich glaube nicht, dass sie mich nur raushaben wollen, weil sie mich nicht mögen. Nein, es liegt daran, dass sie wissen, ich werde tun, was nötig ist, um das Verbrechen aus dieser Stadt fernzuhalten. Bürgermeisterin hin oder her, ich werde sie nicht damit davonkommen lassen, Drogen zu verkaufen oder gestohlene Waren zu vertreiben, oder Schlimmeres. Ich werde es zu meiner Mission machen, sie auszuschnüffeln und ins Gefängnis zu schicken."

„Das könntest du alles tun, ohne Bürgermeisterin zu sein", sagte er skeptisch, fast fragend.

„Und wie ich das kann", sagte sie herrschaftlich. „Ich habe Kontakte im ganzen Staat, und genug Informanten in der Gemeinde. Ich habe Leute, die reden werden, wenn irgendwas hochkommt. Na ja, vermutlich, aber mit diesem ganzen Mist bin ich mir nicht mehr sicher. Tad hat diese Art Netzwerk nicht. Zumindest noch nicht. Der Mann ist am Rudern und wird bald rausgeworfen werden. Premonition Pointe wird sich diese Inkompetenz nicht lange gefallen lassen."

„Verdammt, Iris. Du klingst echt wie jemand, der reinhaut." Er zwinkerte ihr zu. „Um deine Frage zu beantworten, ich wusste nicht, dass Tad hier in Premonition Pointe wohnt, und noch viel weniger, dass er Bürgermeister war, als ich entschied, herzuziehen. Das ist ein kompletter Zufall. Das schwöre ich." Dann hob er die Hand zu einem drei Finger-Salut hoch. „Pfadfinderehrenwort."

Sie lachte leise, dann schüttelte sie leicht den Kopf. „Okay, wenn das stimmt, bist du dann wegen eines Jobs hergekommen, oder weil du einfach nur den Meereswind aufsaugen willst?"

„Beides? Ich arbeite für Lucas King, um maßgefertigte Möbel herzustellen."

„Wirklich?", fragte Iris ungläubig. „Er hat tatsächlich jemanden angestellt, um ihm mit seiner handgefertigten Produktlinie zu helfen?"

Kade nickte. „Ja. Ich fange morgen an." Er schaute auf die Uhr an der Wand und verzog das Gesicht. „Es wird spät. Ich sollte es wohl besser mal dabei belassen. Ist es für dich in Ordnung, allein hier zu sein?"

„Ich komme klar", sagt sie rasch, wollte nicht, dass ihm die Panik auffiel, die sich in ihrer Brust aufbaute. Die Wahrheit war, nachdem ihr Haus durchsucht worden war, fühlte sie sich überhaupt nicht behaglich. Was, wenn sie es verwanzt hatten, mit Mikrofonen, oder noch schlimmer, wenn sie versteckte Kameras installiert hatten? Wenn Tad entschlossen war, sie loszuwerden, waren Erpresservideos vermutlich ein ziemlich wirksamer Weg, das zu schaffen.

„Also dann gut", sagte Kade, der aufstand und sich BeeBee an die Brust hielt. „Sei um halb sieben bereit. Wir schauen bei Tad vorbei, bevor ich rüber zu Lucas fahre. Er hat am Vormittag einen Termin und will, dass ich ihn mittags treffe."

„Also machen wir das echt?", fragte Iris. „Tad folgen und sehen, was er vorhat?"

„Ja. Bist du dafür zu haben?", fragte er, sein Tonfall eine Herausforderung.

„Auf jeden Fall." Iris begleitete ihn zur Tür.

Sobald er draußen stand, drehte er sich um und öffnete den Mund, als wollte er etwas sagen, aber dann schloss er ihn und schüttelte schwach den Kopf.

„Was?", fragte sie.

„Nichts. Nur … geh es heute Abend locker an und zögere nicht, mich wissen zu lassen, wenn du was brauchst."

„Was könnte ich denn womöglich brauchen?" Außer jemanden, der sich zu ihr setzte und ihr Gesellschaft leistete, damit sie sich nicht ganz so allein und verletzlich fühlte. Iris war immer unabhängig gewesen. Selbst als sie mit Tom verheiratet gewesen war. Sie war stolz darauf gewesen, stark und fähig zu sein. Aber nachdem sie festgenommen worden war und man ihr ein Verbrechen vorgeworfen hatte, und nachdem sie dann in ein verwüstetes Haus zurückgekehrt war, hatte sie leichte Schwierigkeiten, an ihrem Mut festzuhalten. Sie hoffte nur, dass man es ihr nicht ansah.

„Einen Freund?", fragte er.

Verdammt. Tränen brannten weit hinten in ihren Augen, aber sie weigerte sich, sie ihn sehen zu lassen. Nicht jetzt. Sie würde nicht vor ihrem gut aussehenden Nachbarn zusammenbrechen. „Ich habe Freunde", log sie. „Ich komme klar."

Er beäugte sie lange, dann nickte er. „Da bin ich mir sicher, aber ich bin trotzdem gleich nebenan, falls du was brauchst. Egal, was. Okay?"

Sie nickte, berührt von der Aufrichtigkeit seines Tonfalls. „Danke." Ihre Stimme war rauer, als es ihr recht war, aber sie sprach trotzdem weiter. „Ich weiß deine Hilfe zu schätzen. Das bedeutet mir eine Menge."

Seine Lippen wölbten sich zu einem Lächeln, das sie innerlich ein wenig schmelzen ließ. „Gern geschehen. Jeder Feind von Tad ist mein Freund." Er zwinkerte, und dann, mit BeeBee in den Armen, kehrte er zum Haus nebenan zurück. Iris wartete, bis die Lichter in seinem kleinen Häuschen angingen, bevor sie zurück nach drinnen schlüpfte und die Tür hinter sich verriegelte.

Iris schaute sich um, beäugte ihre Räume, suchte nach allem, was vielleicht nicht ganz richtig war, oder noch wichtiger, da das Haus auf den Kopf gestellt worden war, allem, was offensichtlich nicht bewegt worden war. Falls sie irgendwas verwanzt hatten, hatten sie bestimmt sicherstellen wollen, dass es nicht beim Saubermachen weggekehrt wurde. Oder?

Ihr Puls wurde schneller, als sie sich zu dem gerahmten Druck begab, der an der Wand hing. Nachdem sie die Finger um die Ränder geführt hatte, aber nichts fand, wandte sie ihre Aufmerksamkeit der an der Wand hängenden Metallskulptur zu, auf der *Beach Babes* stand. Es wäre nichts, was Iris sich selbst ausgesucht hätte, doch es war ein Geschenk ihrer Mutter gewesen, als Iris und Tom das Haus vor zehn Jahren gekauft hatten. Zu dieser Zeit hatte sie sich verpflichtet gefühlt, es aufzuhängen, nur um den Frieden zwischen ihnen zu wahren. Nun, da sie und ihre Mutter gerade nicht mehr in Kontakt waren, dachte sie darüber nach, es abzunehmen, aber irgendetwas hielt sie immer auf.

Iris verbrachte die nächste Dreiviertelstunde damit, ihr Haus nach Wanzen oder Videoüberwachung abzusuchen, aber sie fand nichts Offensichtliches. Sie fragte sich, ob sie einen professionellen Ermittler dazuholen sollte, oder ob sie einfach nur paranoid war. Nach den Ereignissen des Tages beschloss sie, dass paranoid besser war, als falsch beschuldigt zu werden.

Wen sollte sie anrufen? Sie wollte nicht nur einfach irgendwen aussuchen. Es sollte auch jemand sein, dem sie vertraute. Sebastian würde es wissen. Sie holte ihr Handy heraus und rief ihn an.

„Iris, wie geht es dir?", fragte eine Frauenstimme.

„Äh, habe ich die falsche richtige Nummer gewählt? Ich wollte Sebastian Knight drankriegen."

„Oh. Ja, natürlich." Die Frau lachte leise. „Das tut mir leid. Hier ist Gigi. Ich habe deinen Namen auf dem Display aufblitzen sehen, und mir war nicht klar, dass es Sebastians Handy ist. Ich dachte einfach, du hättest mich angerufen. Das tut mir echt leid."

„Hi, Gigi", sagte Iris, die auf dem Sofa Platz nahm. Sie stieß Luft aus und schloss die Augen. „Ich muss Sebastian nur was fragen. Kann er gerade rangehen?"

„Das dauert ein paar Minuten. Er ist unter der Dusche. Er kann dich zurückrufen, oder ich kann dich mal kurz am Telefon halten und wir können planen, wann wir an deiner Ausbildung in Erdmagie arbeiten. Was sagst du?"

„Das klingt toll, aber …" Wie sollte sie der Frau, die einfach nur nett zu ihr war, sagen, dass sie gerade nicht die Energie hatte, darüber nachzudenken? Sie wollte Gigi nicht wegschieben, aber es war ja auch nicht wichtig, dass sie im Augenblick weitere Magie ausprobierte.

„Du bist überlastet, oder?", sagte Gigi, die mitfühlend klang. „Das ist schon in Ordnung. Sebastian hat mir erzählt, was du heute Abend zu Hause vorgefunden hast. Wir können ein andermal darüber reden, wenn die Dinge nicht so überwältigend sind."

Erleichterung fegte durch Iris hindurch. „Danke. Ich will echt Zeit damit bringen, zu verstehen, was ich kann und was nicht, aber im Augenblick ist meine Nervosität viel zu hoch, mich auf etwas anderes als diesen Fluch zu konzentrieren, und wie ich meinen Namen reinwasche."

„Verständlich. Ich kann nicht glauben, dass das passiert. Du weißt, dass wir alle für dich da sind, oder?", sagte Gigi.

Iris hatte sich das schon gedacht, aber es fühlte sich echt gut an, es ausgesprochen zu hören. Nachdem sie festgenommen worden war, hatte sie nicht aufhören können, sich zu fragen, ob irgendwer an ihre Unschuld glauben würde. Es war unvernünftig, da Gigi sofort Sebastian geschickt hatte, um ihr zu helfen. Sie musste sich echt in den Griff kriegen. „Vielen Dank dafür. Ich weiß, dass du es ernst meinst. Es ist nur ... Ach. Ich habe Schwierigkeiten, derzeit irgendwem zu vertrauen. Nachdem Sebastian weg ist, habe ich mein ganzes Haus nach Aufzeichnungsgeräten durchsucht, um sicherzustellen, dass mich niemand beobachtet. Ist das verrückt?"

Gigi war kurz still, bevor sie sagte: „Nein. Es ist überhaupt nicht verrückt. Es ist völlig verständlich nach diesen erfundenen Vorwürfen gegen dich. Wer weiß, wozu sie sonst noch fähig sind?"

„Genau das denke ich auch dauernd", gab Iris zu. „Tatsächlich habe ich deswegen Sebastian angerufen. Ich habe gehofft, dass er jemanden kennt, der mal das Haus nach Wanzen oder Kameras durchsuchen kann. Ich werde mich nicht sicher fühlen, bis ich ganz genau weiß, dass ich nicht beobachtet werde."

„Wow. Ich bin nicht sicher, ob ich daran gedacht hätte. Moment mal. Da ist er."

Das Handy wurde Sebastian gereicht, der zustimmte, dass es eine gute Idee war, das Haus professionell durchsuchen zu lassen. Er versprach, jemanden zu finden, der am nächsten Tag Zeit haben würde.

„Gut. Ich lasse dir einen Schlüssel da, denn ich werde am Vormittag eine Zeit lang unterwegs sein", sagte sie.

Nachdem sie alles abgesprochen hatten, beendete Iris den Anruf und sank am Ende ihres Sofas zusammen, fühlte sich einsamer denn je. Sie verabscheute das Gefühl und stand sofort auf, ging zu ihrem Extrazimmer, in dem sie einen kleinen Fitnessraum hatte. Es half ihr normalerweise, ihre Ruhelosigkeit loszuwerden, wenn sie auf dem Laufband lief, aber heute Abend war es ganz anders. Ganz gleich, wie schnell oder heftig sie auf ihrer Maschine lief, die Wut baute sich einfach in ihrem Inneren auf, bis sie einen Schrei ausstieß, der das Blut zum Gerinnen brachte. Und dann fühlte sie sich einfach nur leer.

Sie lehnte an der Wand, spürte, wie ihre Knie anfingen, nachzugeben, und ließ sich zu Boden gleiten, wo sie weinte, wirklich weinte, zum ersten Mal seit Jahren. Es dauerte nicht lange, bis das Schluchzen ihren ganzen Körper erfasste. Sie wusste, dass das längst überfällig war, dass sie all diese Emotionen herausbrechen ließ, denn sie hatte nicht zugelassen, dass sie sich auflöste, als sie ihre Ehe beendet hatte. Also hielt sie sich an ihren Knien fest und ließ es alles raus. Bis ihr Körper aufhörte, zu zittern, und ihre Augen keine Tränen mehr hatten, war sie ausgelaugt, erschöpft und bereit, sich im Bett zusammenzurollen. Aber bevor sie sich ins andere Zimmer begeben konnte, klingelte es an ihrer Tür.

Iris schaute auf die Uhr. Es war kurz vor Mitternacht. Wer könnte an ihrer Tür sein? Vielleicht Kade? Er war der Einzige, von dem sie sich vorstellen könnte, dass er so spät bei ihr klopfte. Rasch wischte sie sich über die Augen, wusste, dass sie wie ein Wrack aussehen würde. Sie dachte daran, sich Wasser ins Gesicht zu spritzen, aber die Glocke läutete wieder, schickte sie zur Eingangstür.

„Hör mal", setzte sie an, als sie die Tür aufschwang, blieb aber abrupt stehen, als sie Gigi auf ihrer Schwelle sah, die eine Bäckereischachtel und eine Thermoskanne hielt. Sie trug einen pinken Flanellschlafanzug und hatte passende schicke Pantoffeln an den Füßen. „Gigi? Was machst du hier, schlafwandelst du?"

„Ich bin mit Verstärkung hier." Sie schwebte in Iris' Haus. Sobald sie drinnen war, hielt sie die Thermoskanne hoch und sagte: „Das ist Irish Coffee, und das" – sie hob die Schachtel – „sind Doppel-Schoko-Fudge-Cupcakes. Ich bin hier für eine Übernachtungsparty, wo ist das Schlafzimmer?"

„Schlafzimmer?", fragte Iris verblüfft.

„Ja. Schlafzimmer. Du glaubst doch nicht, dass wir auf dem Wohnzimmerboden schlafen wie ein paar Zwölfjährige, oder?" Sie grinste. „Das wird mir dieser alte Körper nicht danken."

Iris konnte nicht verhindern, dass sie kicherte. „Meiner auch nicht. Es ist das Zimmer am Ende des Ganges."

„Hervorragend. Jetzt lass uns unsere Sorgen mal ertränken, und finden wir uns mit den Paar zusätzlichen Pfunden ab, die diese Cupcakes uns liefern werden. Bereit?"

Iris nickte.

„Gut. Folge mir." Gigi ging durch den Gang, mit einer

Herrschaftlichkeit, als würde ihr das Haus gehören. Als sie an der Schlafzimmertür ankam, machte sie eine Kopfbewegung. „Jetzt komm schon und kuschle dich mit mir ein, bevor ich beschließe, dass diese Cupcakes zu gut zum Teilen sind."

Das brachte Bewegung in Iris. Sie eilte Gigi nach und zog sich rasch eine lange Pyjamahose und ein altes, verblichenes T-Shirt an. Gigi stieg einfach auf ihr Bett, als Iris sie angrinste, bevor sie sich auf den Irish Coffee stürzte.

Gigi schüttelte den Kopf. „Ich hätte es wissen sollen. Es sind immer die Stoischen, Stillen, die im Bett zu Bestien werden." Gigi zwinkerte Iris zu und reicht ihr einen Cupcake. „Deine Nacht wird gleich hundertmal besser werden."

„Bist du dir da sicher?", fragte Iris. Aber dann rollten ihre Augen in dem Moment nach hinten, in dem der Cupcakes bei ihren Geschmacksknospen ankam. „Egal", zwang sie schließlich heraus. „Du hast recht. Wer immer die gebacken hat, verdient einen Nobelpreis für dieses Meisterwerk auf Genieebene."

„Dagegen habe ich nichts einzuwenden", stimmte Gigi zu, während sie ein Kissen zwischen ihren Rücken und das Kopfteil stopfte. Das Lächeln auf Gigis Gesicht war breit und voller Vorfreude. „Bereit für ein bisschen Mädelszeit?"

„Was meinst du?", fragte Iris, die plötzlich ein skeptisches Gefühl wegen dieses Besuchs hatte. War Gigi wirklich hier für Mädelszeit, oder suchte sie Beweise? *Verdammt, Iris. Bist du etwa paranoid?*

„Es bedeutet, Iris Hartsen, dass wir uns in den nächsten Stunden mit Alkohol und Cupcakes vollstopfen und über alles und nichts reden, bis wir wegpennen."

Die Aufrichtigkeit in Gigis Tonfall, zusammen mit dem spielerischen Glitzern in ihrem Blick überzeugte Iris, dass ihre neue Freundin nichts als hundert Prozent aufrichtig war. Sie stieß ein leichtes Seufzen aus und sagte: „Das klingt einfach nur perfekt."

In den nächsten Stunden blieb Iris' Aufmerksamkeit auf Gigi gerichtet, während sie eine lustige Geschichte nach der nächsten von den Fehlern erzählte, die sie mit ihren Tränken und ihrer Hautpflegelinie im Lauf der Jahre gemacht hatte. Ihr Liebling war, als sie unabsichtlich das falsche Kraut benutzt und letztlich Joy eine Gesichtsfeuchtigkeitscreme gemacht hatte, die eine allergische Reaktion hervorrief und ihre Lippen anschwellen ließ. Joy war für einen Werbefilm gebucht und entsetzt gewesen, dass man sie rauswerfen würde, aber als sie hingegangen war, um den Regisseur in Kenntnis zu setzen, hatte er ihre aufgespritzten Lippen gelobt und sie angeheuert, sofort noch drei weitere Werbeanzeigen zu drehen. Das hatte bedeutet, dass Gigi ihren Fehler hatte wiederholen müssen, nur damit Joy nicht gefeuert wurde.

„Du hast einfach keine Vorstellung, wie groß ihre Lippen waren, Iris", sagte Gigi durch Lachtränen hindurch. „Ich kann es nicht erwarten, dass diese Werbefilme rauskommen. Ich werde niemals nicht darüber lachen können, wie das alles zustande kam. Und nur fürs Protokoll, ich glaube, der Regisseur ist blind, denn diese Lippen haben Joy nicht gestanden. Sie hat ausgesehen, als hätte sie die Lippen aufgespritzt und einen Giftefeu geküsst oder so was. Überhaupt nicht sexy, aber so ist Hollywood eben, schätze ich."

Die beiden Frauen kicherten bis spät in die Nacht, und als Iris endlich einschlief, war ihr Herz etwas leichter. Und obwohl sie immer noch Sorgen hatte, dass sie verhaftet werden könnte für etwas, das sie nicht getan hatte, hatte sie zumindest eine echte Freundin gewonnen, die hoffentlich eine lange Zeit um sie sein würde.

KAPITEL SECHS

*I*ris schenkte sich ihren Not-Instantkaffee in einen Reisebecher, als es klingelte.

„Ich gehe hin", rief Gigi.

„Moment!", rief Iris zurück, nicht sicher, weshalb sie gerade einen leichten Panikanfall bekam, dass Gigi Kade auf der anderen Seite der Tür treffen würde. Sie eilte aus der Küche und ihr in ihr Wohnzimmer, um festzustellen, dass Kade und Gigi sich einander vorstellten.

„Wir hatten eine Pyjama-Party", sagte Gigi, die Kade anlächelte. „Wir sind viel zu lange wach geblieben, haben uns Zucker und Alkohol reingestopft. Es ist erstaunlich, dass wir beide so früh auf sind."

Kade hob eine Augenbraue. „Es gab Alkohol, und niemand hat mich eingeladen?"

Gigi lachte. „Tut mir leid. Mädelsabend. Du weißt, wie es ist." Gigi schaute über die Schulter zu Iris. „Ich breche jetzt auf und lass dich machen ... was immer ihr beiden heute vorhabt." Es lag ein leicht suggestiver Unterton in ihrer Stimme, während sie Iris zuzwinkerte. „Habt Spaß! Und bleibt auf der sicheren Seite. Wie sagt man noch? Liebe, aber nur bedeckt?"

„O mein Gott. Du hast keine Ahnung, wovon du redest", sagte Iris, die lachte, während sie Gigi einen zusätzlichen Schlüssel in die Hand drückte. „Geh nach Hause und gib den Sebastian. Dein Job ist erledigt." Sie gab ihrer Freundin eine rasche Umarmung und flüsterte: „Danke für letzte Nacht. Es war genau, was ich gebraucht habe."

„Gern geschehen." Gigi ließ sie los, winkte Kade zu und marschierte hinaus, ihre blonden Haare flogen hinter ihr.

„Sie ist … witzig", sagte Kade.

„Inzwischen schon", sagte Iris, der wieder einfiel, dass Gigi bis vor ganz kurzer Zeit ziemlich still und unterkühlt gewesen war. Aber seit sie die Wahrheit über das Verschwinden ihrer Mutter herausgefunden hatte, hatte sie einen Abschluss gefunden und schien aufrichtig glücklich mit Sebastian und der Freundschaft zu den anderen Zirkelmitgliedern. Iris war froh für sie und wünschte sich, sie wäre so zufrieden mit ihrem eigenen Leben. „Als sie vor etwas über einem Jahr nach Premonition Pointe gekommen ist, blieb sie meist für sich. Jetzt, da sie Freundinnen gefunden und eine neue Beziehung hat, ist sie echt aus ihrem Kokon rausgeschlüpft."

„Klingt, als hätte sie ihren Platz gefunden", sagte Kade.

Iris nickte. „Ich denke schon."

„Genau wie du", sagte er mit einem sanften Lächeln. „Wenn es dir nichts ausmacht, dass ich frage, was ist mit Sebastian? Er ist dein Anwalt, oder?"

Sie nickte.

„Sind sie zusammen? Ich habe mitgehört, dass du sie gebeten hast, ihm deinen Schlüssel zu geben."

„Er ist ihr fester Freund. Er wird jemanden organisieren, der bei mir nach Überwachungsgeräten sucht. Ich weiß, das klingt paranoid, aber ..." Sie hob die Handflächen und zuckte mit den Schultern. „Besser zu viel machen als zu wenig, oder?"

„Nach dem, was gestern Abend passiert ist, würde ich sagen, es ist einfach nur klug." Er lächelte sie an. „Bereit, Tads Geheimnisse zu erfahren?"

„Mehr als bereit." Iris schnappte sich ihren Reisebecher mit Kaffee und folgte Kade hinaus zu seinem grauen Honda CR-V. „Ich glaube, das ist vielleicht das perfekte Auto, um jemandem zu folgen."

„Warum denn das?", fragte er, während er ihr die Tür aufhielt.

„Sieht einfach genauso aus wie jeder andere kleine SUV auf der Straße."

„Autsch", sagte er spielerisch. „Nennst du mich etwa unauffällig?"

„Wenn es zum SUV passt", scherzte sie und stieg in das Auto.

Er lachte leise und schüttelte den Kopf, während er zur anderen Seite herumlief und auf den Fahrersitz sprang. „Du bist heute Morgen dreist. Das gefällt mir."

„Es ist wahrscheinlich der ganze Zucker, den ich gestern Nacht gegessen habe", sagte sie und nahm einen großen Schluck von ihrem Kaffee.

Er schaute zu ihr hinüber. „Ich wollte am Café Halt machen, um Kaffee zu holen, aber es sieht aus, als wärst du mir bereits ein Schritt voraus."

Iris Augenbrauen gingen hoch. „Hattest du noch keinen Kaffee?"

„Nö."

„Und du bist so wach? Guter Gott, Mann. Wie machst du das?", fragte sie entsetzt. Ohne zumindest zwei Tassen Kaffee am Morgen konnte Iris nicht mal ihre Schnürsenkel binden, ganz zu schweigen eine Unterhaltung führen.

„Gute Gene." Er grinste und fuhr zu dem Drive-Through ihres Nachbarschaftscafés. Fünf Minuten später, mit einem großen Latte und einem Stück Kuchen fuhr er nach Norden, weg von der Stadt zu der exklusiven Siedlung an der Klippe, wo Tad wohnte.

Es war Iris nicht schwer gefallen, seine Adresse zu finden. Sie hatte immer noch die Passwörter für die Datenbanken der Stadt. Fünf Minuten auf der Seite der Steuerveranlagung, und sie hatte alles, was sie brauchte. Offensichtlich hatte niemand daran gedacht, irgendwelche Log-ins zu ändern, seit sie sie rausgeworfen hatten. Es war nachlässig, aber für Iris ein Glück.

Zunächst einmal fuhr Kade langsam an Tads Haus vorbei, um Iris die Gelegenheit zu geben, es auszuspähen. Sein angeberischer silberner Ferrari stand in der Zufahrt des dreistöckigen Hauses, das über die dramatische Küste hinausblickte.

„Huch. Sieht aus, als würde jemand so richtig ein Leben in Saus und Braus führen", sagte Iris, die sich nicht vorstellen konnte, das Geld zu haben, um ein solches Haus an der kalifornischen Küste zu besitzen.

„Ein anderes Leben kennt er nicht", sagte Kade, der am Ende der Sackgasse wendete. „Privilegiert trifft es nicht mal ansatzweise."

„Ich spüre da irgendwie Vorbehalte." Iris musterte ihn, sah sein lockeres Outfit aus Jeans, einem T-Shirt und abgetragenen Sneakers, obwohl ihr auffiel, dass sie Markenqualität hatten. „Du bist in seiner Welt aufgewachsen. Hattest du nicht dieselben Privilegien?"

Er stieß ein humorloses, schnaubendes Lachen aus. „Wohl

kaum. Wir sind auf dasselbe Internat gegangen, aber ich war mit einem Stipendium dort. Er war ein Kind, nach dem ein ganzes Gebäude benannt wurde, da seine Eltern so viel Geld gespendet haben, bloß damit er nicht in Schwierigkeiten geriet."

„Auf keinen Fall. Das ist nicht echt passiert, oder?"

„Doch. Ist echt passiert." Er parkte den SUV einen halben Block von Tads Haus entfernt und ließ den Motor leerlaufen. „Er hat nie für irgendwas arbeiten müssen. Oder zumindest damals nicht. Jetzt sieht es ja auch nicht danach aus, da einige mächtige Freunde ihn auf deine Stelle gesetzt haben."

Iris mahlte mit den Zähnen. Es tat immer noch weh, dass ein Mann mit null Vorgeschichte als Staatsdiener oder Erfahrung mit der Leitung einer Kommune die Schlüssel zu Premonition Pointe überreicht bekommen hatte. „Du scheinst ihn nicht sonderlich zu mögen. Ist das für dich was Persönliches?"

„Nein. Überhaupt nicht." Kade zuckte mit den Schultern. „Um ehrlich zu sein, habe ich nicht mal mehr an ihn gedacht, bis ich hergezogen bin und erfahren habe, dass er vor ein paar Tagen zum neuen Bürgermeister ernannt worden ist. Also spreche ich nur Tatsachen aus."

„Das weiß ich zu schätzen." Iris nippte an ihrem Kaffee, hielt die Augen auf Tads Eingangstür gerichtet. „Glaubst du, wir verschwenden unsere Zeit?"

„Was meinst du?", fragte er.

„Was, wenn er direkt zur Arbeit geht?" Iris warf einen Blick auf Kade. „Falls das passiert, werden wir nur erfahren, ob er sich an die Verkehrsregeln hält oder nicht."

„Ist schon möglich, dass er direkt dorthin fährt, aber ich bezweifle es. Ich habe ihn an den meisten Vormittagen in der Stadt gesehen."

„Wirklich?", fragte sie fasziniert. „Was bist du denn so früh wach und in der Stadt unterwegs?"

Er grinste sie an. „Das wüsstest du wohl gerne?"

„Ja. Ja, das wüsste ich gerne." Sie sah ihn aus zusammengekniffenen Augen an. „Warum so geheimnistuerisch?" Dann kam es ihr, dass sie vielleicht ein bisschen zu persönlich wurde. Wenn er so früh am Morgen unterwegs war, bedeutete das vielleicht, dass er tatsächlich gar nicht nach Hause gegangen war.

„Was soll denn dieser Ausdruck?", fragte er sie mit erheitertem Blick.

„Nichts. Ich … du brauchst nicht zu antworten."

Er stieß ein lautes Lachen aus. „Du glaubst, ich komme in Schande nach Hause, was?"

Ihr Gesicht wurde heiß. „Tut mir leid. Was immer, oder mit wem immer du es machst, es geht mich nichts an."

In Kades strahlend blauen Augen tanzte Erheiterung. „Du bist ziemlich süß, wenn du verlegen bist."

„Ich bin nicht süß", behauptete Iris. „Süß ist für Zwanzigjährige, nicht für eine Frau, die bald fünfzig wird."

„Das sehe ich anders." Er griff herüber und schob ihr eine Haarsträhne hinters Ohr. „Ich kenne dich erst vierundzwanzig Stunden lang, aber es ist offensichtlich, dass du eine kluge Frau bist, mit einer ganzen Menge Rückgrat. Und zu sehen, wie du ein bisschen verlegen und rot wirst, ist süß. Ich habe das Gefühl, du lässt nicht oft was durchblicken. Mir gefällt, dass ich einen Blick auf diese Seite von dir werfen durfte."

Iris' Wangen wurden wieder heiß, und sie konnte nicht glauben, dass sie in ihrem Alter noch verlegen wurde, weil ein umwerfender Mann nett zu ihr war.

„Da ist es ja wieder." Er drückte ihr eine Handfläche auf die warme Wange. „Mir gefällt es."

„Mir nicht", log sie, noch während sie sich an seine Handfläche lehnte. Wie lange war es her, seit jemand sie so zart berührt hatte? Obwohl ihre Scheidung noch gar nicht mal so lange her war, hatte Tom ihr seit Jahren nicht mehr so eine Art Zuneigung zukommen lassen.

„Doch, tut es." Er strich mit dem Daumen über ihre Wange, bevor er die Hand senkte. Kade wollte noch etwas sagen, doch Iris schnitt ihm das Wort ab, als sie zu Tads Haus deutete.

„Tad ist unterwegs zu seinem Auto." Sie beugte sich vor, spähte aus der Scheibe auf den übermäßig aalglatten Mann. Selbst von ihrem Standort einen halben Block entfernt konnte sie sehen, dass er schon wieder viel zu viel Gel verwendet hatte.

„Bereit für ein bisschen Detektivarbeit?", fragte Kade, legte den Gang im Honda ein.

„Ich bin längst bereit", sagte sie, zog ihr Handy heraus, weil sie vorbereitet sein wollte, falls sie irgendwie Bilder machen müsste.

„Da möchte ich wetten." Während Tad die Straße entlang raste, fuhr Kade aus dem Parkplatz und folgte ihm, hielt sich angemessen fern, damit man sie nicht sehen würde.

Tad hielt am selben Kaffee an, wo Kade seinen vormittäglichen Kaffee geholt hatte, und Iris beschloss, dass er kein totaler Psycho war. Allerdings würde ein Halt am Café ihnen nicht helfen, wenn sie seine Geheimnisse ausbuddeln wollten. Genau dasselbe Gefühl hatte sie, als er durch die Drive-Through-Apotheke fuhr und dann ein Paket auf dem Postamt aufgab.

„Ich glaube, diese Beobachtung war ein Reinfall", sagte sie, als Tad schließlich auf dem Parkplatz des Bürgermeisters vor den Verwaltungsgebäuden fuhr.

„Sehr wahrscheinlich. Aber wir können das morgen wieder

versuchen, wenn du möchtest", sagte Kade, der an einer roten Ampel gleich nach dem Rathaus zum Stillstand kam.

Iris schaute rüber und schnappte scharf nach Luft, als sie eine jüngere Frau in einer Uniform der Magie-Taskforce sah, die an dem Gebäude lehnte, ein Handy ans Ohr gedrückt. „Sieht aus, als wäre eine Ermittlerin hergeschickt worden."

Kade folgte ihrem Blick. „Nur eine? Das sieht nicht aus, als würden sie den Fluch sonderlich ernst nehmen."

„Ich habe ehrlich gesagt gedacht, dass sie niemanden schicken würden." Iris wusste nicht, was sie von dieser Entwicklung halten sollte. Einerseits war die MTF für ihre Professionalität bekannt und hatte einen hohen Standard, wenn sie in Fällen ermittelte. Auf der anderen Seite wirkte diese Agentin, als wäre sie gerade aus dem Ausbildungslager gekommen, und wer wusste schon, was für einen Einfluss Tad und der Stadtrat auf sie nehmen konnten. Sie erwarteten sehr wahrscheinlich, dass sie einfach tat, was nötig war, um einen Verantwortlichen zu finden und den Fall so schnell wie möglich abzuschließen.

„Was meinst du denn, was das bedeutet?", fragte er, während er die jüngere Frau beäugte. „Machen sie sich wirklich Sorgen um den Stand der Dinge in Premonition Pointe, oder ist das was anderes?"

„Mein Bauchgefühl sagt mir, was anderes, aber ich weiß nicht, was das sein soll", sagte Iris, die wieder an ihren Sitz sank.

„Wir könnten rübergehen und mit ihr reden, um zu sehen, ob sie was rauslässt", sagte Kade, der das Auto bereits auf einen Parkplatz in der Nähe des Parks lenkte.

„Könnten wir, aber ich bezweifle, dass das funktioniert. Sie ist zu frisch in dem Job. Geben wir ihr einen Tag oder so, um sich einzurichten, und dann werden wir ihr ganz zufällig begegnen und anfangen, eine freundliche Konversation zu führen. Die meisten Leute reden gern über sich, also fangen wir damit an."

Kade musterte sie kurz. „Du wirkst auf mich eher wie eine ehemalige Detektivin als eine ehemalige Bürgermeisterin. Bist du ein Naturtalent?"

Sie lachte leise. „Du wärst überrascht, wie oft sich diese Aufgaben in den letzten paar Jahren überlappt haben. Ich habe ziemlich viel Zeit mit dem Staatsanwalt und dem stellvertretenden Staatsanwalt verbracht und versucht, das Verbrechen auszumerzen, das immer wieder in diese Stadt reinkriechen will. Es war nicht der spaßigste Aspekt des Jobs, aber nötig war es."

„Ohne Zweifel." Kade stieg aus dem SUV und kam herum, um ihre Tür zu öffnen. „Ich glaube, es ist Zeit für ein Frühstück."

Iris schaute auf die Uhr, weil ihr bewusst war, dass er an diesem Tag noch zu einem Job musste. Aber es blieb noch viel Zeit, um sich was zu essen zu holen, und außerdem wollte sie nichts mehr, als die Geschäftsbesitzer der Stadt zu unterstützen. Da die Touristen gerade fehlten, wurde das Geschäft mit der Kundschaft vor Ort echt gebraucht, mehr denn je.

KAPITEL SIEBEN

*I*ris führte Kade ein paar Blöcke rüber zu
Blueberries, einem Restaurant, das zu einer Farm
gehörte, und einer von Iris' Lieblingen war. Die Besitzerin
wohnte nur ein paar Meilen weiter im Landesinneren auf
einer Farm, wo sie die meisten ihrer Zutaten herstellten.

„Ich hoffe, das ist okay", sagte Iris, während sie
hineingingen. Wie angenommen war das Restaurant zum
Großteil leer, aber ein paar Leute vom Ort saßen an der Bar
und tranken Bloody Marys.

„Sieht toll aus", stimmte Kade zu.

„Warte, bis du die Ricotta-Heidelbeer-Pancakes probiert
hast. Dann wirst du glücklich sterben." Iris winkte Mandy zu,
der Besitzerin, die sie gesehen hatte und herüberkam. Sie war
eine ältere Frau mit tollem langem, silbernem Haar und einem
strahlenden, freundlichen Lächeln.

„Iris!", rief die Frau und nahm sie in die Arme. „Ich bin so
froh, dass du hier bist. Ich habe mir Sorgen gemacht, seit ich
die Neuigkeiten gehört habe."

„Es ist nur ein Job. Ich werde schon irgendwas finden",

sagte Iris, die annahm, dass sie sich auf das Bürgermeisteramt bezog.

Die Frau zog sich zurück und runzelte die Stirn. „Ich habe die Festnahme gestern gemeint. Die ganze Stadt redet davon. Ich kann nicht glauben, dass sie echt denken, du wärst diejenige, die den Fluch gewirkt hat. Jeder mit einer halben Gehirnzelle weiß doch bereits, dass es dir nicht liegt, Zauber zu wirken."

Obwohl Iris die Unterstützung zu schätzen wusste, frustrierte es sie, dass Mandy wegen ihrer Fähigkeiten nicht glaubte, dass sie den Fluch gewirkt hatte, und nicht wegen der Tatsache, dass Iris Premonition Pointe liebte und niemals etwas tun würde, um den Einwohnern zu schaden. Sollte Mandy das nicht über sie wissen?

„Iris?", fragte Mandy. „Alles in Ordnung?"

„Ja, natürlich", sagte sie mechanisch. „Und danke für die Unterstützung. Es ziemlich verrückt, was?"

Mandy legte eine Hand auf Iris' Arm und drückte sie sanft. „Das werden sie schon bald rauskriegen, dann müssen sie sich entschuldigen für ihre Schnellschüsse."

„Ich rechne nicht mit einer Entschuldigung", sagte Iris. „Ich will einfach nur, dass sie rausfinden, wer es wirklich getan hat, bevor noch was Schlimmeres passiert."

Kade kam näher und legte ihr die Hand auf den Rücken. „Wenn sie das nicht tun, werden wir es tun."

„Guter Mann", sagte Mandy, die ihn anerkennend beäugte. Sie hielt ihm eine Hand hin. „Wir sind uns noch nicht begegnet. Ich bin Mandy, die Besitzerin dieses kleinen Cafés. Und du bist?"

„Kade Carson." Er schüttelte ihr die Hand. „Ich bin Iris' neuer Nachbar."

„Na, was für ein Glück." Sie wackelte mit den Augenbrauen

vor Iris. „Der ist ja ein riesiger Schritt nach vorn verglichen mit diesem enttäuschenden Ex."

Iris lachte leise. „Sehe ich auch so, aber freu dich nicht zu früh. Kade ist nur ein Freund."

Mandy beäugte ihn noch einmal, dann schaute sie zurück zu Iris. „Ja, redet euch das nur ein." Sie zwinkerte ihnen zu. „Ich besorge euch jetzt einen Tisch, bevor ich euch noch verhungern lasse." Mandy führte sie zu einem Tisch am Fenster und ließ ihnen Speisekarten da.

Iris sah ihr nach und wandte dann ihre Aufmerksamkeit zu Kade. „Das tut mir jetzt leid. Ich weiß nicht, warum sie angenommen hat, dass wir zusammen sind."

„Ist schon gut. Mir macht es nichts aus, wenn die Leute glauben, ich wäre mit meiner umwerfenden Nachbarin zusammen." Er warf ihr ein sexy schiefes Lächeln zu und wandte sich dann an seine Speisekarte.

„Ach, echt?" Sie stieß ein überraschtes Lachen aus, sein Flirten hatte sie völlig verblüfft.

„Ja. Tatsächlich würde es mir nichts ausmachen, wenn es stimmt."

Iris zwinkerte ihn an. „Was?" Er meinte das ernst, oder? Sie waren sich gerade erst begegnet, und gegen sie wurde derzeit in einem Verbrechen ermittelt. „Bist du verrückt?"

„Nein." Er hielt ihren Blick fest, während er fragte: „Warum ist das verrückt?"

„Wegen meines Dramas. Mir wird vorgeworfen, dass ich die Stadt verflucht habe, weißt du noch?"

„Klar, aber da ich dein Alibi bin, weiß ich bereits, dass du es nicht getan hast. Also bin ich zuversichtlich, dass diese Vorwürfe keinen Bestand haben werden." Er schaute auf, als Mandy mit Wasser kam.

„Habt ihr schon beschlossen, was ihr euch heute gönnt?"

„Iris sagt, ich brauche die Ricotta-Heidelbeer-Pancakes, also nehme ich die", sagte Kade. „Mit einem dicken Stück Bacon dazu und einer großen Tasse Kaffee."

Iris bestellte dasselbe, und als Mandy in die Küche zurückkehrte, sagte sie: „Du kannst doch unmöglich mit jemanden zusammen sein wollen, nachdem du sie erst zwei Tage kennst."

„Zusammen sein, also etwas Wiederholtes, ist voreilig, aber ich würde dich gern auf ein Date ausführen. Abendessen? Vielleicht eine Wanderung oder eine Fahrradfahrt an der Küstenstraße entlang? Was sagst du?"

„Ein Date?", wiederholte sie wie eine Närrin. Es war sehr lange her, dass jemand sie darum gebeten hatte, und sogar noch länger, dass jemand etwas vorgeschlagen hatte, das sie wirklich tun wollte.

Kade warf ihr wieder dieses sexy Lächeln zu, und dann nahm er einen Schluck Wasser.

„Wann?", fragte sie.

„Dieses Wochenende? Samstagvormittag? Wie wäre es mit einer Sonnenaufgangswanderung?"

Ein solches Angebot ließ sich nicht ablehnen. Hätte sie das perfekte Date beschreiben sollen, wäre es das. „Ja. Das würde ich gerne machen."

Sein Gesicht strahlte, als er lächelte. „Das wirst du nicht bedauern."

„Da bin ich mir sicher."

Als ihr Essen kam, wartete Iris, dass Kade den ersten Bissen nahm, und wurde von seinem zufriedenen, angetanen Stöhnen belohnt.

„Süßes Höllenfeuer, die sind unfassbar", sagte er, schob sich eine weitere Gabel davon in den Mund.

„Jetzt stell dir die ganzen anderen Mahlzeiten vor, mit

denen ich dich in dieser Stadt bekannt machen kann", sagte Iris, die einen Bissen von ihren eigenen Pfannkuchen nahm.

„Weißt du noch, dass ich gesagt habe, es wäre zu früh, zu sagen, dass wir zusammen sind?", sagte er.

„Ja?"

„Das nehme ich zurück. Wir sind jetzt offiziell zusammen. Du kommst da nicht raus, bevor du mich nicht in alle kulinarischen Wunder dieser Stadt eingeweiht hast."

Iris lachte. „Wenn du es so ausdrückst ... bin ich dabei. Wir essen uns durch die ganze Stadt, bis jeder von uns dreißig Pfund zugelegt hat."

„Paare, die zusammen zulegen, bleiben zusammen", scherzte er.

Verdammt, er war süß. Iris wollte sich über den Tisch beugen und ihn gleich dort im Blueberries küssen. Wären sie bereits auf einem oder zwei Dates gewesen, hätte sie es getan, aber stattdessen konzentrierte sie sich auf ihre Pancakes und lächelte vor sich hin. Gestern hatte sie den schlimmsten Tag ihres Lebens erlebt, und jetzt saß sie einem Mann gegenüber, der sie nicht nur zum Lächeln brachte, sondern auch ihr Herz rasen ließ. Sie waren nicht auf einem Date, aber es fühlte sich durchaus so an.

„Da bist du ja!", rief eine viel zu vertraute und unwillkommene Stimme durch das Restaurant.

Iris riss den Kopf nach oben und blinzelte, betete, dass sie sich nur etwas einbildete.

„Iris!" Katheryn West trug einen perfekt maßgeschneiderten schwarzen Anzug und eine lavendelfarbene Seidenbluse zu ihren geliebten hochhackigen Louboutin-Schuhen. Ihre Haare waren drei Schattierungen blonder als beim letzten Mal, als Iris sie gesehen hatte, und ihre falsche Bräunung war zwei Schattierungen dunkler. Sie fegte an Mandy vorbei und marschierte herüber zu ihrem Tisch. Ohne ein Wort zu sagen, zog sie Iris aus ihrem Stuhl in eine feste Umarmung hinein.

Iris versteifte sich und erwiderte die Umarmung ihrer Mutter nicht. „Mom, was machst du hier?"

„Ich bin gekommen, sobald ich es gehört habe." Sie zog sich zurück und strich mit den Händen über Iris' Gesicht, als würde sie nach Abnormitäten suchen.

Iris riss sich los. „Was machst du da?"

„Ich gehe nur sicher, dass niemand sich an dir vergangen hat, während du im Gefängnis eingesessen bist." Sie musterte Iris' Arme und drehte sie dann um, als könnte sie durch ihre Kleider sehen.

„Ich war nicht im Gefängnis, Mutter", sagte Iris, die sich zurückdrehte und die Arme vor der Brust in einer defensiven Pose verschränkte. „Mein Anwalt hat mich rausgebracht, sobald die Vorwürfe aufgenommen waren. Es gibt nichts, worum man sich Sorgen machen muss."

„Nichts, worum man sich Sorgen machen muss? Mein Baby hat endlich seine Magie gefunden und dann gleich eine ganze Stadt verflucht. Das ist alles meine Schuld, dass ich dir nicht beibringen konnte, wie du deine Kräfte beherrschst. Es liegt an mir, das hinzubiegen." Katheryn sank dramatisch in einen der freien Stühle und legte sich ein Handgelenk an die Stirn.

„O mein Gott", murmelte Iris. „Das kannst du nicht ernst meinen."

Ihre Mutter ließ die Hand sinken und starrte ihre Tochter an. „Ich meine das so ernst wie ein Steuerfahnder. Hätte ich meine Aufgabe besser erledigt, wärst du nicht in dieser Lage. Ich habe meinen Anwalt gerufen. Er ist der beste im Geschäft, also werden wir alles tun, was wir können, um diese Vorwürfe entweder zu entkräften oder dein Urteil zu mindern. Dann werden wir dir Unterricht geben, damit du diese Magie kontrollieren kannst, und vielleicht etwas Therapie, um deinen unterdrückten Zorn unter Kontrolle zu bringen. Niemand wirkt einen solchen Fluch, ohne irgendwelche ungeregelten Probleme zu haben."

Zorn wogte in einer Flutwelle durch Iris' Adern. „Mutter, lass das. Ich habe einen Anwalt. Es tut mir leid, dass du die ganze Strecke gekommen bist, aber deine Hilfe wird nicht benötigt."

Katheryn gab ein unwilliges Geräusch von sich. „Sei nicht stur, Kleine. Ich weiß, es ist überwältigend, aber wenn wir einfach nur einen Plan machen, können wir …"

„Mutter, hör auf!" Iris erhob sich. „Du kannst nicht mit allen möglichen falschen Annahmen reinkommen und versuchen, alles zu übernehmen. So läuft das nicht."

„Iris, ich versuche nur, zu helfen", sagte sie, ihre Augen traurig und voller Enttäuschung.

Kade räusperte sich, sodass sie sich beide ihm zuwandten.

„Na, wer ist das?", fragte Katheryn, ihr Tonfall von Verurteilung gesäumt. „Neuer Freund? Hatte der irgendwas mit deinem Ausbruch zu tun, der einen Fluch auf die ganze Stadt gelegt hat?"

Iris stöhnte, während Kade sich an einem Stück Bacon verschluckte. „Tut mir leid", sagte Iris zu Kade. Dann wandte sie sich an ihre Mutter. „Du musst gehen."

„Ich gehe nirgendwohin. Ich bin hier, um zu helfen!"

„Ähm, Mrs. …", setzte Kade an.

„Es ist Ms. West. Katheryn West. Und Sie sind?" Sie ließ den Blick über ihn schweifen, tat nichts, um ihre Verurteilung zu verbergen.

„Ich bin Kade Carson, Iris' Nachbar." Er hielt eine Hand vor. „Schön, Sie kennenzulernen."

Katheryn schürzte die Lippen und schüttelte ihm zögerlich die Hand. „Sagen Sie, dass Sie nicht mit meiner Tochter zusammen sind?"

Kade hob eine Augenbraue. „Ich habe gar nichts gesagt. Aber ich bin mir nicht sicher, dass es Sie irgendwas angeht, ob wir zusammen sind oder nicht."

Iris wollte über seine Antwort jubeln. Nichts war so sexy wie jemand, der sich ihrer herrischen Mutter entgegenstellte.

„Übrigens", fuhr Kade fort. „Ihre Tochter hat diesen Fluch nicht gewirkt." Er stand auf, warf etwas Geld auf den Tisch und sagte: „Iris, ich muss an die Arbeit. Brauchst du einen Chauffeur nach Hause?"

„Ich habe ein Auto. Sie kommt klar", sagte Katheryn, die sich Iris' Handgelenk schnappte, als wolle sie sie zwingen, an ihrer Seite zu bleiben.

Iris riss den Arm aus dem Griff ihrer Mutter. Sie wollte unbedingt sein Angebot annehmen, aber sie wusste, dass sie bleiben und sich mit ihrer Mutter befassen musste. Falls Iris sie nicht zur Vernunft brachte, würde sie einfach weitere Pläne für Iris' Leben fassen, von denen Iris nicht die Absicht hatte, sie durchzuziehen. „Ich komme klar. Gehe schon. Grüß Lucas von mir."

Kade warf einen Blick zu Katheryn und dann zurück zu Iris. „Bist du sicher?"

Sie nickte. „Danke noch mal."

Er lächelte. „Ich freue mich dann auf Samstag."

„Ich auch." Sie konnte das Lächeln nicht unterdrücken, das auf ihre Lippen tat, als er ging, obwohl sie es sofort bedauerte, als sie den finsteren Ausdruck auf dem Gesicht ihrer Mutter sah. Iris seufzte. „Ernsthaft, Mutter. Warum bist du hier? Dir ist schon klar, dass ich erwachsen bin und mehr als nur fähig, mein eigenes Leben in den Griff zu kriegen, oder?"

„Das scheint zweifelhaft, wenn man bedenkt, dass du die Stadt verflucht hast, die du zu lieben behauptest. Obwohl ich zugeben muss, dass ich die Anziehungskraft nicht ganz verstehe." Sie tippte mit dem Fingernagel auf den Tisch. „Warum kommst du nicht mit mir nach Hause, während wir diese Sache ein bisschen abkühlen lassen. Lass meine Anwälte …"

„Hörst du mir jemals zu?", wollte Iris wissen. „Ich habe die Stadt nicht verflucht, und ich habe sowohl einen Anwalt als auch ein Alibi. Sebastian kümmert sich darum. Ich brauche dich nicht, dass du dich hier reinstürzt und versuchst, alles zu übernehmen."

„Iris, du musst das mal nüchtern betrachten. Vorwürfe wie diese gehen nicht einfach weg. Lass mich tun, was ich tue, und das wird alles vorbei sein, bevor du dich versiehst."

Iris verdrehte die Augen, legte etwas Geld auf den Stapel, den Kade auf dem Tisch gelassen hatte, und dann drehte sie sich um und ging hinaus. Sie würde nicht noch länger dastehen und sich von ihrer Mutter behandeln lassen wie ein trotziger Teenager.

Natürlich folgte ihr Katheryn. „Du bist wieder stur", sagte sie, sobald sie auf dem Bürgersteig standen.

„Gut. Dann bin ich halt stur. Ist mir recht", sagte Iris. „Zumindest wissen wir, dass ich eine Eigenschaft von dir geerbt habe."

„Hör auf, so respektlos zu sein." Katheryn reihte sich neben Iris ein. „Das ist ernst."

„Da haben Sie verdammt recht, dass es ernst ist", sagte ein Mann hinter ihnen.

Iris wirbelte herum, um Tad dort stehen zu sehen, der sie praktisch anfauchte.

„Wie können Sie es wagen, mir das anzutun", zischte er und

funkelte Iris an. „Nur weil Sie rausgeworfen wurden, gibt Ihnen das nicht das Recht, mit dem Lebensunterhalt jedes Menschen Unfug zu treiben, der in dieser Stadt lebt oder arbeitet."

„Ich habe Premonition Pointe nicht verflucht. Jeder, der mich länger kennt als fünf Minuten, weiß das über mich", sagte Iris so ausgeglichen, wie sie konnte, weil sie sich bewusst war, dass ihre Mutter kein Problem damit hatte, das Schlimmste über sie anzunehmen. Sie schob diesen Gedanken beiseite und fuhr fort: „Wenn ich Sie wäre, würde ich echt anfangen, in einer anderen Richtung suchen, wenn ich rauskriegen will, wer das getan hat."

„Sie sind die Einzige mit einem Motiv, Hartsen. Selbst Ihr Ehemann glaubt, Sie haben es getan", spuckte Tad aus und richtete seine leuchtend gelbe Krawatte.

„Ex-Mann", klärte Iris. „Und falls er noch irgendwelche Gehirnzellen übrig hätte, würde sogar ihm klar werden, wie lächerlich dieser Vorwurf ist."

„Ich bin Ihnen auf der Spur, Hartsen. Denken Sie an meine Worte. Bis der Staatsanwalt mit der Ermittlung fertig ist, sind Sie hinter Gittern, und zwar so lange, dass Sie neunzig sind, bevor Sie wieder freikommen."

Katheryn trat einen Schritt vor, drang in Tads persönlichen Raum ein, während sie auf ihn hinabstarrte und vor ihm die Nase rümpfte. „Sie sind ein trauriger, armseliger kleiner Mann. Haben Sie nichts Besseres zu tun, als Iris anzubrüllen? Etwa herausfinden, wie man diesen Fluch umkehrt, bevor die ganzen Bewohner in bessere Jagdgründe aufbrechen?" Sie wandte sich an Iris. „Wer hat diesen Idioten angestellt?"

Iris konnte das Lachen nicht verhindern, das aus ihrem Mund entwich, weil ihre Mutter ihn so unerwartet beleidigte.

„Ich wurde vom Stadtrat ernannt", sagte Tad. „Der musste

etwas unternehmen, bevor die Stadt von ihr völlig in Grund und Boden gewirtschaftet wurde." Er wies zu Iris hin. „Die Drogenstatistik ist während ihrer Amtszeit um fünfzig Prozent hochgegangen. Wussten Sie das?"

„Nur, weil wir was gegen den Drogenhandel unternommen haben. Die Verwaltung vor mir hat ein Auge zugedrückt und sich geweigert, zu akzeptieren, dass überhaupt ein Problem besteht. Wenn es nicht existiert, gibt es auch keine Statistik."

Tad stutzte kurz und versuchte, eine Möglichkeit zu finden, um ihrer Erklärung zu widersprechen, aber sein Gesicht wurde einfach nur rot, als er sagte: „Fahren Sie zur Hölle. Sie beide."

Iris zuckte nur mit den Schultern, während er ins Blueberries ging, seine Glieder zuckten vor Wut.

„Komm schon, Iris. Gehen wir nach Hause. Ich will auspacken, bevor ich mich wirklich in deinen Fall stürze", sagte Katheryn.

Es lag Iris auf der Zunge, ihrer Mutter abermals zu sagen, dass sie sich um ihren eigenen Kram kümmern sollte, aber sie hielt sich zurück, weil ihr einfiel, dass sie ihr bei Tad den Rücken gestärkt hatte. Dieser eine Augenblick, als ihre Mutter ihn zurechtgewiesen hatte, hatte den ganzen lästigen Rest aufgewogen und dafür gesorgt, dass es sich lohnte. Außerdem wusste sie aus Erfahrung, dass sich ihre Mom nicht aufhalten ließ, bis sie jedes Detail des Plans dargelegt hatte, ob Iris es nun hören wollte oder nicht.

„Schon gut, aber ich fahre", sagte Iris, die die Hand nach den Schlüsseln des BMWs ihrer Mutter ausstreckte.

„Iris, du weißt doch, dass ich keine anderen Leute fahren lasse", sagte Katheryn. „Steig einfach ein, und ich bringe dich nach Hause."

„Nein. Diesmal nicht." Iris deutete auf die Schlüssel und

stand da, bis ihre Mutter schließlich nachgab und sie rüberreichte. Iris versteckte ihr Lächeln, während sie hinter das Lenkrad glitt. Sobald ihre Mutter auf dem Beifahrersitz saß, stieg Iris aufs Gas und genoss jeden Augenblick, das Luxusauto ihrer Mutter zu fahren, in dem Wissen, dass dieser Moment vermutlich der letzte angenehme sein würde, den sie erleben würde, bis der unerwartete Besuch ihrer Mutter schließlich ein Ende fand.

KAPITEL ACHT

„Warum sind hier Leute?", fragte Katheryn, die aus der Windschutzscheibe ihres BMW spähte. „Und ein Lieferwagen? Iris, was ist los?"

Iris knirschte mit den Zähnen. „Das sind nur mein Anwalt und ein Technikteam, die sicherstellen, dass mein Haus nach allem, was passiert ist, ein sicherer Ort ist." Sie würde auf gar keinen Fall ihrer Mutter sagen, dass sie die Bude nach Überwachung durchsuchen ließ. Wer wusste schon, was sie davon halten würde?

„Was für ein Technikteam?", fragte sie, die Augen zusammengekniffen. Katheryn konnte manchmal absichtlich schwer von Begriff sein, aber sie war nicht dumm.

Iris zuckte mit den Schultern und stieg aus, hoffte, die Unterhaltung bis zu einem späteren Zeitpunkt meiden zu können.

Die Beifahrertür wurde so fest zugeknallt, dass Iris zusammenfuhr. Sie schaute hinüber und stellte fest, dass ihre Mutter zum Haus marschierte, Entschlossenheit war auf ihrem Gesicht eingegraben. Sobald sie die Tür öffnete, erhob sie die Stimme und forderte, mit demjenigen zu sprechen, der die Verantwortung trug.

Sebastian erschien mit gerunzelter Stirn an der Seite des Hauses. Als er Iris sah, kam er herüber. „Wer ist das?"

„Meine Mutter." Sie holte zur Reinigung Luft. „Ich entschuldige mich schon mal vorab. Ihre Art der Hilfe beinhaltet, alles zu übernehmen und alle herumzuschubsen."

Er schnitt eine Grimasse. „Klingt schmerzhaft."

„Ist es. Und das ist der Grund, weshalb ich dich jetzt bitte, falls es überhaupt möglich ist, dass du nicht erwähnst, dass ihr in meinem Haus nach Überwachungstechnik gesucht habt. Ich will wirklich nicht wissen, was sie tun würde, wenn sie dächte, jemand hätte irgendwo eine kleine Kamera installiert."

„Alles klar", sagte er mit einem Nicken. „Aber du solltest vermutlich wissen, dass wir ein paar Kameras in deinem Haus gefunden haben."

Iris' ganzer Körper wurde kalt. Sie hatte gewusst, dass die Möglichkeit bestand. Weshalb sonst hätte sie das Haus durchsucht und dann Sebastian angerufen, damit Profis kamen? Aber tief im Herzen hatte sie gedacht, dass sie nur paranoid war.

„Eine war in deinem Wohnzimmer und die andere in deiner Küche, also haben sie zumindest nicht dein Schlafzimmer oder Schlimmeres beobachtet", fuhr Sebastian fort.

„Den Göttern sei gedankt für kleine Gnaden", flüsterte sie. In ihrem Magen brodelte es, und sie betete darum, dass sie sich nicht gleich hier im vorderen Garten übergab.

„Meine Jungs bauen ein Alarmsystem ein, also werden wir wissen, falls jemand versucht, reinzukommen und die Kameras wieder zu platzieren. Ich hoffe, das ist okay. Ich habe angerufen, aber als ich nichts von dir gehört habe, habe ich die Entscheidung gefällt."

„Natürlich, das ist gut." Sie wandte sich an ihn, warf ihm ein dankbares Lächeln zu. „Das weiß ich zu schätzen."

„Das ist noch nicht alles", sagte er, sein Tonfall düster.

Iris schloss kurz die Augen. „Okay, schieß los."

„Die Kameras waren länger hier als vierundzwanzig Stunden."

„Was?" Iris' Augen waren jetzt groß, und sie starrte ihn entsetzt an. „Wie lange wurde ich schon beobachtet?" Und warum? Aber sie fragte ihn nicht. Wie könnte er das auch wissen?

„Wir glauben, mindestens drei Monate." Er schaute auf die Vorderseite des Hauses, wo Katheryn weiter einen der Arbeiter ausquetschte. „Glaubst du, Tom hat sie aufgestellt, um zu sehen, ob er was kriegen konnte, das er bei der Scheidung benutzen kann?"

Ein scharfer, schmerzhafter Stich ging durch Iris' Herz. Sie drückte sich eine Hand auf die Brust und versuchte zu atmen. Weil es drei Monate her war, hatte er vermutlich recht. Und obwohl sie mit Tom fertig war, hatte sie trotzdem mit dem Mann Jahre ihres Lebens verbracht. Sie hatte ihm einmal vertraut. Diese Zeiten waren lange vorbei, nach allem, was er sie im letzten Jahr hatte durchmachen lassen. Ihr Magen verkrampfte sich bei dem Gedanken, dass er ihr Haus verwanzt hatte. Sie wollte es nicht glauben, aber wer hätte es sonst tun sollen? Jemand aus dem Stadtrat, der versuchte, etwas Schmutz zu finden, um sie rauswerfen zu lassen? Das konnte sie sich nicht vorstellen. Außerdem war Tom derjenige mit dem Zugang. Endlich nickte sie und sagte: „Das klingt am sinnvollsten."

„Bist du sicher, dass es eine gute Idee ist, diese ganzen

Leute in deinem Haus rumlaufen zu lassen?", fragte Katheryn, während sie sich ihnen näherte, obwohl ihr Tonfall weicher war, und die Aggressivität war verschwunden.

„Sie stellen ein Alarmsystem auf, Mom. Was ist denn daran falsch?", fragte Iris, die sich die Finger an die Schläfen presste und versuchte, ihre plötzlichen Kopfschmerzen zu vertreiben.

„Nichts. Es scheinen nur eine Menge Fremde zu sein, das ist alles." Sie spähte zu Sebastian. „Wer sind Sie?"

„Sebastian Knight. Ich bin Iris' Anwalt und derjenige, der das Team einbestellt hat, um ihr Haus zu sichern." Er hielt ihr eine Hand hin.

Sie straffte die Schultern, dann schüttelte sie ihm widerstrebend die Hand. „Ich bin sicher, Sie sind ein ganz guter Anwalt, Sebastian, aber Ihre Dienste werden nicht mehr benötigt. Mein Anwalt wird von hier an übernehmen."

„Mutter!", fuhr Iris sie an. „Was machst du denn da?" Sie wandte sich an Sebastian, der auf die Fersen zurückgewippt war, die Hände in den Taschen. „Das stimmt nicht. Ich feure dich nicht, und ich stelle ihren Anwalt nicht an. Bitte ignoriere alles, was sie gerade gesagt hat."

„Iris!", zischte Katheryn. Sie zerrte an Iris' Arm und zog sie ein paar Schritte von Sebastian weg. „Lester ist der Beste im Geschäft. Du kannst nicht einfach Nein sagen. Was, wenn du ins Gefängnis kommst, weil du zu stolz warst, meine Hilfe anzunehmen? Wann hörst du endlich auf, so selbstzerstörerisch zu sein?"

Iris blinzelte sie an, versuchte immer noch, zu verarbeiten, was sie gerade gesagt hatte. Als es sich dann endlich setzte, schnaubte sie und ließ ihren ganzen Frust los. „*Ich* bin selbstzerstörerisch? Du nimmst mich doch auf den Arm. Was ist mit dir, Mom? Fünf verschiedene Männer in acht Jahren? Zwei Geschäfte, die bankrottgingen? Eine Fehde mit deiner besten Freundin, weil sie in einen anderen Staat ziehen wollte, um in der Nähe ihrer Tochter zu sein? Wer genau ist hier selbstzerstörerisch?"

Katheryn wurde vor Entsetzen ganz weiß, ohne Zweifel, weil Iris ihr noch nie ihren ganzen Unfug vor die Füße geworfen hatte. Aber diesmal war sie zu weit gegangen. Iris wandte sich an Sebastian, ihr Gesicht brannte vor Verlegenheit. Das letzte, was sie wollte, war, die schmutzige Wäsche ihre Familie vor anderen auszubreiten, besonders vor ihm. Er war Gigis Freund, und sie hatte gerade erst eine Freundschaft mit ihr begonnen. „Das hier tut mir echt leid. Ich schwöre, ich habe nie so viel Drama."

Er nickte und lächelte sie mitfühlend an. „Glaub mir, ich habe schon jede Menge Drama miterlebt, und obwohl das ziemlich ernst ist, bist du nicht diejenige, die es verursacht. Schon okay. Ich werde euch mal ein paar Minuten geben, und wenn du fertig bist, stelle ich sicher, dass du weißt, wie man den Alarm einschaltet, ja?"

Iris wollte ihn umarmen. Stattdessen nickte sie und wandte sich an ihre Mutter, die in die Hocke gegangen war und schwer atmete, sich dramatisch die Handfläche an die Brust presste.

„Ich kann ... nicht glauben ... dass du das gesagt hast", keuchte sie.

Iris musste sich anstrengen, nicht die Augen zu verdrehen. Das war pures Drama. „Wir reden später darüber. Jetzt versuch dich einfach zu beruhigen, okay?"

Katheryn beäugte ihre Tochter, Wut blitzte in ihren blauen Augen.

Ja, ihr ging es gut. Iris wusste, dass sie nur Zeit schund, bis sie sich wieder auf sie stürzen konnte. „Es sieht aus, als würden die Jungs fertig werden. Warum wartest du nicht hier, während sie mir zeigen, wie ich das neue Sicherheitssystem benutze?"

Ihre Mutter antwortete nicht. Sie wandte nur den Kopf ab und starrte die von Bäumen gesäumte Straße entlang.

Mit einem Kopfschütteln holte Iris Sebastian ein, versuchte, aufmerksam zu sein, während er ihr vorführte, wie man die neue Alarmanlage benutzte, und dann dankte sie ihm, während er und die Techniker gingen.

„Wir werden sehen, ob wir die Kameras zu irgendjemandem zurückverfolgen können. Fingerabdrücke, DNS oder indem wir die Seriennummern verfolgen", sagte er.

„Ist das wahrscheinlich?", fragte sie und dachte, dass es nicht so leicht sein konnte.

„Nein. Aber das hält uns nicht davon ab, mal nachzusehen." Er lächelte sie schwach an. „Kein Stein bleibt auf dem anderen."

„Genau." Sie beobachtete ihre Mutter, die mit einem der Techniker redete und lachte. Alle Spuren ihres Zusammenbruchs waren weg, als sie ihn anlächelte und ihm mit einer Hand die Brust tätschelte.

„Du hast echt die Hände voll zu tun", sagte Sebastian.

„Du ahnst nicht mal die Hälfte", sagte sie mit einem Seufzen. „Wenn ich sie nur überzeugen könnte, dass der Fall unter Kontrolle ist, kann ich sie vielleicht dazu kriegen, nach Hause zu gehen. Aber es sieht nicht gut aus."

„Ich schätze, da hast du recht."

Sie beobachteten beide, wie Katheryn sich von einem der Techniker alles erklären ließ, was sie heute getan hatten.

Iris tätschelte Sebastians Arm. „Danke für alles, was du heute getan hast. Muss ich jemandem einen Scheck ausstellen?"

„Nein. Das ist alles erledigt."

„Was meinst du damit, es ist erledigt?", fragte Iris, die ihn finster anschaute.

Er zuckte nur mit den Schultern und rief seiner Mannschaft zu: „Zeit zum Aufbruch, Jungs. Unsere Arbeit hier ist erledigt."

„Sebastian?", fragte Iris, wartete auf eine Antwort.

Er lächelte, winkte und marschierte dann zu seinem Auto. Ein paar Augenblicke später blieb Iris nur mit ihrer Mutter zurück. Sie holte ihr Handy heraus und schrieb eine Nachricht an Gigi, um zu fragen, warum Sebastian keine Bezahlung annehmen wollte.

Gigi: *Weil ich ihm gesagt habe, ich würde dafür aufkommen.*

Iris schrieb zurück. *Warum?*

Weil ich es kann.

Gigi! Ich kann das nicht annehmen.

Die grünen Punkte blitzten viel zu lange, bevor die nächste Nachricht ankam. *Okay, aber können wir erst drüber reden?*

Iris drückte auf Gigis Nummer, und als sie ranging, sagte Iris: „Okay, reden wir."

„Du bist schnell", sagte Gigi. „Ich würde das lieber persönlich machen. Kannst du gerade weg? Vielleicht hier vorbeischauen? Ich würde dir gern etwas zeigen."

Iris starrte auf ihr Haus. Ihre Mutter war drinnen verschwunden, und Iris konnte der Ausrede nicht widerstehen, ihnen etwas Zeit getrennt voneinander zu verschaffen, sodass sie sich beide ein bisschen abkühlen konnten, bevor sie die unvermeidliche Diskussion führten, die Iris in den letzten fünfunddreißig Jahren vermieden hatte. „Klar. Schreib mir deine Adresse, und dann gib mir ein paar Minuten."

„Ich bin dann da", sagte Gigi glücklich. „Und Iris?"

„Ja?"

„Denk dran, dass nichts davon deine Schuld ist. Du hast gar

nichts getan, um all die beschissenen Sachen zu verdienen, die gerade passieren."

Die Worte waren wir ein Schlag in die Magengrube, weil es genau das war, was sie allmählich empfand. Sie öffnete den Mund, um Gigi zu danken, aber es kam nichts heraus. Nachdem sie sich geräuspert hatte, brachte sie schließlich ein kaum hörbares Dankeschön hervor und beendete dann den Anruf.

„Iris, komm rein!", rief Katheryn. „Bei deinem Glück wird dich vermutlich gleich jemand auf deinem eigenen Rasen überfahren."

Da lag sie womöglich nicht falsch. Iris ging zum Haus und stellte sich in den Eingang. „Ich muss mal eine Weile weg."

„Was?", empörte sich Katheryn. Als sie wieder sprach, war es in ihrer Mutterstimme. „Aber ich bin gerade erst gekommen, und wir haben Dinge zu besprechen."

Iris sträubte sich gegen den Tonfall ihrer Mutter, aber sie zwang sich dazu, nicht darauf zu reagieren. „Das tut mir jetzt leid, aber ich muss woanders hin. Und ich glaube, wir können beide etwas Zeit gebrauchen, um uns abzukühlen."

„Ich brauche keine Zeit ..."

„Tschüss, Mom." Iris schloss die Tür und ging direkt zu ihrem Auto. Sie fuhr aus der Zufahrt, als sie sah, wie ihre Mutter die Eingangstür aufzog. Iris winkte, während sie vorbeifuhr, und stieß dann ein großes, erleichtertes Seufzen aus. Der Schmerz in ihren Eingeweiden verschwand, und sogar die Kopfschmerzen ließen allmählich nach. Seit dem Zeitpunkt, als ihre Mutter ins Blueberries gekommen war, war sie so angespannt gewesen, dass es ein Wunder war, dass sie keine ausgewachsene Panikattacke bekommen hatte. Mit einem besseren Gefühl ließ Iris das Fenster herab und stellte das Radio an, genoss die einsame Fahrt zu Gigis Haus.

KAPITEL NEUN

Sobald Iris in Gigis Zufahrt kam, stieg sie aus dem Auto und nahm sich einen Augenblick, um das umwerfende viktorianische Strandhaus zu begutachten. Ihre Haut prickelte, es fühlte sich verdächtig nach Magie an. Alles an dem Haus rief zu ihr, und ohne einen bewussten Gedanken setzte sie sich über den Kopfsteinpflasterweg zu dem grün umrankten Tor in Bewegung, das zur Eingangstür führte.

Je näher sie an das Haus kam, umso stärker wurde die Magie, sodass sie fast davon vibrierte. Der einzige andere Zeitpunkt, als sie eine solche Magie gespürt hatte, war der Vortag gewesen, als der Fluch über Premonition Pointe gewirkt worden war, und danach, als sie mit dem Zirkel auf der Klippe gewesen war. Aber das fühlte sich anders an. Besser. Berauschend. Sie dachte, sie sollte vorsichtiger mit dem Unbekannten umgehen, aber das tat sie nicht. Sie wollte einfach nur mehr.

Kurz bevor sie an Gigis Tür kam, schwang sie auf, und eine starke Brise kam hinter ihr auf, schob sie fast in das Haus.

„Äh, Gigi", rief sie und trat über die Schwelle. „Ich hoffe

echt, das ist dein Haus, sonst könnte ich einen riesigen Fehler machen."

Sie hörte das Lachen ihrer neuen Freundin, bevor sie sie in der Nähe der Stufen in einem weiteren ihrer fließenden Röcke und Rüschenbluse sah. Diesmal war sie barfuß, und ihre Haare waren hochgedreht zu einer Hochsteckfrisur, die von einem Stift an Ort und Stelle gehalten wurde.

„Und so hängst du also zu Hause rum. Das ist unfair. Bin ich die Einzige, die wie ein Troll aussieht, wenn sie nicht mindestens eine Stunde Arbeit investiert?"

„Nein. Ich bin das auch", ließ sich eine Männerstimme vernehmen, als Skyler Cole Gigi in den Raum folgte. Er war der Besitzer von Sky's the Limit, einer hochwertigen Boutique auf dem Stadtplatz, die neue und gebrauchte Kleidung anbot. „Wenn Pete mir sagt, zu welchem Zeitpunkt wir losmüssen, ist es vermutlich immer eine Stunde früher, als wir wirklich aufbrechen müssen. Er hat gelernt, dass ich einen Puffer brauche, um so fabelhaft auszusehen."

Iris lachte. Skyler trug eine Skinny Jeans, ein enges T-Shirt und einen Blazer. Aber was ihre Aufmerksamkeit wirklich auf sich zog, war sein umwerfendes lila und rosa Augen Make-up. Iris war sicher, dass sie es nie geschafft hatte, so gut auszusehen, selbst als sie einundzwanzig gewesen war und immer noch versucht hatte, alle um sie herum zu beeindrucken. „Hi, Skyler. Schön, dich wiederzutreffen."

Skyler sagte kein Wort, während er zu ihr kam und sie in die Arme nahm. Er hielt sie ganz fest und sagte: „Es ist nicht richtig, was sie mit dir machen. Ich kann nicht glauben, dass sie denken, du hättest den Fluch gewirkt."

Iris fand keine Worte. Natürlich kannte sie Skyler. Iris kannte alle Geschäftsbesitzer der Stadt. Sie hatte das ganz betont gemacht, hatte immer wissen wollen, was sie von der

Stadt brauchten, um Erfolg zu haben. Skyler hatte ihre Hilfe nicht wirklich gebraucht, aber sie war trotzdem vorbeigekommen, als er seinen Laden vorbereitet hatte, und hatte immer zugehört, wenn er Feedback über einen Zulassungsprozess oder Parkplatzprobleme oder sonst irgendwas hatte, das ihm durch den Kopf ging.

„Danke", sagte Iris, als er sie schließlich losließ. „Diese Unterstützung bedeutet mir eine Menge."

„Natürlich. Ich schwöre, dieser neue Bürgermeister, Tad? Das ist eine erstklassige Arschgeige", sagte Skyler, seine Miene voller Zorn. „Weißt du, was er heute Nachmittag gemacht hat?"

Iris schüttelte den Kopf.

„Er hat jedem Geschäft in der Stadt eine Rechnung geschickt, um für die Ermittlung der Magie-Taskforce zu bezahlen. Bis zum Ende der Woche sind tausend Dollar fällig, oder man wird uns schließen."

„Er hat was gemacht?", rief Iris, die bereits ihr Handy herausholte. Ihre Finger wählten schon, bevor sie wusste, was sie da tat. Während es läutete, sagte sie: „Das ist nicht rechtens. Niemand kann ohne Abstimmung eine Zusatzsteuer erheben."

„Er sagte, das wäre eine Sonderveranlagung, keine Steuer", sagte Skyler.

Iris wollte schreien. „Sonderveranlagungen müssen auch vom Stadtrat bestimmt werden. Aber es gibt Grenzen. Tausend Dollar innerhalb einer Woche liegen weit über dem Limit."

„Das dachte ich mir", sagte er. „Aber wenn er mit zwei Polizisten rumläuft, werden die meisten keine Fragen stellen. Niemand will derjenige sein, der sich ständig beschwert. Sie sind zu sehr damit beschäftigt, dafür zu sorgen, dass die Lichter an bleiben, wenn es keine Kunden gibt."

„Iris? Was ist los?", fragte Julie durch das Handy.

Iris hob einen Finger, legte nahe, dass sie mal kurz

brauchte, und drehte sich um, während sie auf und ab ging und fragte: „Was weißt du über diese Tausend-Dollar-Veranlagung, die der Stadtrat anberaumt hat, für alle Geschäfte in Premonition Pointe?"

„Was für eine Veranlagung?", fragte Julie, die ehrlich überrascht wirkte. „Tausend Dollar? Das … ist nicht richtig. Wo hast du das gehört?"

Iris wandte sich wieder um und fragte Skyler: „Hat Tad eine schriftliche Rechnung oder Papiere irgendeiner Art da gelassen?"

Skyler nickte, griff in seine hintere Hosentasche und holte die fragliche Rechnung hervor.

„Die hattest du zufällig bei dir?", fragte Iris ihn.

„Ich wollte deswegen Sebastian fragen, aber offensichtlich war er den ganzen Tag bei dir beschäftigt." Er zwinkerte ihr zu, um sicherzustellen, dass sie wusste, dass er nur scherzte.

„Das tut mir leid", sagte sie, zwang sich zum Lächeln, noch während sie die Rechnung musterte. Sofort wusste sie, dass etwas nicht stimmte. Es war nicht die richtige Form für eine Sonderveranlagung. Die Steuernummer fehlte, und es gab überhaupt keine Möglichkeit, um die Akte irgendwie wiederzufinden. Die Rechnung sah aus wie ein Serienbrief, was zu der Frage führte, wie sie die Zahlungen überhaupt aufzeichnen wollten oder wo diese Gelder aufbewahrt werden würden. „Julie, ich habe das Formular. Du hast das nicht getippt?"

„Tad hat mir den Nachmittag freigegeben, nachdem die Agentin der Magie-Taskforce aufgetaucht ist", sagte sie, ihr Tonfall verlegte sich von besorgt auf frustriert. „Er hat mir gesagt, es wäre nicht genug los, um zu rechtfertigen, dass ich bezahlt werde."

„Dieser Idiot", sagte Iris.

Julie lachte leise. „Weißt du, das ist das Aufrichtigste, was ich dich je sagen habe hören."

„Na ja, bleib mal dran, denn jetzt geht es erst los", erwiderte sie. „Wenn Tad dich nach Hause geschickt hat, wer war sonst noch im Büro? Die MTF-Agentin und ... sonst noch wer?"

„Nicht im Büro des Bürgermeisters", sagte Julie. „Als ich gegangen bin, war hier sonst niemand. Er hat vielleicht einen der Praktikanten reingerufen, schätze ich. Jemand musste ja das Formular tippen, und lass mich dir sagen, Tad war es nicht. Er kann fast nicht mal den Computer einschalten, noch viel weniger eine Rechnung formatieren."

„Kannst mir den Gefallen tun und die Liste durchgehen, um zu sehen, ob er jemanden dazu gerufen hat?", fragte Iris, die sich mit der Hand durch die Haare fuhr. Das war so ein Tick von ihr, wenn sie sich besonders hilflos vorkam. Ohne weitere Informationen gab es nicht viel, was sie gegen das ausrichten konnte, was ganz offensichtlich ein Betrug zu sein schien.

„Ja, das kann ich machen. Ich ruf dich an, sobald ich etwas rausfinde."

Iris dankte Julie, dann wandte sie sich wieder an Skyler. „Ich habe noch keine Antworten, aber das sieht verdächtig danach aus, als wäre diese Rechnung illegal. Wenn ich du wäre, würde ich sie nicht bezahlen. Wenn meine Theorie stimmt, werden sie die Sache nicht nachverfolgen."

Er nickte und streckte die Hand für die Rechnung hin.

Iris schaute darauf hinab und dann zu Gigi. „Hast du zufällig einen Kopierer oder ein Fax, das Kopien macht? Ich würde die gern behalten, damit ich es mit einer offiziellen Sonderveranlagung vergleichen kann, oder einer Notausgabe, was wir beides mal anberaumt haben, während ich Bürgermeisterin war."

„Natürlich. Wer hat denn heutzutage keinen Kopierer?"

Gigi schnappte sie sich und sagte ihnen, sie sollten ihr folgen, während sie durch den Gang zu einem übergroßen Büro ging.

Die Magie, die Iris gespürt hatte, als sie hereingekommen war, war wieder da und beruhigte die Nervosität, die allmählich von ihr hatte Besitz ergreifen wollen. Ihre Schultern entspannten sich, und schließlich verschwanden ihre Kopfschmerzen.

„Ist dein Haus verzaubert?", fragte Iris Gigi, während sie mit dem Kopiergerät hantierte.

„Verzaubert? Was meinst du?" Gigi warf einen Blick über die Schulter, die Augenbrauen verwirrt zusammengekniffen.

„Ich kann Magie in der Luft spüren, und … ich weiß auch nicht. Es fühlt sich an, als hättest du einen Glückszauber oder etwas gewirkt. Es ist anders als alles, was ich je zuvor gespürt habe. Es ist beruhigend, schätze ich."

Skyler und Gigi wechselten einen Blick, bevor Gigi zu ihnen herüber kam und die Rechnung Skyler zurückreichte, und Iris eine Kopie. „Mein Haus ist nicht verzaubert. Oder zumindest nicht formell."

„Was bedeutet das?", fragte Iris. „Nicht absichtlich?"

Gigi lächelte und ging zur Tür. Sie bedeutete ihnen, ihr zu folgen.

Sie verließen das Büro und betraten den Raum nebenan. Iris stand im Eingang, in ihrem Kopf drehte sich alles, als Magie über sie hinwegströmte. Sie hing schwer in der Luft und belebte Iris, gab ihr das Gefühl, als könne sie alles tun. Iris war noch nie high gewesen, aber sie stellte sich vor, es würde sich anfühlen wie dieser Raum.

„Das ist … wunderbar", sagte Iris, die sich schließlich umsah und Reihen um Reihen von frischen und getrockneten Kräutern erspähte. An einer Wand war zusätzlicher Lagerraum für Gigis Hautpflegeprodukte, die sie in Skylers

Laden verkaufte. Da wurde ihr klar, dass das der Raum war, in dem ihre Freundin eine Menge ihrer Zauber wirkte. War das der Grund, weshalb die Magie so dick in der Luft hing? Gewiss, aber weshalb hielt die Magie an?

„Es liegt an den Pflanzen", sagte Gigi leise. „Sie saugen die Magie auf und geben sie natürlich ab, sodass jeder Zauberraum zu einer Oase für die Anwenderin wird. Oder zumindest funktioniert es so für die mächtigeren Erdhexen."

Gigi und Iris waren beide mit Erdmagie gesegnet, aber Gigi war die Einzige, die sie erkundete. Oder meisterte, wie es der Fall zu sein schien. Iris andererseits war ein Neuling im Magiebereich. Gigi musterte Iris, und einen Augenblick später trat ein riesiges Grinsen auf ihr Gesicht. „Du bist fast berauscht von der Magie, oder?"

Iris nickte. „Als ich angekommen bin, war sie echt stark, aber sobald ich drinnen war, ist sie irgendwie verblasst. Dann, als wir näher an diesen Raum gekommen sind, kam sie brüllend zurück. Ich muss schon sagen, du zerrst mich besser raus, oder ich gehe vielleicht nie wieder. Ich glaube nicht, dass ich mich schon jemals so gut gefühlt habe."

„Junge, Junge. Die ehemalige Bürgermeisterin hat ihr Kryptonit gefunden", sagte Skyler lachend. „Macht echt Spaß, das zu sehen."

„Stimmt", sagte Gigi. „Aber so toll es ist, ihre Wälle einbrechen zu sehen, würde ich viel lieber sehen, was sie hier tun kann. Wenn sie sich nur von Restmagie schon so gut fühlt … Na, ich schätze, sie wird mich alt aussehen lassen, sobald sie ein paar Tricks beherrscht."

„Du willst mir immer noch mit meiner Erdmagie helfen?", fragte Iris, die betete, dass das stimmte. Wenn Gigi sie gebeten hätte, jetzt sofort aufzubrechen, hätte sie es getan, aber es wäre schmerzhaft gewesen.

„Auf jeden Fall. Heute, wenn du etwas Zeit hast", sagte Gigi mit einem breiten Lächeln.

„Klar", erwiderte Iris rasch. Aber dann wurde sie nüchtern, als ihr einfiel, weshalb sie überhaupt erst vorbeigekommen war. „Erst müssen wir darüber reden, weshalb du glaubst, dass ich Sebastian nicht für meine rechtlichen Ausgaben bezahlen muss."

Gigi wedelte ungeduldig mit der Hand. „Ja, ja. Aber ich will wissen, ob du erst an Schönheitsprodukten oder an Tränken arbeiten möchtest."

„Tränken", sagte Iris automatisch. Sie hatte schon immer lernen wollen, wie man Energietränke oder medizinische Tränke für Kopfschmerzen oder Allergien herstellte. Etwas, das man unterwegs nehmen konnte und für das man ohne großen Stress alles bekam, was man brauchte.

„In Ordnung. Das ist machbar", sagte Gigi mit einem Nicken. „Jetzt holen wir uns einen Snack und arbeiten an den Geldproblemen, bevor wir uns an die Arbeit im Kräuterstudio machen."

Iris warf einen sehnsüchtigen Blick in den Raum, bevor sie sich widerstrebend löste und Gigi und Skyler in die Küche folgte, wo sie sich an den Tresen setzte und darauf wartete, dass Gigi erklärte, weshalb sie darauf bestand, ihre rechtlichen Ausgaben zu übernehmen.

Iris hatte eine Lektion darüber erwartet, Freunde Freunden helfen zu lassen, aber was sie stattdessen erfuhr, ließ ihre Gedanken explodieren. Bis Gigi mit ihrer Erklärung fertig war, liefen Tränen über Iris' Wangen, und sie wusste, ganz gleich, was sonst passierte, sie würde ewig mit Gigi befreundet sein. Sie war einfach ein so guter Mensch.

KAPITEL ZEHN

„*D*as wirkt alles nicht echt, oder?", fragte Skyler, der den Kopf schüttelte. Er saß auf einem Barhocker und starrte durch die Terrassentüren auf das wogende Meer hinaus. „Gigis Familiengeschichte würde einen krassen Thriller ergeben."

Iris musste zustimmen. Gigi hatte erklärt, dass ihre Mutter einen Ring besessen hatte, der das Geschenk des Lebens gemacht hatte. Sie konnte tödlich erkrankte Leute heilen. Das klang wunderbar, aber die Macht war nicht grenzenlos. Sie konnte nur eine gewisse Energie aufwenden und musste dann warten, während sie sich erholte, bevor sie noch jemanden heilen konnte. Gigis Vater hatte sich darum gekümmert, sie auf Aufträge zu schicken, aber sie hatte früher oder später herausgefunden, dass er ihre Dienste an die Höchstbietenden verkaufte. Danach hatte sie darauf bestanden, den weniger Glücklichen zu helfen. Als Gigis Dad sich geweigert hatte, war ihre Mom von der Ungleichbehandlung so entsetzt gewesen, dass sie sich geweigert hatte, noch jemanden zu heilen. Kurz danach war sie gestorben, als sie versucht hatte, den Ring zu zerstören.

Nachdem sie ihre Familiengeschichte erklärt hatte, sagte Gigi, der Grund, dass sie Iris nicht gestatten wollte, für Sebastians Dienste zu zahlen, läge darin, dass ihr Familiengeld aus dem Ausnutzen von Menschen auf dem Totenbett stammte.

„Ich habe bereits mehr, als ich brauche", sagte Gigi, während sie Iris die Hand hielt. „Der Rest des Geldes in dieser Stiftung? Damit will ich was Gutes anfangen. Etwas, das Leuten hilft, die es brauchen. Du wurdest gefeuert, hast kein Einkommen mehr, und jetzt hast du diese ausgedachten Vorwürfe, um die du dich kümmern musst. Du solltest nicht deine Ersparnisse im Kampf gegen genau dieselbe Art Mensch ausgeben müssen, die Leben an den Höchstbietenden verkauft hat. Stell es dir doch wie ein Stipendium vor, wenn das hilft. Es sollte nicht zu schwierig sein. Ich bin gerade dabei, eine rechtlich anerkannte wohltätige Stiftung zu gründen, damit wir offiziell Menschen in der magischen Gemeinschaft helfen können, die es brauchen."

„Aber Gigi", sagte Iris. „Ich glaube, es gibt Menschen, die die Hilfe vermutlich sehr viel mehr brauchen als ich."

„Vielleicht", erwiderte Gigi. „Aber du bist meine Freundin, und verdammt soll ich sein, wenn ich nicht alles in meiner Macht Stehende tue, um dir zu helfen. Hast du das verstanden?"

Iris' Herz schwoll an vor Dankbarkeit. Es stimmte, dass sie Ersparnisse hatte, mit denen sie Sebastian bezahlen konnte, aber das würde nicht lange halten. Hätte sie Anwaltskosten begleichen müssen, müsste sie eher früher als später jemanden um einen Job anbetteln. Und Jobs waren schwer zu finden, während die Stadt verflucht war. „Ja, okay", flüsterte Iris, überwältigt von der Unterstützung ihrer neuen Freunde. „Vielen Dank. Ich hoffe, Sebastian bietet dir einen guten Tarif an."

Sie lachte leise. „Wie es der Zufall so will, tut er das, und mir gefällt besonders der Bonus, dass ich ihm sagen kann, ich hätte ihn auf Stundenbasis angeheuert." Gigi wackelte mit den Augenbrauen und warf Iris einen verschlagenen Blick zu. „Wie es sich erweist, ist es eine tolle Art, einen Abend zu verbringen, wenn man einem heißen Typen Dollarscheine in die Unterwäsche stopft."

„Ach, ihr Götter!", sagte Iris, die sich spielerisch die Finger in die Ohren stopfte. „Zu viel Information!"

„Gar nicht", ließ sich Skyler vernehmen. „Erzähl uns mehr. Etwa, wie er klingt, wenn …"

Gigi schlug ihm eine Hand vor den Mund. „Nö. Das beantworte ich nicht. Es gibt schon so etwas wie Privatsphäre. Ist das klar, Skyler?"

Nachdem sie die Hand weggenommen hatte, machte er viel Gewese darum, die Unterlippe zu einer Schnute vorzuschieben. „Es ist so lange her, dass ich mal auf meine Kosten gekommen bin."

Sie bogen sich alle vor Lachen, und es endete damit, das Skyler absurde gespielte Sex-Geräusche von sich gab, die es darauf abgesehen hatten, sowohl Iris als auch Gigi verlegen zu machen. Das lief allerdings nicht unbedingt gut für ihn. Als er nicht aufhören wollte, machte Gigi Meg Ryan in Harry und Sally nach, während sie einen Orgasmus mitten in einem Restaurant vorspielte. Und dann gleich danach bot Iris an, ihm Geld in die Shorts zu stecken, damit er selbst erleben konnte, wie wundervoll das sein konnte. Skyler wurde leuchtend rot, murmelte etwas davon, dass er seiner Mutter versprochen hatte, sich niemals zu verkaufen, und dann machte er sich auf den Weg hinaus auf den Balkon, mit der Behauptung, unbedingt mal frische Luft zu brauchen.

„Na, das war ein Spaß", sagte Gigi, in ihren Augen funkelte der Schalk.

„Wer hätte gedacht, dass er so leicht verlegen wird?", fuhr Iris fort.

„Ich glaube, es war der gespielte Orgasmus. Wenn das ein Mann gemacht hätte, wäre es in Ordnung gewesen, aber aus irgendeinem Grund wird er verlegen, wenn ich zu viel mitteile. Ich glaube nicht, dass ihm die visuelle Vorstellung gefällt, die damit einhergeht, wenn Frauen Sex haben."

Iris schnaubte. „Also ist er eine solide Sechs auf der Kinsey-Skala?"

„Er ist eine Zwölf." Gigi zwinkerte und wies dann mit dem Kopf zum Gang. „Bereit für ein paar Tränke?"

„Mehr als nur bereit", sagte Iris und folgte ihr in etwas, das man nur als Kräutersanktuarium beschreiben konnte. Auf den Regalen reihten sich Dutzende Gefäße mit Kräutern, während frisch eingetopfte Pflanzen in der Nähe der deckenhohen Fenster aufgereiht standen und das nachmittägliche Sonnenlicht aufsaugten. Sie stand an einem Arbeitstisch und sonnte sich in dem magischen Prickeln auf ihrer Haut. Anstatt sie auszulaugen, fühlte sie sich einfach nur belebt.

Gigi warf ihr einen Blick zu und lächelte wissend. „Das ist berauschend, oder?"

Iris nickte. „Ich weiß nicht, warum ich das noch nie zuvor gespürt habe. Es ist nicht so, als wäre ich noch nie im Beisein von Kräutern oder an Arbeitsplätzen von anderen Hexen gewesen."

„Vielleicht erwachen deine Kräfte gerade erst", sagte Gigi.

„Für manche Leute ist das so. Die Macht ruht irgendwie, bis sie plötzlich zu etwas Unglaublichem aufblüht."

„Ist das dir passiert?", fragte Iris, die sich fragte, was sich verändert hatte. Es schien seltsam, dass sie plötzlich Ende vierzig ihre Mächte entdeckte.

„Nein. Ich wurde schon immer zur Magie gezogen. Als ich achtzehn war, habe ich den Besitzer eines Apothekerladens in meiner Heimatstadt angefleht, mich dort arbeiten zu lassen. Dort habe ich die Grundlagen von allem gelernt, was ich mache." Sie holte ein Gefäß mit Löwenzahn vom Regal und griff dann nach ihrer Ingwerwurzel. „Bist du bereit für einen Reinigungstrank?"

„Reinigung? Etwa, wie wenn man die Seele reinigt?", fragte sie mit einem nervösen Lachen.

Gigi kicherte. „Ach, das wäre auch ein spaßiger Trank. Aber nein, ich habe einen Detox-Trank gemeint. Derjenige, bei dem man Energie kriegt und die Haut wieder glänzt."

„Ach, na ja, das klingt sowieso brauchbarer." Kein Wunder, dass Gigi immer umwerfend aussah. Ein Reinigungstrank klang hervorragend. Iris hätte so einen auf jeden Fall schon früher gebrauchen können.

„Du hast ja keine Ahnung. Fangen wir an." Gigi reichte ihr ein kleines Messer und ein hölzernes Schneidbrett. „Du musst die Löwenzahnstiele hacken, und wenn du einen ordentlichen Stapel hast, machst du mit dem Ingwer weiter."

Iris tat wie geheißen und war überrascht, als eine völlige Ruhe über sie kam. Sie fühlte sich in ihrer Mitte, und es gab nichts auf der Welt, das sie lieber gemacht hätte, als Stiele zu hacken. Ihre Muskeln entspannten sich, und ihr Gehirn hörte auf, zu rasen wegen all der Ereignisse in den letzten paar Tagen. Es war herrlich.

„Du bist ein Naturtalent", sagte Gigi, die sie beobachtete.

„Beim Stielehacken?", fragte Iris.

„Beim Tränkebrauen." Sie nickte zu dem Stapel bereits gehackter Stiele hin. „Sieh sie dir an. Sie leuchten bereits vor Magie."

Iris' Augen wurden groß. „Hast du das gemacht?"

Gigi schüttelte den Kopf. „Nein. Ich habe sie nicht angefasst. Das strömt alles von dir aus."

„Was?" Iris starrte den Stapel an, bemerkte die schimmernde Magie, die über den einzelnen Teilen glitzerte. Sie hatte das wirklich hinzugefügt? Nach all den Jahren, in denen sie ihre Magie nicht hatte anzapfen können, schien das fast unglaublich. Aber sie war genau da vor ihren Augen, ließ sie sowohl beflügelt als auch voller Emotionen zurück. „Das ist …" Sie setzte an und räusperte sich dann. „Irgendwie unglaublich."

„Es ist genial." Gigi grinste sie an. „Jetzt mach den Ingwer, und dann kannst du das zusammengeben."

Rasch machte sich Iris mit der Ingwerwurzel an die Arbeit. Als sie mit dem Hacken fertig war, sagte Gigi: „Okay, schnapp dir den Mini-Kessel."

Iris musterte die Werkbank und stieß ein leises Lachen aus, als sie den Kupferkessel erblickte. „Ernsthaft? Darin machst du deine Tränke?"

„Hey, wenn man was macht, dann macht man es doch besser mit Stil?"

„Da ist was dran." Iris nahm den Kessel und stellte ihn vor sich. „Was jetzt?"

„Fülle ihn zur Hälfte mit destilliertem Wasser, und dann kommt ein Spritzer frische Zitrone hinein."

Als Iris fertig war, schaute sie zu ihrer Lehrerin auf und wartete.

„Jetzt hol dir aus dem Kühlschrank, was du an Obst du

magst. Kirschen, Erdbeeren, Brombeeren, was immer du für einen Geschmack möchtest. Dann zerdrücke eine Tasse voll mit dem Mörser. Wenn du fertig bist, stelle den Kessel auf den Brenner und bringe es zum Köcheln." Iris machte sich an die Arbeit, ihre Gedanken erfreulich leer und nur auf die Aufgabe vor ihr konzentriert. Es war ein wenig anstrengend, die Früchte mit der Hand zerkleinern, aber es machte ihr nichts. Sie stellte fest, dass es ihr ein Gefühl der Verbindung mit dem Gebräu gab.

Sobald ihr Werk einmal köchelte, legte Gigi die Hände aneinander und sagte: „Jetzt sind wir bereit für den spannenden Teil."

Sie wies Iris an, ihre gehackten Löwenzahnstiele und den Ingwer hinein zu geben. In dem Augenblick, als ihre letzten Zutaten in die Flüssigkeit fielen, wurde der Trank zu einem wunderschönen Farbton von Sonnenuntergangsorange. „Jetzt sprich mir nach."

Iris nickte.

„Heute danke ich der Erdgöttin für das Geschenk der Magie."

Der Trank begann zu blubbern, als Iris die Worte wiederholte.

„Jetzt nimm die Pipette, um einen winzigen Teil des Tranks zu extrahieren, warte ein paar Sekunden, bis er abkühlt, und gibt dann einen Tropfen auf deine linke Handfläche."

Als die Flüssigkeit auf Iris' Hand landete, zischte ein Blitz aus Magie durch ihren Arm. Ihre Hand schloss sich automatisch über dem Tropfen, und etwas änderte sich in ihr. Sie fühlte sich stark, völlig vollständig, als hätte sie in den ganzen siebenundvierzig Jahren ihres Lebens bis zu diesem Moment ein Teil von sich vermisst.

„Jetzt bitte die Erdgöttin, deinen Trank mit der Gabe der Reinigung zu segnen", sagte Gigi.

Iris starrte auf den Trank im Kessel und spürte, wie die Magie in ihrer Brust anstieg. Und als sie die Erdgöttin bat, ihr zu helfen, explodierte die Magie aus ihr heraus, beleuchtete den Raum, ließ alles in Technicolor erscheinen. „Hui."

„Würde ich auch sagen", sagte Gigi leise.

Dann, als die Magie verblasste und die Farben wieder normal wurden, konzentrierte sich Iris auf ihren Trank und stieß ein Keuchen über das waldgrün gefärbte Tonikum aus. „Ich habe Kirschen genommen, warum ist es grün geworden?"

„Das ist der Löwenzahn. Der übernimmt immer alles und gibt ihm einen Grünstich."

„Stich? Das sieht eher aus wie ein Smaragdwald", sagte Iris.

Gigi nickte. „Das liegt an der Menge der Macht, die du besitzt. Du hast ihn überladen."

„Überladen?", fragte Iris, die auf den Trank hinabschaute. „Ist das möglich? Ich habe noch nie in meinem Leben einen erfolgreichen Zauber gewirkt." Alles an dieser Begegnung war surreal, und ein verrückter Gedanke schoss durch ihren Kopf. Was, wenn sie wirklich diejenige gewesen war, die den Fluch über ihre Stadt gewirkt hatte, und es einfach nicht wusste? Ihr drehte sich der Magen um, so etwas nur zu denken. Nein. Ihre Glieder hatten vor Magie gesprüht, als sie den Trank hergestellt hatte. Auf gar keinen Fall wäre es ihr entgangen, so eine Macht wahrzunehmen, hätte sie wirklich die ganze Stadt verflucht. Iris stieß Luft aus und schüttelte den Kopf, versuchte, ihre Gedanken zu klären.

„Es ist bestimmt überwältigend", sagte Gigi. „Hätte ich ein ganzes Leben damit verbracht, zu denken, ich hätte keine Magie, und dann wäre *das* passiert, wäre ich auch überwältigt."

„Ich bin nicht von *dem* überwältigt.“ Iris wedelte mit der Hand zu ihrem Trank. „Zumindest nicht dermaßen überwältigt. Es ist alles andere. Ich habe das Gefühl, ich sollte in allem ermitteln, was los ist, anstatt mich in der Freude zu sonnen, Tränke zu machen.“

„Ich bin sicher, Sebastian tut alles, was er kann“, sagte Gigi, ihre Stirn gerunzelt.

„Da bin ich mir auch sicher, aber es gibt immer noch diese gefälschte Sonderveranlagung, die ich mir ansehen muss, und ich habe Fragen an die Agentin von der Magie-Taskforce, die ich in der Stadt gesehen habe, ganz zu schweigen davon, dass ich wirklich wissen will, was mein Ex mit alldem zu tun hat. Nachdem er aufgetaucht ist und versucht hat, mich zum Geständnis zu bringen, bin ich sicher, er steckt da knietief drin. Es könnte vielleicht am leichtesten sein, sich von ihm Informationen zu holen. Ich weiß, wie man ihn auf die Palme bringt.“

„Klingt, als könntest du etwas Hilfe brauchen“, sagte Skyler aus dem Eingang des Arbeitszimmers. „Willst du, dass ich mal das Homofon anwerfe?“

„Homofon? Was bedeutet das?“, fragte Iris.

„So nennen wir das schwule Gerüchte-Netzwerk hier in der Stadt. Ich sag's dir, sie wissen alles. Was sie nicht wissen, können sie normalerweise herausfinden.“ Skyler warf Iris einen verschwörerischen Blick zu. „Willst du wissen, was beim Treffen der Pearsons letzte Woche passiert ist?“

„Ja!“, sagte Gigi sofort.

„Die Pearsons? Du meinst das ältere Paar, dem der Souvenirladen unten am Strand gehört?“, fragte Iris.

„Ja, genau. Ihr sterbt, wenn ihr von Mrs. Pearsons neuem Toyboy hört.“

„Toyboy!", rief Iris. „Die ist doch bestimmt schon siebzig. Wer ist der Toyboy?"

„Jeff Ashton. Er hilft ihr beim Gärtnern, aber das sind nicht die einzigen Blumenbeete, die er pflügt", sagte Skyler mit einem Kichern.

Jeff Ashton war ein Landschaftsgärtner im Ruhestand, der vermutlich noch unter sechzig war. „Na ja, solange Mr. Pearson damit kein Problem hat, sage ich, sie soll nur machen. Stellt euch die Durchhaltekraft vor, die er im Vergleich mit ihrem Mann haben muss", sagte Iris, die wusste, dass Mr. Pearson gerade siebenundsiebzig geworden war.

„Ach, ihr ahnt ja nicht mal die Hälfte", sagte Skyler lachend. „Er treibt es mit der Witwe seines besten Freundes und mit ihrem Bruder auch."

„Gleichzeitig?", rief Gigi.

„Nein, nein. Offensichtlich hat er seine Grenzen." Lachend kratzte sich Skyler am Kinn. „Obwohl ich nicht so aufs Teilen stehe, überhaupt nicht – bei den Göttern, wenn Pete fremdgehen sollte, würde ich ihn erwürgen. Auf jeden Fall, wie ich sagte, teilen ist für mich nichts, aber ich schätze, die Vielfalt funktioniert für die Pearsons. Ich habe noch nie ein Paar so glücklich und zufrieden gesehen, wenn sie zusammen ausgehen."

Iris konnte nur zustimmen. „Sie wirken immer echt süß zusammen. Aber was hat das damit zu tun, Informationen über den Fluch zu bekommen, und wer wirklich dahinter steckt?"

„Ach, warte du nur, Iris. Du wärst überrascht, wie locker manche Zungen nach einem Orgasmus werden. Überlass das nur mir. Ich werde das Netzwerk darauf ansetzen und dich wissen lassen, was sie finden." Er wedelte mit den Fingern in ihre Richtung und rief seinen Abschiedsgruß, während er im Gang verschwand.

„Ich mag ihn echt", sagte Iris zu Gigi.

Gigi schnaubte. „Ja, ich auch. Jetzt trink deinen Trank, damit wir sehen können, wie wirkungsvoll er wirklich ist."

Iris schenkte sich etwas von dem dicken, grünen Trank in ein kleines Glas, hob es und sagte dann: „Prost."

KAPITEL ELF

*I*ris war immer noch auf einem magischen High, als sie durch die Eingangstür ihres kleinen Häuschens ging. Ein unvertrautes Piepen erklang, als sie die Tür schloss, und sie fuhr kurz zusammen, bevor ihr wieder einfiel, dass vorhin die Alarmanlage eingebaut worden war. Sie zog ihr Handy heraus und schaute nach dem Code, den sie gespeichert hatte, um ihn einzugeben. Das Blitzlicht ging aus, und der Monitor schwieg.

„Die stellst du aber wieder ein, oder?", fragte ihre Mutter vom Lücheneingang aus. Ihre Haare waren zu einer schlampigen Hochsteckfrisur zusammengesteckt, und sie trug eine graue Jogginghose und ein passendes graues Sweatshirt. So ungestylt hatte Iris ihre Mutter in über zwanzig Jahren nicht mehr gesehen.

„Warum?" Iris schaute auf die geschlossene Tür, dann machte sie viel Gewese darum, den Riegel vorzuschieben.

„Für Hexen braucht es nicht viel, um durch Türschlösser zu kommen."

Iris gab es nur ungern zu, aber ihre Mutter hatte recht. Ein Punkt für Katheryn. Sie zuckte mit den Schultern und stellte den Alarm neu ein, scrollte durch die Einstellungen, bis sie alles wieder am Laufen hatte. „Da. Besser?"

„Ja. Tatsächlich ist das besser." Sie winkte ihrer Tochter. „Komm in die Küche, ich will ein bisschen mit dir reden."

Als Iris nicht antwortete, stieß Katheryn Luft aus. „Komm schon, Iris. Ich habe Zuckerplätzchen gemacht."

„Du hast Plätzchen gemacht?", fragte Iris schockiert. „Seit wann backst du denn?"

Katheryn stieß ein genervtes Schnauben aus. „Du lässt das klingen, als hätte ich niemals in der Küche einen Finger gerührt. Ich habe immer schon gebacken. Aber als du jung warst, hatte ich einfach keine Zeit."

Das lag daran, dass ihre Mutter zu sehr damit beschäftigt gewesen war, von Beziehung zu Beziehung zu flattern, während sie zwölf bis vierzehn Stunden täglich gearbeitet hatte. Iris hatte Glück gehabt, wenn sie ihre Mutter eine halbe Stunde sah, bevor die Nanny der Woche verlangte, dass die Lichter ausgingen. „Was backst du denn noch?", fragte Iris, die schrecklich neugierig war, ob sie tatsächlich in letzter Zeit groß in der Küche gewesen war.

„Sieh es dir selbst an." Sie nickte zu einer gläsernen Backform auf der Arbeitsfläche hin.

Iris spähte hinein und stieß ein Keuchen aus. „Hast du Lasagne gemacht?"

Katheryn nickte.

Sofort fing Iris an zu sabbern. Das Einzige, was ihre Mutter immer gut gemacht hatte, war Lasagne. Iris griff gleich nach dem Spatel, aber bevor sie hineinstechen konnte, fragte sie: „Das ist das Abendessen für heute, oder? Das hast du nicht für irgendeine Tombola irgendwo gemacht, von der ich nichts weiß?"

„Eine Tombola? Hier in Premonition Pointe? Wo sollte ich denn hingehen, um so etwas zu erleben? Besonders, wenn man bedenkt, dass die Straßen praktisch leer sind."

„Ich weiß es nicht. Ich wollte nur nicht voreilig sein."

Katheryn nahm zwei Teller aus dem Schrank und sagte: „Füll die Teller. Ich bin hungrig nach der ganzen Arbeit, die ich heute erledigt habe."

Iris warf einen Blick auf ihre makellose Küche und war beeindruckt. Ihre Mutter hatte nicht nur gekocht, sie hatte auch geputzt. Das war ja was Neues. Beim Aufwachsen war es immer Iris' Aufgabe gewesen, die Küche zu putzen, ganz gleich, wer den Schlamassel angerichtet hatte.

Sie nahmen ihre Teller mit zu dem kleinen Tisch in der Frühstücksecke, aber bevor Katheryn sich hinsetzte, schnappte sie sich eine Flasche Rotwein und füllte zwei Gläser.

Iris musste zugeben, zu einer frischgebackenen Lasagne und einem schönen Rotwein nach Hause zu kommen, nervte nicht. Überhaupt nicht. „Danke, Mom. Das war echt fürsorglich."

„Gern geschehen, meine Liebe. Nach den letzten paar Tagen, die du erlebt hast, wollte ich einfach was Nettes für dich tun." Ihre Mutter nahm einen schönen, großen Schluck Wein und spießte dann ein Stück ihrer Lasagne auf. „Ich habe auch Hühnchen-Taco-Suppe gemacht. Ich dachte mir, es würde dir helfen, wenn du was im Kühlschrank hast, das du aufwärmen kannst."

„Wow. Du hast dich echt ins Zeug gelegt." Iris griff vor und drückte die Hand ihrer Mutter. „Du hast sogar abgespült. Wenn ich das Geld hätte, würde ich dich anheuern."

„Wo wir gerade bei Geld sind, wie zahlst du denn diesen Anwalt? Wenn du mich nur ..."

Iris hob die Hand und tat ihr Bestes, um ihre Mutter nicht anzufahren. „Das passt schon, Mom. Sebastian macht echt gute Arbeit, und die Rechnungen sind gedeckt. Du musst dir keine Sorgen machen."

„Ich werde mir trotzdem Sorgen machen. Ich bin immerhin deine Mutter", sagte Katheryn, die Iris in die Augen schaute.

„Echt? Wo war denn diese ganze Sorge, während du sechzehn Stunden am Tag gearbeitet hast, als ich in der Unterstufe war und jeden Tag stundenlang in der Schule gestrandet war, bis jemand endlich kam, um mich abzuholen?" Sie hätte ihre Mutter nicht anfahren wollen. Die Worte flogen einfach aus ihrem Mund, ohne dass sie zugestimmt hatte.

Katheryn seufzte. „Müssen wir das jetzt machen?"

„Nö." Iris stand auf, nahm ihren Teller mit. „Wir müssen das niemals tun. Ich schätze, das ist der Grund, warum wir nie darüber reden, was eigentlich in unserer Beziehung schief läuft. Aber keine Sorge. Wir müssen es auch heute Abend nicht machen." Iris schnappte sich ihr Weinglas und wollte schon aus der Küche gehen, ihr Abendessen in der Hand.

„Warte!" Katheryn sprang auf, nahm den Teller und das Glas und stellte sie wieder auf den Tisch. „Geh nicht. Ich wollte wirklich mit dir reden."

Iris hob skeptisch eine Augenbraue. Ihr Tonfall war leicht bissig, als sie fragte: „Ist das eine dieser Unterhaltungen, bei der du redest, und ich zuhören darf?"

Ihre Mutter seufzte schwer. „Nein. Ich will mich wirklich unterhalten."

Im Tonfall ihrer Mutter lag eine Aufrichtigkeit, die Iris noch nie dort gehört hatte, und diese Erkenntnis ließ sie ihre

Zurückhaltung fallenlassen, während sie am Tisch Platz nahm. „Okay. Reden wir."

Katheryn starrte ihren Teller mit Essen einen langen Augenblick an, bevor sie ihn wegschob und Iris ihre volle Aufmerksamkeit schenkte. „Ich weiß, ich habe Fehler gemacht, als die jünger warst. Sehr viele."

Iris blinzelte. Das war eine Aussage, die sie von ihr noch nie gehört hatte. „Okay."

„Ich weiß, dass ich dir eine Entschuldigung schulde. Teufel auch, vermutlich ein Dutzend Entschuldigungen. Aber du musst wissen, der Grund, dass ich so schwer gearbeitet habe, lag darin, dass ich uns beide durchfüttern musste. Diese ganzen Männer in meinem Leben ... Die waren nicht zuverlässig. Ich wollte sicherstellen, dass du ein stabiles Leben hast, und das konnte ich nur tun, wenn ich wie verrückt arbeitete."

Das war nicht die einzige Art, doch Iris hielt den Mund. Jetzt war nicht die Zeit, sie daran zu erinnern, dass sie auch ganz normale Bürojobs hätte machen können. Dass sie keine Start-up-Unternehmerin hätte sein müssen, nicht nur einmal, sondern zweimal. Klar, sie hatte beide Male geschafft, gut davon zu leben, aber es bedeutete, dass sie für eine Tochter, die früh im Leben ihren Vater verloren hatte, eine abwesende Mutter gewesen war.

„Ich weiß, was du denkst", sagte Katheryn mit einem sardonischen Lächeln.

„Weißt du nicht."

Sie stieß ein bellendes Lachen aus. „Doch, weiß ich. Du wünschst dir, ich hätte für jemand anderen arbeiten können. Dass ich nicht in meinen Firmen eingespannt gewesen wäre, und dass ich es zu meiner Priorität gemacht hätte, mir freizunehmen, damit wir Zeit zusammen verbringen können."

Verflixt. Genau diese Dinge dachte Iris. Sie hatte nie Leute verstanden, die Kinder wollten, und dann nicht die Priorität setzten, für sie da zu sein, während sie aufwuchsen. „Vielleicht schon teilweise", gestand sie ein.

„Alles", beharrte Katheryn mit einem schwachen, kleinen Lächeln. „Schon okay. Ich wusste, dass ich einfach nicht da war, und ich will mich dafür entschuldigen. Nur versteh bitte auch, dass es nicht daran lag, dass ich keine Zeit mit meiner Tochter verbringen wollte. Ich habe versucht, für uns etwas aufzubauen, das von Dauer war."

Zumindest das hatte sie getan. Etwas aufgebaut, das von Dauer war. Während die beiden Firmen, die sie angefangen hatte, gescheitert waren, war diejenige, die sie durch die Scheidung von ihrem fünften und letzten Mann erhalten hatte, eine ganz andere Geschichte. Sie hatte ein gescheitertes Spa übernommen, das sich auf verschiedene Wasserbehandlungen konzentrierte, wie Unterwassermassage, Mineral-Spas und Sauna-Detox. Weil sie eine talentierte Wasserhexe war, hatte Katheryn es geschafft, es in eine Art ganzheitliche Wohlfühloase für jene mit chronischem Schmerz zu verwandeln. Sobald sich das herumsprach, ging ihr Spa durch die Decke, und sie hatte niemals wieder etwas anderes gemacht. Jetzt waren sie ein Franchise, das weiteren Wasserhexen gehörte, in den meisten großen Städten in den USA und Europa. Inzwischen betrieb Katheryn nicht mehr ihren eigenen Laden, wie sie es getan hatte, während Iris in der Highschool gewesen war. Sie war nun eine Firmenmanagerin, die eine Handvoll eigener Läden hatte, die von ihrer ursprünglichen stellvertretenden Geschäftsführerin geleitet wurden, wären Katheryn ihre Zeit damit verbrachte, das Franchise zu führen.

Das Unternehmen war ein kompletter Erfolg, und Katheryn fehlte es nicht an viel.

Vielleicht nur an einer bedeutungsvollen Beziehung zu ihrer Tochter.

„Okay", sagte Iris. „Du hast jetzt eine erfolgreiche Firma. Du hast geschafft, was du dir vorgenommen hast. Das macht dich doch bestimmt glücklich."

„Nein, verdammt!" Katheryn schlug mit der Faust so fest auf den Tisch, dass ihr Geschirr klapperte. „Ich bin nicht glücklich. Meine Tochter verabscheut mich, respektiert mich nicht, und ruft mich nie zurück. Weshalb habe ich die ganzen Jahre damit verbracht, etwas für uns aufzubauen, wenn du daran nicht teilhaben willst?"

Iris hatte keine Luft mehr zum Atmen. Sie sog einen stärkenden Atemzug ein und starrte ihrer Mutter ins Gesicht. „Ich verabscheue dich nicht."

Überrascht hoben sich die Augenbrauen ihrer Mutter. „Da hättest du mich glatt täuschen können."

Iris seufzte. „Ich sagte, ich verabscheue dich nicht. Aber ich hasse es, wenn du …"

„Du hasst mich?", rief sie, stand auf und beugte sich in einer dominanten Art über den Tisch.

„Mutter! Wenn du diese Unterhaltung führen willst, dann musst du mich auch ausreden lassen. Genau das hier ist, weshalb ich manchmal Hass schiebe." Iris legte beide Hände auf den Tisch, versuchte bewusst, sich davon abzuhalten, sie zu Fäusten zu ballen. „Du hörst nicht zu."

„Ich höre zu", sagte sie leise, während sich sie wieder hinsetzte, die Schultern geschlagen zusammengesunken.

„Aber klar machst du das", sagte Iris trocken. „Ich schätze, deshalb hast du versucht, Sebastian zu feuern, obwohl ich dir bereits gesagt habe, dass er mein Anwalt ist und ich nicht deinen nehmen würde."

„Ich wollte nur helfen. Genauso wie ich versucht habe zu helfen, als ich heute Lebensmittel für dich einkaufen gegangen bin, dein Haus geputzt habe, was dir nicht mal aufgefallen ist, und dir ein paar Abendessen gekocht habe. Ganz zu schweigen von der Tatsache, dass ich dein Keksglas gefüllt habe."

„Du ... hast eingekauft und geputzt?" Iris schaute sich überall um, wurde sich der Dinge wirklich gewahr. Ihr war die saubere Küche aufgefallen, aber alles andere? Iris stand auf und inspizierte das Wohnzimmer und dann die Bäder. Ihre Mutter hatte recht. Alles war glänzend sauber, und es roch schwach nach Zitrone. Als sie in die Küche zurückkehrte, öffnete sie die Schränke und sah sofort einen Beutel teuren Kaffee. Tränen brannten in ihren Augen, und sie wandte sich wieder an ihre Mutter. „Du hast dich echt so richtig ins Zeug gelegt heute, oder?"

Sie zuckte mit einer Schulter. „Wie ich gesagt habe, ich wollte dir die Dinge nur erleichtern."

Iris nahm ihren Platz wieder ein und rückte näher an ihre Mutter. Nachdem sie die Hände um die ihrer Mutter gelegt hatte, sagte sie: „Danke, Mom. Das alles ..." Sie nickte zur Küche hin und dann zum Wohnzimmer, „war echt fürsorglich. Das sind die Dinge, die mir echt helfen. Und ich weiß es wirklich zu schätzen. Mehr als du ahnst, tatsächlich. Aber das andere Zeug ... Dass du hereinplatzt und versuchst, alles zu übernehmen? Dass du meinen Anwalt feuern willst oder Leute herumkommandierst, die für mich arbeiten, das ist nicht okay. Es ist übergriffig und gibt mir das Gefühl, dass du denkst, ich könnte mein eigenes Leben nicht in den Griff kriegen."

„Das denke ich nicht!" Sie löste eine ihre Hände und wischte sich über die Augen. „Du bist ... großartig. Du wurdest zur Bürgermeisterin gewählt und hast diesen Bastard Tom rausgeworfen, in dem Augenblick, in dem dir klar geworden ist, dass er nichts taugt. Ich wünschte, ich hätte ein paar Mal in meinem Leben einen solchen Mut gehabt."

„Mom, du hast nicht nur eins, sondern zwei gewalttätige Arschlöcher fallen gelassen", sagte Iris, die sich auf ihren ersten und ihren dritten Mann bezog. Iris hatte wegen all ihrer Beziehungen vorhin auf sie eingedroschen, aber die Wahrheit war, obwohl Katheryn gewiss nicht unschuldig an ihren gescheiterten Ehen war, hatten diese zwei sowohl Iris als auch ihre Mutter hereingelegt. Erst als sie verheiratet waren, hatten sie gezeigt, wer sie wirklich waren, und zwar mit ihren Fäusten. Einer war ein gemeiner Trunkenbold gewesen, und der andere hatte Probleme gehabt, seine Wut in den Griff zu bekommen, hatte es aber geschafft, das lange genug zu verbergen, um ihr einen Ring auf den Finger zu stecken. Katheryn hatte keinen Augenblick gezögert, sie hinauszuwerfen und Kontaktverbote zu erwirken.

Was ihre anderen drei Ehen anging, einer hatte sie für seine erste Frau verlassen. Einem gefiel nicht, wie viel Zeit sie in der Arbeit verbrachte, und er versuchte sie dazu zu überreden, zur Hausfrau zu werden. Und der letzte … na ja, das war derjenige, von dem alle gedacht hatten, er könnte bleiben. Iris wusste noch immer nicht, weshalb sie sich getrennt hatten. Einen Tag war er da gewesen, und am nächsten nicht mehr. Aber ihre Mom hatte bei der Sache das Spa-Geschäft abgestaubt, also war nicht alles umsonst gewesen.

„Ich habe mit den Männern in meinem Leben eine Menge Fehler gemacht, Süße", sagte Katheryn. „Ich will nur, dass du aus meinen Fehlern lernst."

Als hätte Iris das nicht bereits getan. Sie hatte Jahre damit verbracht, sich vor Verpflichtungen zu fürchten. Dann hatte sie Tom getroffen. Es war einfach nur schade, dass er sie auf mehr als eine Art hintergangen hatte. Es war unwahrscheinlich, dass Iris wieder leicht Vertrauen fassen würde. Kades Bild blitzte in ihren Gedanken auf. Ihr Herz setzte einen Schlag lang aus, und sie wollte sich ohrfeigen, weil sie ihre Gefühle die Oberhand gewinnen ließ. Zu versuchen, mit jemanden zusammenzukommen, während ihr heftige Straftaten vorgeworfen wurden, war eine schreckliche Idee.

Sie schüttelte leicht den Kopf, versuchte, das Bild loszuwerden, und lächelte ihre Mutter beruhigend an. „Keine Sorge. Ich habe genug gesehen, um zu wissen, wie ich mein Herz schütze."

„Das habe ich nicht wirklich gemeint", sagte ihr Katheryn mit finsterem Gesicht.

„Ich weiß, Mom." Sie drückte ihr wieder die Hand. „Mach dir keine Sorgen um mich. Nach dem Schwachsinn von Tom suche ich nicht nach jemandem, mit dem ich was Ernstes anfangen kann, also gibt es nicht viel, um das man sich Sorgen machen musst."

Katheryn drehte sich, um aus dem Fenster zu Kades Haus zu schauen, und dann zurück zu Iris. „Bist du dir da sicher?"

War sie das? Nein. Überhaupt nicht. Aber das würde sie ihrer Mom nicht sagen. Das Geständnis würde mit stundenlangen Ratschlägen einhergehen, und sie wollte einfach nur ins Bett kriechen. „Hör mal, Mom. Es ist spät. Ich werde mich aufs Ohr hauen. Danke noch mal für alles. Deine Hilfe heute, die war perfekt."

Iris stand auf und nahm ihren Teller, um ihn in die Spüle zu stellen, als Katheryn sie aufhielt.

„Ich übernehme das. Geh schon. Du siehst echt müde aus. Du brauchst deine Ruhe, wenn du diese Tränensäcke loswerden willst, bevor du am Samstagvormittag dein Date hast."

Die Anmerkung war so flapsig, dass Iris sicher war, ihrer Mutter war nicht mal klar, wie unhöflich das klang. Anstatt ihr die Meinung zu geigen, nickte sie nur und sagte: „Gute Nacht, Mom. Wir sehen uns am Morgen."

„Nacht, Süße. Benutz auf jeden Fall die Faltencreme, die ich für dich auf den Tresen gestellt habe."

Mit zusammengebissenen Zähnen sagte Iris nichts, bevor sie ins Bad verschwand und ihr Bestes gab, um sich nicht vorzustellen, wie ihre Mutter von Krähen verspeist wurde.

KAPITEL ZWÖLF

*I*ris erwachte mit einem seltsamen Gefühl der Beunruhigung. Sie setzte sich im Bett auf und schaute sich um, versuchte, zu verstehen, was der Quell ihrer Nervosität war. Die übermäßig helle Morgensonne strahlte durch ihr Fenster, beleuchtete ihr Zimmer. Sie stöhnte. Die Sonnenstrahlen legten nahe, dass sie lang geschlafen hatte. Vielleicht war das der Grund, weshalb sie so neben sich stand. Normalerweise war sie eine Frühaufsteherin. Aber nach ihrem Gespräch mit ihrer Mutter am Vorabend hatte sie nur schwer einschlafen können. Sie hatte nicht verhindern können, dauernd über die Entschuldigung ihrer Mutter nachzudenken.

Ehrlich gesagt hätte Iris nie geglaubt, dass sie den Tag erleben würde, an dem ihre Mutter auch nur über die Vergangenheit reden würde, und noch viel weniger einen Teil der Verantwortung für ihre beschwerliche Beziehung auf sich nehmen. Und so sehr sie auch glauben wollte, dass es ein Start für eine bessere Beziehung zwischen ihnen beiden war, machte sie sich Sorgen, dass es nach hinten losgehen und in einer Woche oder so Iris' Aufrichtigkeit zurückkommen und sie in den Hintern beißen würde.

Es wäre nicht das erste Mal, dass Iris ihrer Mutter gegenüber ehrlich zu ihren Gefühlen gestanden hatte, nur dass ihre Mutter ihre Worte ein paar Wochen später gegen sie einsetzte, aus Gründen, die Iris nie verstehen würde.

Vielleicht war es diesmal anders. Sie konnte nur abwarten und sehen und auf das Beste hoffen.

Nach einer Dusche zog sich Iris eine Jeans und ein T-Shirt an und schlüpfte in Turnschuhe. Eines ihrer Ziele für den restlichen Vormittag war es, ein bisschen Kaffee zu trinken und einen Strandspaziergang zu unternehmen, um einen klaren Kopf zu bekommen.

Als Iris in die Küche kam, war ihre Mutter nirgends zu sehen. Sie hatte auch keine Nachricht hinterlassen, aber das war für Katheryn nichts Ungewöhnliches. Sie war noch nie der gesprächige Typ gewesen. Die Vorstellung, dass Iris sich vielleicht fragen könnte, wo sie war, war ihr vermutlich nicht mal gekommen. Iris war allerdings daran gewöhnt, also machte sie einfach mit ihrem Tag weiter.

Sobald sie den Kaffee in einem Reisebecher hatte, schnappte sich Iris ein Sweatshirt und ging zu Tür. Kurz bevor sie sie öffnete, klopfte es, was sie verdutzte. Sie fuhr zurück und ließ fast den Becher fallen. Ein wenig schwappte aus der Öffnung und landete auf dem Fliesenboden. Iris verzog das Gesicht und trat über den Saustall hinweg, um die Tür zu öffnen.

Eine zierliche Frau in einer gestärkten Uniform stand auf der Veranda, ein Klemmbrett in der Hand. „Iris Hartsen?"

Iris' Magen drehte sich um, nur mit der kleinen Menge säurehaltigen Kaffees im Bauch. Die rein schwarze Uniform mit einem Silberstern am Kragen war die erkennbare Uniform der Agentin von der Magie-Taskforce. Verdammt. So viel zu ihrem Spaziergang. „Ja. Ich bin Iris Hartsen. Und Sie sind?"

„Ginny Stevens." Die Agentin hielt Iris eine Hand hin. „Ich habe im Lauf der Jahre von Ihnen gehört. Ich wünschte, wir wären uns unter besseren Umständen begegnet."

Iris schüttelte ihr die Hand, wünschte sich dasselbe. „Ich schätze, Sie sind hier, um den Vorwürfen nachzugehen, die die Stadt gegen mich erhoben hat."

Sie nickte. „Das, und ich würde gerne einen Blick auf den Bereich werfen, wo der Zauber gewirkt worden ist."

„Gut", sagte Iris, die froh war, dass jemand von der Magie-Taskforce nach den Beweisen schauen würde, die der Zauber hinterlassen hatte, der auf ihrem Grundstück gewirkt worden war. Das wäre ein Schritt näher daran, ihren Namen reinzuwaschen. Da Iris mit dem Zauber nichts zu tun gehabt hatte, würde ihre magische Signatur nicht damit verbunden sein, und einen solchen Bericht in ihrer Fallakte zu haben, würde es erleichtern, dass der Fall gegen sie in sich zusammenfiel. Iris öffnete die Tür und winkte sie herein. „Möchten Sie Kaffee? Ich mache gerne noch eine Kanne."

„Nein, alles gut", sagte Ginny mit einem knappen Nicken. Sie schaute sich mit scharfem Blick um, und Iris war froh, dass sie ganz aufs Geschäft fokussiert zu sein schien. Es dauerte nicht lang, bevor Iris ohne Zweifel wusste, dass Ginny hundertprozentig professionell war. Sie verschwendete keine Zeit und ging gleich ans Eingemachte.

„Können wir uns hinsetzen und ein paar Minuten reden?", fragte Ginny Iris. „Ich möchte gern ein paar Fragen stellen."

„Klar." Iris führte sie an den Küchentisch und bot ihr noch einmal Wasser zum Trinken an.

„Nein, danke. Ich habe mein eigenes dabei. So ist es sicherer." Sie lächelte Iris schwach an und griff in ihre Tasche, wo sie eine Wasserflasche herausholte.

Iris verzog das Gesicht, weil ihr klar wurde, dass sie das machte, nur für den Fall, dass sie mit jemandem zu tun hatte, der aktiv versuchen könnte, sie zu verfluchen. Sie nahm gegenüber der Frau Platz und sagte: „Na ja, wenn Sie es sich anders überlegen, lassen Sie es mich einfach wissen."

„Danke für das Angebot. Das ist nett." Sie wühlte in ihrem Beutel und holte einen Block hervor. Dann stellte sie ihr Handy auf den Tisch, ihr Finger war über dem Display. „Das wird aufgezeichnet werden müssen. Ich muss Sie darüber in Kenntnis setzen, obwohl Ihre Zustimmung nicht erforderlich ist."

„Verstanden." Iris war mit dem Vorgehen vertraut. Das war nicht ihr erstes Rodeo mit der Magie-Taskforce, obwohl es das erste Mal war, dass sie verdächtigt wurde. Es war nur eine Erinnerung daran, dass man versucht hatte, ihr dieses Verbrechen anzuhängen, und das machte sie wieder wütend.

Ginny bat um ihren Namen, Ihre Adresse und eine Menge anderer Informationen zur Identifizierung, bevor sie nach Tom fragte. „Sie sind geschieden?"

Iris nickte. „Er hatte mit irgendwelchen Drogensachen zu tun, dessen war ich mir nicht bewusst. Als alles ans Licht kam, habe ich ihm gesagt, dass es vorbei ist, und er ist ausgezogen. Ich würde nicht sagen, dass es eine freundschaftliche Scheidung war, aber wir haben es höflich halten können. Oder zumindest dachte ich das, bis er im Gefängnis auftauchte und versucht hat, mich zu überreden, etwas zu gestehen, das ich nicht getan habe."

Die Agentin hob neugierig eine Augenbraue. „Er wollte, dass Sie genau was … gestehen?"

„Dass ich die Stadt verflucht habe", sagte Iris, die mit der Hand wedelte. War das nicht offensichtlich? Sie war sicher, dass es so war, aber die Agentin wollte es einfach nur aufzeichnen. „Er sagte, der Staatsanwalt wäre bereit, mir einen guten Deal anzubieten, wenn ich das Verbrechen einfach nur gestand. Und dann hat er nahegelegt, dass für mich das Leben noch schlimmer werden würde, wenn ich das nicht tue."

„Ich nehme an, das bedeutet, Sie werden nicht gestehen?", fragte sie.

„Natürlich nicht", sagte Iris hitzig, die sich näher heranbeugte, um der Agentin in die Augen zu starren. „Ich habe das Talent nicht, um einen solchen Fluch zu wirken. Und selbst wenn ich es hätte, bin ich der letzte Mensch, der Premonition Pointe verfluchen würde. Ich habe nichts getan, außer zu versuchen, dieser Stadt beim Wachstum zu helfen, während ich als Bürgermeisterin gedient habe. Weshalb um alle Welt würde ich das zerstören wollen?"

„Weil sie Sie gefeuert haben?", legte Ginny nahe.

Iris wusste, dass die Frau ihre Aufgabe erledigte, aber sie war trotzdem angepisst. Sie lehnte sich in ihrem Stuhl zurück und verschränkte die Arme trotzig vor der Brust. „Lassen Sie mich da ganz deutlich sein. Ich habe nicht, und ich würde auch niemals einen Fluch wirken, um Premonition Pointe oder einem der Einwohner Schaden zuzufügen. Außerdem war ich nie gut in Magie. Auf gar keinen Fall hätte ich das durchziehen können. Ich war nicht mal da, als es passiert ist. Fragen sie einfach Kade nebenan. Wir waren im Eckcafé, als es losging."

„Das werde ich tun", sagte Ginny mit einem Nicken, während sie sich weitere Notizen machte. Als sie aufschaute, fuhr sie fort mit den Fragen. „In meinen Notizen steht, dass Ihre Mutter eine mächtige Wasserhexe ist."

„Das stimmt. Sie scheint durch das Meer aufzublühen. Das

ist allerdings nicht ungewöhnlich. Ist das nicht der Grund, weshalb die Küste ein Magnet für so viele Hexen ist?"

„Ich würde es nicht als ungewöhnlich bezeichnen", sagte Ginny gleichmütig. „Ich habe nur meine Notizen abgeklärt. Setzt sie ihre Macht häufig ein?"

„Ja. Ihr gehört ein therapeutisches Spa-Unternehmen. Die Behandlungen wären nicht annähernd so wirksam, würde sie ihre Magie nicht einsetzen." Iris senkte die Arme und kreiste die Schultern, versuchte sich zu entspannen. Es war echt schade, dass sie nicht zu diesem Spaziergang gekommen war, den sie sich gewünscht hatte. Sehr wahrscheinlich wäre sie weniger nervös, hätte sie ein paar Schritte hinter sich gebracht. Sie rückte auf ihrem Stuhl herum, versuchte, zu verhindern, dass ihr der Hintern einschlief.

Ginny setzte ihren Stift einen Augenblick ab und nahm einen großen Schluck Wasser. Als sie fertig war, leuchtete ihre Haut leicht, sodass Iris die Wasserflasche beäugte. Sie war sicher, dass Ginny gerade irgendeinen Trank geschluckt hatte, und nicht nur reines Wasser. Sie wollte sie schon danach fragen, als Ginny die Stille fühlte. „Benutzt Ihre Mutter ihre Magie regelmäßig außerhalb der Arbeit?"

Das hätte nicht so sein sollen, aber die Frage erwischte Iris ein wenig auf dem falschen Fuß. Sie blinzelte, dachte zurück an ihre Kindheit, und verzog das Gesicht. „Ja, macht sie. Oder zumindest hat sie das getan. Sie hatte so eine Angewohnheit, Leuten Gedächtnistränke unterzuschieben, wenn sie mit irgendwas nicht durchkam. Nichts, was das Gedächtnis löscht oder so was, schon eher Tränke, die die Macht der Suggestion besaßen. Sie hat vielleicht eine Weile auch mit Liebestränken experimentiert, obwohl sie nicht sonderlich wirksam waren." Iris verabscheute es, dass sie die Geheimnisse ihrer Mutter ausplauderte, aber wenn die Agentin von der Magie-

Taskforce herausfand, dass sie log, würde das ihrem Fall nur schaden.

„Wasserhexen sind nie sonderlich gut darin gewesen, Liebestränke herzustellen", merkte sie an, während sie sich weiterhin Notizen machte. „Dafür sind Kräuter besser."

Iris nickte.

„Noch etwas?", fragte Ginny.

„Nicht, dass ich mich erinnern könnte." Iris wusste, dass ihre Mutter immer mal andere Sachen ausprobiert hatte, aber sie konnte sich an nichts Konkretes erinnern. Nichts, das schrecklich schädlich war auf jeden Fall.

„Okay. Ich brauche nur eine Liste mit den Namen aller, mit denen Sie in den letzten Wochen zu tun hatten."

„Warum?" Iris runzelte die Stirn. „Werden Sie die auch befragen?" Ihr wurde das Herz bei dem Gedanken schwer, dass sie sehr wahrscheinlich Kade verhören würden. Sie hatten noch nicht mal ihr erstes Date gehabt, und er würde schon befragt werden, weil er nur ein freundlicher Nachbar war. Die Hoffnung, die sie sich gemacht hatte, vielleicht eine Beziehung mit ihm einzugehen, löste sich in nichts auf. Weshalb sollte irgendjemand mit ihr zusammen sein wollen? Sie war im Augenblick einfach ein Schlamassel. Keine gute Art für einen Neuanfang.

„Ich muss einfach nur überprüfen, was Sie mir erzählt haben. Das ist alles." Sie wartete geduldig, bis Iris seufzte und anfing, alle ihre Freunde aufzulisten, außerdem die Beamten der Stadt, mit denen sie in Kontakt gestanden hatte, seit sie sie festgenommen hatten. Als sie erwähnte, dass sie ein paar Mal mit Julie gesprochen hatte, hielt Ginny mit ihren Notizen inne und starrte Iris an.

„Julie Laird? Die Assistentin des Bürgermeisters?", fragte sie, klang überrascht.

„Ja. Julie war meine Assistentin, bevor sie mich gefeuert haben. Wir gehen freundschaftlich miteinander um", sagte Iris, als wären sie und Julie Freundinnen, die manchmal essen gingen. Das waren sie nicht, aber Iris wollte es nicht ausschließen. Sie mochte Julie.

„Wussten Sie, dass Bürgermeister Howell sie gestern gefeuert hat?"

Iris stieß ein leises Keuchen aus. „Wirklich? Warum?"

„Er hat sich Sorgen um interne Leaks gemacht." Die Agentin starrte Iris betont an. „Da wissen Sie nicht zufällig was drüber?"

Mit einem heftigen Schlucken schüttelte Iris den Kopf. War ihr Anruf wegen der Benachrichtigung über die Sondererhebung der Grund gewesen, weshalb Julie keinen Job mehr hatte?

„Weshalb sagen Sie es mir nicht?", fragte Ginny.

Sollte sie von der Rechnung erzählen, die Skyler bekommen hatte? Das könnte sie, aber sie wollte nicht, dass Tad erfuhr, dass sie deswegen herumstocherte, bis sie irgendeine Art Beweis hatte, dass das Betrug war. Es war ihre einzige Möglichkeit, der Stadt zu zeigen, dass Tad eine schreckliche Wahl war. Selbst wenn Iris niemals wieder diese Stellung innehaben konnte, wollte sie jemanden in der Rolle des Bürgermeisters, dem die Einwohner von Premonition Pointe wichtig waren. „Nichts, ich bin überrascht", sagte Iris. „Julie ist eine tolle Assistentin. Es tut mir leid für sie."

„Manchmal müssen Anführer Entscheidungen treffen, die nicht leicht sind", sagte Ginny, die ihren Stift schloss und ihn zurück in ihre Tasche stopfte. „Ich bin sicher, Sie haben viele getroffen, während Sie Bürgermeisterin waren."

„Natürlich." Iris erhob sich, war bereit, dass die Agentin aufbrach. Sie war ganz dafür, kooperativ zu sein, aber mit

Herablassung ging sie nicht so gut um. „Haben Sie, was Sie brauchen?"

Ginny musterte Iris einen langen Augenblick, bis sich ihre Lippen zu einem leichten, selbstzufrieden Lächeln wölbten.

Was zum Teufel sollte denn das?

Das Lächeln verschwand, und Ginny war wieder ganz nüchtern, als sie verkündete, dass sie das Haus sowohl innen als auch außen nach magischen Überresten prüfen und dann gehen würde.

„Gut." Iris setzte sich an ihren Tisch und beobachtete, wie die Agentin nach draußen ging und anfing, den hinteren Garten mit ihrem magischen Detektor zu scannen. Sie wollte unbedingt Julie anrufen, um herauszufinden, was passiert war, hielt sich aber zurück. Iris wollte der Agentin keine Munition geben, die sie gegen sie einsetzen konnte, selbst wenn es kein Problem oder überraschend sein sollte, dass sie mit jemandem befreundet war, der jahrelang für sie gearbeitet hatte. In Wahrheit saugte sie bei Julie Informationen ab, aber diese Informationen hatten nichts mit dem Fluch zu tun. Sie war sicher, wenn Julie irgendwas darüber gewusst hätte, wer ihn gewirkt hatte, hätte sie es bereits jemandem gesagt. Die Frau war viel zu integer dafür. Es war die Rechnung, von der Iris annahm, dass sie reine Erpressung war, mit der sie Julies Hilfe brauchte.

Iris' Handy summte, lenkte sie von der Agentin ab, die durch ihren Hof ging. Sie schaute hinab und sah, dass es eine Nachricht von Sebastian war.

Ich habe gute Neuigkeiten. Ich bin auf dem Weg zu dir.

Iris antwortete sofort. *Haben sie rausgefunden, wer Premonition Pointe das angetan hat?*

Nein. Ich binnen fünf Minuten da. Ich erkläre es dann.

Iris stand auf und trug ihren Stuhl auf die vordere Veranda,

wo ihr Knie vor Aufregung hüpfte. Die Tür von Kades Haus
ging auf, was sie überraschte, gefolgt von einem kleinen,
flauschigen Hund, der aus dem Haus schoss und direkt auf Iris
zukam. BeeBee bellte einmal und segelte dann auf Iris' Schoß,
ihre Zunge bewegte sich in Rekordgeschwindigkeit, als sie Iris'
Gesicht mit Küssen bedeckte.

KAPITEL DREIZEHN

„*H*allo auch, Houdini", sagte Iris mit einem Lachen, als ihr klar wurde, dass Kade BeeBee nicht aus der Tür gefolgt war. „Wie hast du es geschafft, die Tür ganz allein zu öffnen?"

Der Körper des Hundes wand sich unbeherrscht, als sie die beiden Vorderpfoten auf Iris' Schultern legte und die Küsse noch zunahmen.

Iris legte den Kopf zurück und lachte, erleichtert, dass sie sich auf etwas anderes konzentrieren konnte als die MTS-Agentin, die immer noch auf ihrem Grundstück Beweise sammelte. „Hast du nur auf eine Gelegenheit gewartet, um auszubrechen?" Iris schaute hinüber zu Kades leerer Zufahrt. Es schien, als wäre ihr Nachbar nicht mal zu Hause. Sie griff in ihre Tasche und schnappte sich ihr Handy. Nachdem sie unbeholfen eine Nachricht an Kade geschickt hatte, um ihn wissen zu lassen, dass sein Hund entkommen war und sie sich um ihn kümmerte, drückte sie auf Senden.

Sein Antworttext erschien fast sofort. *BeeBee ist aus dem Haus gelangt? Wie?*

Sie hat die Tür aufgestoßen. Bin nicht sicher. Keine Sorge. Ich schließe sie und behalte sie hier bei mir, bis du nach Hause kommst.

Vielen Dank. Ich sollte in ein paar Stunden wieder da sein. Ich mache nur ein Werkstück für Lucas fertig. Ich könnte Abendessen besorgen, als Dankeschön für das Hundesitten.

Iris lächelte, freute sich bereits darauf, Zeit mit ihm zu verbringen. *Du weißt, dass das nicht nötig ist, oder?*

Vielleicht nicht, aber ich mache es trotzdem. Irgendwelche Sonderwünsche?

Nö. Überrasch mich. Ich habe keine Allergien, also mach es interessant. Sie fügte ein zwinkerndes Emoji-Gesicht an und grinste ihr Telefon an, als sie es schickte.

Oh, eine Herausforderung. Na dann. Und noch mal vielen Dank, dass du auf BeeBee aufpasst.

Nicht der Rede wert. Sie stopfte sich ihr Handy wieder in die Tasche und erhob sich. „Komm schon, BeeBee. Stellen wir mal dein Haus wieder her."

Iris ging die Stufen ihrer Veranda hinab und schaute zurück zu BeeBee, die ihr nicht folgte. „Was ist denn, Kleine? Bist du zu faul, um mit mir zu kommen?"

Der flauschige Hund stand nicht mehr dort, sondern lag flach auf dem Bauch, die Pfoten weit ausgebreitet und den Kopf auf der Veranda.

„Ich schätze, das beantwortet meine Frage", sagte sie lachend. „Also gut. Du bleibst hier. Ich kümmere mich um das Haus deines Dads."

Als BeeBee keinen Muskel regte, ging Iris nach nebenan, spähte in das makellose Haus und fragte sich, wie genau der Mann seine Bude so rein hielt, wo doch ein Hund hier lebte. Sie wollte die Tür schon schließen, als sie ein paar Hundenäpfe im Eingang sah. Einer war mit Wasser gefüllt, und der andere enthielt ein wenig Futter. Genau. BeeBee brauchte die ja vielleicht. Sie schnappte sich die Näpfe und die Leine, die am Haken neben der Tür hing, schloss das Haus und kehrte zu dem Hund zurück, der immer noch geduldig auf ihrer Veranda lag.

„Na, ich schätze, du hast es ernst gemeint damit, auf meiner Veranda herumzuhängen", sagte Iris, die die Näpfe in der Nähe platzierte.

BeeBee hob den Kopf lange genug, um einen Blick auf die Näpfe zu werfen, dann senkte sie ihn wieder und rollte sich auf den Rücken, bot ihren Bauch dar.

Iris lachte und ging in die Hocke, um sie zu streicheln.

Das Geräusch eines Autos, das sich näherte, ließ sie aufschauen, in der Erwartung, Sebastian zu sehen, der seinen SUV hinter einer einfachen schwarzen Limousine parkte. Sie lächelte breit und winkte, als er auf die Veranda heraufhuschte. Er schaute zu BeeBee. „Hey, Süße. Was machst du denn hier?"

„Sie hat beschlossen, dass sie nicht mehr zu Hause sitzen wollte, und ist ausgebrochen. Sie ist für ein paar Stunden zu Besuch." Sie winkte zu den Stühlen hinter ihr. „Willst du dich setzen?"

„Klar. Kommst du mit?", fragte er, ein Hauch Erheiterung in seiner Stimme.

„Sofort." Sie streichelte weiter BeeBees Bauch, bis der Hund den Kopf wandte und ihren Arm leckte. „Ach, danke, Süße. Ich mag dich auch." Nachdem sie dem Hund den Kopf getätschelt hatte, zog sie sich zu den Stühlen zurück und wandte ihre Aufmerksamkeit ihrem Anwalt zu. „Okay, spuck es aus. Was musst du mir sagen?"

Er grinste. „Nachdem ich die bekannten Fakten in deinem Fall dem Staatsanwalt präsentiert und nahegelegt habe, dass es mildernde Umstände gibt, die den Fall vielleicht reif für eine

Ermittlung der Dienstaufsichtsbehörde machen würden, hat er zugestimmt, die Vorwürfe fallen zu lassen."

„Was? Ernsthaft?", rief sie.

„Ernsthaft. Du bist da raus."

„Nicht so schnell", sagte Ginny, die von Seite des Hauses heraufkam und die Stufen zur Veranda emporstieg. Ihre Lippen waren fest aufeinandergepresst, während sie Iris anstarrte. „Ich habe ein paar besorgniserregende Probleme entdeckt, die Sie wieder in Schwierigkeiten mit dem Gesetz bringen könnten."

Sebastian stand abrupt auf, trat vor Iris, als wollte er sie abschirmen, während er sich an Ginny richtete. „Tut mir leid. Wir sind uns noch nicht begegnet. Möchten Sie sich vorstellen?"

„Ginny Stevens. Ich bin eine Agentin von der Magie-Taskforce. Und Sie sind?"

Er verschränkte die Arme vor der Brust und versteifte sich. „Sebastian Knight, Iris' Anwalt."

Sie nickte. „Gut. Möchten Sie vielleicht nach drinnen gehen, damit wir uns unterhalten können?"

Iris knirschte mit den Zähnen. Sie wollte einfach, dass die Agentin ausspuckte, was immer sie gefunden hatte.

Sebastian warf einen Blick zu Iris. „Passt das für dich?"

„Ich schätze schon", sagte sie mit einem Seufzen. „Man weiß es besser, als blind reinzulaufen, richtig?" Ohne auf eine Antwort zu warten, stand sie auf, schnappte sich BeeBees Näpfe und pfiff nach dem Hund, damit er ihr folgte. BeeBee blieb ihr auf den Fersen, und als Iris am Tisch Platz nahm, rollte sich BeeBee zu ihren Füßen zusammen. Sie griff nach unten und tätschelte den Kopf des Hundes. „Gutes Mädchen, kleine BeeBee."

Sebastian folgte Ginny herein, entschied sich aber, stehen

zu bleiben, während die Agentin gegenüber von Iris Platz nahm.

Ginny warf ihm einen Blick zu. „Sie setzen sich nicht hin?"

Er griff nach einer leeren Stuhllehne und schüttelte den Kopf. „Ich stehe lieber."

Sie stieß ein schwaches Seufzen aus, eine seltene Zurschaustellung von etwas anderem als kühler Professionalität. „Ich bin nicht der Feind."

„Vielleicht nicht, aber es klingt, als wären Sie diejenige, die im Weg steht, damit der Fall gegen meine Klientin völlig fallengelassen wird", sagte Sebastian, der sie mit zusammengekniffenen Augen ansah. „Das bedeutet, dass Sie auch nicht gerade eine Freundin sind."

„Sebastian", sagte Iris, die plötzlich müde war. „Sie macht nur ihren Job." Iris lächelte ihn schwach an. „Ich weiß deine Unterstützung zu schätzen, aber warum hören wir uns nicht an, was sie zu sagen hat, bevor wir hier angriffslustig miteinander umgehen."

„Angriffslustig?", fragte Ginny, ihre Augenbrauen verschwanden unter ihrem Pony.

„Das sagt man doch nur so", sagte Iris, die wünschte, sie hätte noch eine Tasse Kaffee, nur um etwas mit den Händen zu tun zu haben.

„In Ordnung", sagte Ginny, die ganz nüchtern wurde. „Es gibt ein paar Dinge, die ich in meinen Bericht stellen muss, die besorgniserregend sind. Zum ersten wurde Ihr hinterer Garten von Magie gereinigt."

Iris richtete sich auf und lehnte sich vor, die Ellbogen auf dem Tisch. „Was meinen Sie damit, dass mein Garten von Magie gereinigt wurde?" Sie wandte sich an Sebastian. „Hat das zu dem Scan gehört, den ihr Jungs gemacht habt?"

„Scan?", fragte Ginny.

Sebastian warf Iris einen betonten Blick zu, was nahelegte, dass sie nicht mehr sprechen sollte.

Ein ungutes Gefühl machte sich in Iris' Bauch breit. Ups. Hatte sie es gerade vermasselt? Es war sicher nicht gegen die Regeln, in ihrem Haus nach Wanzen zu suchen, oder? Sie hatte ein Recht auf ihre Privatsphäre, und darauf, jegliche Kameras zu entfernen, die ohne ihre Erlaubnis installiert worden waren. Obwohl sie annahm, dass es dabei eher darum ging, sicherzustellen, dass es keine Fragen über unethische Aktivitäten in ihrem Haus gab. Sie klappte den Mund zu und beschloss, Sebastian den Rest des Meetings übernehmen zu lassen.

„Ich habe vorher von einem Sicherheitsteam das Haus nach Wanzen und versteckten Kameras durchsuchen lassen. Da der Fluch in ihrem hinteren Garten gewirkt worden ist, wollte ich sicherstellen, dass nichts anderes Übles vor sich geht", sagte er. „Aber wir haben keinerlei Reinigung von Magie im hinteren Garten vorgenommen. Das haben wir nicht mal drauf."

„Aber sie hat drauf", sagte Ginny, die zu Iris hin nickte.

„Nein, habe ich nicht", sagte Iris mechanisch.

„Iris, bitte lass mich das übernehmen", sagte Sebastian, der ihr einen weiteren gequälten Blick zuwarf.

„Tut mir leid." Sie griff nach unten und nahm BeeBee hoch, brauchte etwas, auf das sie sich konzentrieren konnte, bevor sie den Verstand verlor. Der Hund ließ sich auf ihrem Schoß nieder und entspannte sofort, während Iris ihm die Ohren kraulte.

„Wie Iris nahegelegt hat, ist ihre Magie nicht mal annähernd stark genug, um einen Tatort zu reinigen, der der Quell eines Fluchs war", behauptete Sebastian. „Tatsächlich ist ihr erst, nachdem der Fluch passiert war und sie sich Hilfe vom städtischen Zirkel geholt hat, überhaupt klar geworden, dass sie nutzbare Magie besitzt. Klingt es für Sie, als wären ein paar Tage, in der sie mit Magie rumspielt, genug Zeit, um ein so komplexes Talent zu entwickeln?"

„Das bringt mich zu einer zweiten Sache, die ich in den Bericht stellen muss. Als sie vom Polizeibeamten wegen dieses Falles befragt wurde, hat Iris nahegelegt, dass sie nicht die Macht oder Fähigkeit hätte, um einen solchen Fluch zu wirken. Aber es ist offensichtlich, dass Iris mehr als nur minimale Magie besitzt", behauptete Ginny. „Sie strahlt von ihr ab wie eine verflixte magische Quelle."

Iris schaute hinab auf ihre blanken Arme, als würde sie etwas sehen können. Sie sah nur, wie sich ihre Haare aufrichten, als läge eine elektrische Ladung in der Luft. Da sie an der Küste lebten, war das nicht unbedingt ungewöhnlich.

„Ich sehe gar nichts", sagte Sebastian.

Ginny holte eine kleine Scannerpistole heraus, richtete sie auf Iris und drückte einen Knopf. Ein Licht blitzte rot, und der Scanner begann, nervig laute Geräusche von sich zu geben. Sie notierte sich, was immer der Wert war, und setzte dann an, um sich wieder an Sebastian zu wenden. Aber bevor sie ihm in die Augen schaute, starrte sie Iris an, ihr stand der Mund offen. „Heilige Scheiße. Das habe ich noch nie passieren sehen."

Iris schaute an sich hinab und stieß ein Keuchen aus, als sie goldenes Licht sah, das ihren ganzen Körper nachzeichnete. Sie saß völlig reglos da, beobachtete, wie die Magie über ihre Haut wogte. „Was ist das?"

„Es ist ein Enthüllungszauber, der darauf abzielt, Ihre Magie an die Oberfläche zu bringen. Er zeigt, wie mächtig Sie sind", sagte Ginny. „Sie, Iris Hartsen, sind eine sehr mächtige Hexe. Ich bin nicht sicher, weshalb Sie und Ihr Anwalt etwas anderes behaupten."

Iris öffnete den Mund, um sich zu verteidigen war, doch

Sebastian schnitt ihr das Wort ab. „Ganz gleich, wie mächtig sie ist. Es bleibt die Tatsache, dass Iris bis vor ein paar Tagen nicht mal gewusst hat, dass unter der Oberfläche eine Macht wartet. Sie können Ihre Mitarbeiterakte bei der Stadt einsehen und erkennen, dass sie bei ihrem Job niemals Magie eingesetzt hat. Ein Hintergrundbericht wird enthüllen, dass niemals protokolliert wurde, dass sie Magie ungesetzlich einsetzt. Und wenn Sie noch weitersuchen wollen, vielleicht ihre Schulaufzeichnungen überprüfen, dann werden Sie feststellen, dass sie eine kluge Schülerin war, die sich nicht in irgendwelchen außerunterrichtlichen Fächern engagiert hat, zu denen Magie gehörte. Das ist gewöhnlich für jene in magischen Familien, die aus irgendeinem Grund nicht mit der gleichen Menge Macht wie ihre Eltern oder Geschwister gesegnet sind."

„Also sagen Sie, dass Iris gerade erst zu ihrer Macht gekommen ist", sagte Ginny mit einem Nicken. „Das passiert manchmal. Besonders bei Frauen, bei denen die Menopause einsetzt. Hormonveränderungen, und die Magie wird freigesetzt."

„Echt?" Iris' Hände zitterten. Sie wusste, dass sie nicht für den Fluch oder irgendetwas anderes verantwortlich war, was in ihrem Hinterhof vorgefallen war. Aber wenn die Agentin das in ihren Bericht stellte, ließ sich nicht sagen, was der Staatsanwalt oder Tad versuchen würden, damit anzufangen.

„Oh, ja. Wir sehen das die ganze Zeit. Sobald mal die Gesichtshaare sprießen, muss man aufpassen. Die Magie ist genauso stark wie die Hitzewallungen." Ginny fächelte sich Luft ins Gesicht, als hätte sie gerade jetzt eine Hitzewallung. Obwohl Iris sicher war, dass die Frau mit einer Hitzewallung nicht klarkommen würde, und wenn sie sie ins Gesicht traf.

„Handfächer richten gar nichts aus gegen Hitzewallungen",

murmelte Iris. „Die sind mehr wie buchstäbliche Feuerbälle, die einem die Haut wegbrennen. Da braucht man schon ein ganzes Kühlsystem, um ranzukommen."

Die Agentin lachte vor sich hin. „Das passt zu dem, was ich gehört habe. Aber da es klingt, als wüssten Sie, wovon Sie reden, wenn es um diese Hitzewallungen geht, würde ich sagen, Sie sind eine der glücklichen Hexen, die wegen der Hormonveränderungen wahrscheinlich in ihre Magie hineingewachsen ist. Wenn ich Sie wäre, würde ich die Level mal überprüfen lassen, um sicherzustellen, dass da nichts aus dem Ruder läuft."

„Klar", sagte Iris, die nicht unhöflich sein wollte, aber auch versuchte, Sebastian den Rest des Besuches übernehmen zu lassen.

Sebastian setzte sich schließlich und stützte die Ellbogen auf den Tisch. Er beugte sich dichter an die Agentin und sagte: „Sehen Sie, nur weil jemand Iris' Hinterhof von Magieresten gereinigt hat und sie vielleicht endlich zu ihrer Macht findet, ändert das nichts an der Tatsache, dass es keine Beweise gibt, dass sie es getan hat. Es ist sehr wahrscheinlich, dass derjenige, der den Zauber gewirkt hat, erfahren hat, dass es eine paranormale Ermittlung geben wird, und getan hat, was immer er konnte, um seine Spuren zu verwischen. Gleichzeitig hat Iris ein solides Alibi für die Zeitspanne, als der Fluch gewirkt wurde, und wenn Sie mit dem Zirkel sprechen, bin ich sicher, der wird bestätigen, dass sie gerade erst anfängt, etwas über ihre Fähigkeiten zu lernen."

„Das mag alles so sein, Mr. Knight, aber ich bin trotzdem verpflichtet, was ich gefunden habe, in den Bericht zu schreiben", sagte sie.

„Sie sind aber nicht verpflichtet, daraus Schlüsse zu ziehen." Sebastian wandte seine Aufmerksamkeit zur Hintertür. „Sind

Sie überhaupt mal auf die Idee gekommen, dass die Wahrscheinlichkeit besteht, dass die Polizei von Premonition Pointe da draußen die Magie bereinigt hat?"

„Weshalb sollte sie das tun?", fragte Ginny, die tatsächlich neugierig klang.

Sebastian schüttelte den Kopf. „Ich weiß auch nicht, Agentin Stevens. Sagen Sie mir, warum der Stadtrat sie rausgeworfen hat, wo sie doch nichts getan hat, als fast jeden Aspekt der Stadt während ihrer Amtszeit zu verbessern. Weshalb haben sie ihren Ex-Mann gezwungen, zu versuchen, ihr Angst zu machen, damit sie einen Deal eingeht? Aber noch wichtiger, wenn sie irgendwelche konkreten Beweise gegen sie hätten, weshalb sollten sie die Anschuldigungen heute fallen lassen, als ich gedroht habe, die Dienstaufsichtsbehörde zu involvieren?"

Ein schwaches Lächeln spielte um die Lippen der Agentin, und dann war es genauso plötzlich weg. Sie räusperte sich. „Offensichtlich habe ich darauf keine Antwort. Danke für Ihre Offenheit. Ich bin nicht hier, um ein Urteil zu fällen. Aber ich wollte Sie warnen, dass ich alles, was ich gefunden habe, in meinen Bericht stellen muss." Sie warf Iris einen Blick zu. „Fällt Ihnen jemand ein, der vielleicht die Magie in Ihrem hinteren Garten bereinigt hat?"

Mechanisch schüttelte Iris den Kopf, doch sobald sie es tat, stach sie ein scharfer Schmerz in den Bauch, als die Erkenntnis über sie hinwegwogte.

Es gab nur eine Person, die die Angelegenheiten so in die eigenen Hände nehmen würde.

Iris' Mutter, Katheryn West.

KAPITEL VIERZEHN

„Keiner von diesen Beweisen hat Bestand", sagte Sebastian, sobald die MTS-Agentin ging.

„Ich weiß", sagte Iris, die BeeBee von ihrem Schoß nahm und sie ins Wohnzimmer brachte. Sie rollte sich am Ende ihrer Couch ein und schloss die Augen, BeeBee neben sich. „Ich bin allerdings sicher, das lässt mich schuldig wirken."

Sebastian war ihr ins Wohnzimmer gefolgt und ging inzwischen auf und ab. „Ich glaube, es hat jemand aus der Abteilung getan."

„Warum?" Iris rieb sich über die Schläfe, versuchte, den Schmerz zu lindern, der sich in der letzten halben Stunde gebildet hatte. Sie war davon, dass die Vorwürfe fallen gelassen wurden, in irgendein seltsames Zwischendasein übergegangen, obwohl sie selbst daran keine Schuld trug.

„Denk darüber nach. Wenn jemand aus der neuen Verwaltung den Fluch gewirkt hat, würden sie ihn auf jeden Fall verstecken wollen. Und indem sie es so machen, sieht es so aus, als würdest du deine eigenen Spuren verbergen."

Iris schnaubte lachend. „Das würde mich zur dümmsten

Kriminellen in der Weltgeschichte machen. Weshalb sollte ich einen Fluch aus meinem hinteren Garten wirken und überhaupt erst riskieren, verdächtigt zu werden?"

„Anfängerfehler?", schlug er vor.

„Verdammt. Ja, das würde als Argument gehen."

Sebastian nahm auf dem Sessel ihr gegenüber Platz. „Es ist ein Argument, das sie nutzen können, aber es taugt nichts, ohne tatsächliche Beweise zu haben. Ich hätte ein besseres Gefühl, wenn ich beweisen könnte, wer die Magie aus deinem Garten getilgt hat."

Iris schluckte.

Sebastians Augen wurden groß. „Du weißt, wer es getan hat?"

Sie schüttelte den Kopf langsam, dann sagte sie: „Ich weiß nichts, ich habe eine Ahnung, wer es gewesen sein könnte."

„Sag es mir, und ich überprüfe das."

Er hatte bereits sein Handy herausgeholt, bereit, einen Namen einzugeben, als sie sagte: „Meine Mutter hat gestern den Tag damit verbracht, zu backen und zu putzen. Sie sagte immer wieder, dass sie mir helfen will. Und ich bin mir nicht ganz sicher, ob sie glaubt, dass ich den Fluch nicht gewirkt habe. Ich wäre nicht überrascht, wenn es sie gewesen ist."

„Verdammt!" Sebastian stand auf und ging auf und ab. „Wenn das bewiesen wird, wird es schlecht für unseren Fall."

„Ich bezweifle, dass sie es zugeben wird, wenn das eine Hilfe ist." Iris wollte sich unbedingt auf die Couch legen und einfach nur den Nachmittag verschlafen. Wie war ihr Leben so schnell auseinandergefallen? Es war mehr als nur überwältigend.

„Ich befrage sie selbst", sagte Sebastian. „Wann kommt sie zurück?"

„Ich habe keine Ahnung. Katheryn kommt und geht, wie es ihr gefällt."

Sebastian nickte, tippte etwas auf sein Handy, und dann wandte er sich wieder an sie. „Du wirkst echt fertig. Ich mache, dass ich hier rauskomme, und lass dich ausruhen. In der Zwischenzeit werde ich alles in meiner Macht Stehende tun, um zu versuchen, zu verhindern, dass sie dich wieder anzeigen."

Iris ließ ihren Blick zu ihm wandern. „Glaubst du, das machen sie?"

„Sie versuchen es wahrscheinlich. Der leitende Ermittler war angepisst, als er erfahren hat, dass der Staatsanwalt die Vorwürfe fallen lässt, also ist es am besten, wenn wir auf alles vorbereitet sind."

Sie stieß ein Stöhnen aus. „In Ordnung. Wir werden einfach nur rausfinden müssen, wer das getan hat, bevor sie so einen gestellten Fall gegen mich aufbauen können."

„Iris", sagte Sebastian, eine sanfte Warnung in seinem Tonfall. „Bitte pass auf. Du willst ihnen doch keine Munition mehr liefern, die sie gegen dich einsetzen können."

„Ich weiß." Sie stieß ein Seufzen aus. „Es ist nur so, irgendwas muss ich doch tun."

„Nein, musst du nicht. Ich heuere einen Ermittler an, der der Sache auf den Grund geht." Er setzte sich zur Tür in Bewegung.

Iris verarbeitete, was er gerade gesagt hatte. „Das ist nichts Normales, wenn man einen Anwalt bezahlt, oder?"

„Nein, normalerweise nicht. Aber dieser Fall schreit nach einer Ausnahme."

„In Ordnung", sagte Iris mit einem Nicken. „Aber ich bezahle dafür. Nicht Gigi oder ihre Stiftung, verstehst du? Ich kann nicht diese ganzen Ressourcen aufbrauchen, wenn ich doch weiß, dass andere Leute sie mehr brauchen als ich."

Er öffnete den Mund und wollte etwas sagen, doch er schüttelte den Kopf.

Iris hob die Hand, um ihn aufzuhalten, und sagte: „Vergiss es. Das sind meine Bedingungen."

Sebastian hielt kurz inne, dann nickte er. „In Ordnung. Ist abgemacht."

IRIS ERWACHTE, weil jemand ihr über die Wange strich. Die sanfte Berührung war so schön, dass sie sich hineinlehnte, gierig auf mehr, bevor ihre Augen aufklappten und sie zurückfuhr, erstaunt, dass jemand in ihr Reich eindrang. „Heiliges Kanonenrohr! Wie bist du reingekommen? Die Tür war abgesperrt und der Alarm eingestellt."

„Tut mir leid!", sagte Kade, der beide Hände hob. „Deine Mom war hier. Sie hat mich reingelassen, als sie gerade gegangen ist. Ich wollte dich nicht erschrecken. Du hast nur so friedlich ausgesehen, und ich wollte dir einen Augenblick geben, dass du wieder ins Bewusstsein gleiten kannst."

Wow. Sie war so weggetreten gewesen, dass sie nicht mal gehört hatte, dass ihre Mom reingekommen oder offensichtlich wieder gegangen war. „Hat sie gesagt, wohin sie geht?"

„Sie sagte, sie hätte Pläne fürs Abendessen."

Iris runzelte die Stirn. Sie wünschte sich wirklich, ihre Mutter hätte sie aufgeweckt oder wäre dieses eine Mal geblieben. Sie hatten Dinge, über die sie reden mussten. Besonders musste sie herausfinden, ob Katheryn versucht hatte, ihr zu helfen, indem sie die Magie aus ihrem Garten bereinigt hatte. Plötzlich machte sich in ihren Eingeweiden eine neue Sorge breit. Mit wem genau hatte ihre Mutter ein Abendessen? Richtete sie da draußen mehr Schwierigkeiten für Iris an, oder nur für sich selbst? Sie kniff die Augen zu und versuchte, die Gedanken aus ihrem Verstand zu vertreiben. Es würde nicht helfen, wenn sie sich Sorgen machte. Sie musste einfach sicherstellen, dass sie ein Gespräch mit ihrer Mutter führte, sobald es möglich war.

„Alles okay?", fragte Kade.

„Klar. Wer wäre denn nicht glücklich, wenn so ein süßer Welpe über einem Wache hält?" Sie schaute zu BeeBee, die immer noch auf ihrem Oberkörper ausgestreckt lag, und dann zu ihm hinauf. Ein Lächeln trat auf ihre Lippen, als sie sagte: „Hallo auch."

„Hallo, du." Die Anspannung wich aus seinem Gesicht, während er sich auf die Kante des Sofas setzte und vorgriff, um BeeBee an den Ohren zu kraulen.

Der Hund lag auf Iris' Brust, war völlig weggetreten. Es war so gemütlich gewesen, mit ihr zu kuscheln, dass Iris bereits darüber nachdachte, wie sie mehr Zeit mit seinem Hund herausschlagen konnte. „Ich glaube, wir müssen uns das Sorgerecht für BeeBee teilen", scherzte Iris. „Ich glaube nicht, dass ich in den letzten Jahren je so gut geschlafen habe."

„Ich muss zugeben, ich bin ein bisschen eifersüchtig", sagte er, während er ihr eine Haarsträhne aus den Augen schob. „Mit mir kuschelt BeeBee niemals so."

Iris stieß ein leises Lachen aus. „Ach, und da hatte ich noch gedacht, du könntest vielleicht eifersüchtig sein, weil sie mit mir kuscheln konnte."

Seine Augen funkelten vor ihr. „Also echt, Iris, ich glaube, du flirtest vielleicht mit mir."

„Wirklich?" Sie versuchte, sich hinzusetzen, doch BeeBee streckte protestierend die Pfoten aus, sodass sie lachte.

„Das war auf jeden Fall geflirtet. Und du liegst nicht falsch. Ich bin auf euch beide neidisch. Während ich bei der Arbeit war, war mein Lieblingsmädchen damit beschäftigt, das Herz meiner hübschen Nachbarin zu stehlen, bevor ich auch nur eine Chance hatte, mich da einzumischen."

Iris lachte leise, konnte das Grinsen nicht unterdrücken, das sich auf ihrem Gesicht ausbreitete. Ihr Tag war von stressig zu dem hier übergegangen, was immer *das* hier war. Flirten und Geplänkel? Der Anfang von etwas mehr als einer Freundschaft? Oder bewegten sie sich in etwas, das eher schon im Territorium von Aufgabeln lag? Die ersten beiden Optionen waren für Iris mehr als nur in Ordnung. Aufgabeln allerdings … sie war sich nicht sicher, ob sie für so etwas gemacht war. Sie hatte niemals einen One-Night-Stand oder eine Freundschaft mit gewissen Vorzügen gehabt. Sie war immer schon ein Mädchen für Beziehungen gewesen, aber man sehe sich an, was ihr das gebracht hatte. Vielleicht musste sie mal was anderes ausprobieren. Die Haare offen tragen. Noch einmal Spaß haben, bevor jemand eine Möglichkeit fand, sie ins Gefängnis zu werfen.

„Warum schaust du mich so an?", fragte Kade, seine Stimme ein wenig heiser.

„Ich denke, das weißt du schon." Sie griff nach oben und strich mit der Fingerspitze leicht über seine Unterlippe.

Kade schnappte scharf nach Luft. Das Geräusch ließ BeeBee den Kopf hochreißen und zwischen beiden mit empörter Miene auf ihrem liebenswerten Gesicht hin und her schauen.

„Hör auf, mich zu verurteilen, kleine BeeBee. Wir haben gar nichts gemacht", sagte er zu seinem Hund.

„Noch nicht auf jeden Fall." Iris warf ihm etwas zu, von dem sie hoffte, es wäre ein schiefes, sexy Lächeln, während sie die Hand über seinen muskulösen Unterarm streichen ließ. Verdammt, er war sexy. Sie hatte immer schon was für Männer übrig gehabt, die sich ihre geschmeidigen Muskeln durch harte Arbeit verdienten, anstatt im Fitnessstudio zu pumpen.

„Aus, BeeBee", befahl er dem Hund, ohne den Blick von Iris zu lösen.

BeeBee öffnete weit das Maul und stieß ein lautes Gähnen aus, sodass Iris lachte.

„Ich glaube nicht, dass sie vorhat, irgendwohin zu gehen", sagte Iris, erheitert, dass sein Hund ihn ignoriert hatte. Hey, konnte sie es BeeBee zum Vorwurf machen? Ihr Nickerchen war echt gemütlich gewesen.

„Wird sie", sagte er fest, als hätte er sich bereits überlegt, wie er seinen Hund dazu brachte, sich von Iris zu lösen.

„Sie liebt mich bereits zu sehr."

Kade lachte leise. „Da kann ich ihr keinen Vorwurf machen." Er stand auf, griff in die Tasche und holte ein Hundeleckerli heraus, das schrecklich nach Bacon aussah und roch. Er ging zur anderen Seite des Wohnzimmers und sagte: „Komm, BeeBee. Zeit für ein Leckerli."

Der flauschige Hund sprang sofort auf und lief zu seinem Herrchen. Er setzte sich geduldig hin, starrte mit Herzen in den Augen zu ihm hinauf. Iris verstand das Gefühl. Genauso hatte sie sich in dem Augenblick gefühlt, als er sie mit seiner sanften Berührung geweckt hatte. Ihre Haut prickelte wieder, wenn sie nur daran dachte.

„Da hast du es, Süße", sagte Kade zu seinem Hund. Während er glücklich auf seinem Bacon-Leckerli kaute, kam Kade zurück zu Iris und hielt ihr eine Hand hin.

Iris nahm sie, und bevor sie es sich versah, war sie in seinen Armen und wurde geküsst, als ginge es um ihr Leben.

KAPITEL FÜNFZEHN

*K*ades Arme legten sich um Iris, zogen sie dicht heran, bis sie an seinen langen, schmalen Körper gepresst war. Ihr ganzer Körper entzündete sich, als würde ein Feuerwerk in ihr losgehen. Sie neigte den Kopf, vertiefte den Kuss und wurde belohnt, als er ein leises Stöhnen ausstieß.

„Iris", flüsterte er, während er eine Hand in ihren Haaren vergrub und mit den Lippen über ihren Hals streifte, was sie erbeben ließ. „Ich habe dich seit dem ersten Augenblick gewollt, in dem ich dir begegnet bin."

Seine Worte geisterten durch sie hindurch, sodass ihr Herz schneller schlug. Wie lange war es her, dass sie sich von jemandem gewollt gefühlt hatte, darunter ihrem Ex?

Es waren Jahre.

Iris antwortete, indem sie seinen Nacken mit den Fingerspitzen streifte und den Hals durchbog, damit er besser rankam.

Seine weichen Lippen bedeckten jeden Quadratzentimeter ihrer entblößten Haut, sodass Iris sich fühlte, als würde sie gleich in ihrem Wohnzimmer dahinschmelzen. Ihre Hände landeten auf seiner Hüfte, und ohne einen bewussten Gedanken bewegte sie sie unter sein T-Shirt, gierig auf seine glatte Haut und seine festen Muskeln.

Götter, sie wollte ihn auch. Wollte ihn mehr, als sie seit sehr lange Zeit jemanden gewollt hatte. Doch noch während ihr Körper danach brüllte, ihn in ihr Schlafzimmer zu führen, rasten ihre Gedanken. Sie kannte ihn erst seit zwei Tagen. Und obwohl sie ihn mochte und seinen Hund liebte, wusste sie in Wahrheit fast nichts über ihn. Vermutlich sollte sie nicht bereit sein, ihm die Kleider vom Leib zu reißen und sich an ihm zu vergehen. Oder?

Aber als seine Hände unter ihr Oberteil gerieten und ihren Rippenbogen hinaufstrichen, wollte sie nichts mehr, als sich mit diesem süßen, sexy Mann auszuziehen.

Iris war fast fünfzig, und sie hatte noch nie Sex mit jemandem gehabt, mit dem sie nicht schon eine Weile zusammen gewesen war. Aber spielte das wirklich eine Rolle, wenn Kade ihr das Gefühl gab, sie wäre die begehrenswerteste Frau, die er je berührt hatte?

Es bestand kein Zweifel, dass sie ihn wollte. Weshalb sollte sie sich des Vergnügens verwehren, das er stillschweigend versprach?

„Iris?", murmelte er ihr an ihrer Haut.

„Ja?", antwortete sie atemlos.

„Bist du sicher, dass du das willst?"

Da gab es kein Zögern. „Ja."

Er stieß ein Knurren aus und fing dann an, sie rückwärts zu ihrem Schlafzimmer zu führen. Iris zog sein Oberteil aus und stolperte beinahe, als sie auf seine gut definierte Brust schaute.

Kade lachte leise und drückte ihr eine Handfläche an die Wange, bevor er sie zu einem weiteren erhitzten Kuss zurückzog. Sie war nicht mal sicher, wie sie es in ihr Schlafzimmer schafften, oder wie er sie an die Wand gedrückt hatte, ohne dass es ihr auffiel. Das Einzige, worauf sie sich konzentrierte, waren seine Hände, die ihr ihre Kleider auszogen, und seine sanfte Berührung, während er sie ehrerbietig liebkoste.

„Du bist absolut umwerfend, Iris", flüsterte er, während sein Daumen und sein Zeigefinger in einen ihrer Nippel kniffen. Lust schoss direkt in ihr Innerstes, sodass sie wimmerte, als ein alles verzehrendes Verlangen ihr Gehirn vernebelte. Nach ihrer Scheidung hatte sie viel zu viel Zeit damit verbracht, vor dem Spiegel zu stehen und die Fehler ihres Körpers zu katalogisieren. Ihre leicht hängenden Brüste, die Dehnungsstreifen an ihren Hüften, ein paar Altersflecken, die aus dem Nichts an ihren Beinen erschienen waren.

Nichts davon spielte jetzt eine Rolle. Der Mann, der ihren Hintern nahm und sie dicht an sich zog, gab ihr das Gefühl, so sexy zu sein wie nie zuvor.

Iris erwischte seine Lippen mit ihren und drehte ihn dann, während sie ihn hinüber zum Bett brachte. Und als sie sich hinlegte und er sich an sie presste, beschränkte sich die ganze Welt auf Kade und die Lust, die er ihr verschaffte.

ALLES AN DER NACHT zuvor war heiß, schmutzig und perfekt gewesen. Iris war völlig befriedigt und zufrieden gewesen, als Kade sich um sie legte, während sie tief und traumlos schlief.

„Guten Morgen." Kades heisere Morgenstimme fühlte sich prickelnd an, und sie dachte sofort an letzte Nacht.

Iris rollte sich herum und legte den Kopf auf seine Brust, während er sie mit einem Arm an sich zog und mit den

Fingern durch ihre Haare strich. „Morgen", wiederholte sie und drückte ihm einen Kuss auf die Brust.

Ein paar Minuten lang sagte keiner etwas, und Iris war dankbar für die behagliche Stille. Obwohl sie Vormittage mochte, brauchte es ein wenig, bis sie mit ihnen klarkam.

Von der Seite des Bettes ertönte ein Wimmern. Iris spähte hinüber und sah BeeBee, die aufsprang und an der Seite des Bettes kratzte. Sie lachte leise und griff nach unten, um das süße Mädchen hochzuholen, zu ihnen ins Bett. „Jemand hatte das Gefühl, außen vor zu sein."

„Jemand dringt in meine zweisame Zeit mit einer sexy Frau ein", sagte Kade, während er hinübergriff, um BeeBee am Ohr zu kraulen.

„Ach, lass sie doch. Sie hat die ganze Nacht auf dem Boden geschlafen." Iris legte sich wieder hin und schüttelte den Kopf, als BeeBee direkt zwischen sie kroch.

„Siehst du?", beharrte er. „Ein Eindringling. Aber du irrst dich. Sie hat nicht auf dem Boden geschlafen. Als ich aufgestanden bin, um mal aufs Klo zu gehen, habe ich sie hereingebracht und sie hat den Großteil der Nacht in der Nähe meiner Füße geschlafen, bevor sie aufgestanden ist, um was zu trinken."

„Sie hat in meinem Bett geschlafen?", fragte Iris überrascht. Ihr war es nicht mal aufgefallen. Wie war das möglich? Normalerweise weckte sie das leiseste Geräusch. Obwohl sie körperlich erschöpft gewesen war, als sie endlich eingeschlafen war.

„Ist das ein Problem?", fragte er, wirkte plötzlich besorgt, als er nach seinem Hund griff. „Du hast gestern aber Abend mit ihr auf der Couch geschlafen, und da dachte ich, es würde dir nichts ausmachen."

Iris hielt ihn auf, bevor er BeeBee vom Bett nahm.

„Natürlich, das ist in Ordnung. Ich bin diejenige, die sie gerade hochgehoben hat." Sie lächelte ihn schwach an. „Ich war überrascht, dass es mir nicht aufgefallen ist, dass du aufgestanden bist, oder sie, während ich geschlafen habe. Ich war wohl richtig weggetreten."

„Du hast ziemlich fest geschlafen." Er griff rüber und schob ihr eine Haarsträhne aus den Augen.

Der zarte Ausdruck, den er ihr schenkte, ließ ihr Herz schmelzen. Teufel noch mal. Dieser Mann würde dafür sorgen, dass sie sich in ihn verliebte, und sie wusste doch kaum etwas über ihn, bis auf seinen Namen, wo er gelebt und gearbeitet hatte. Na ja, sie wusste, dass er guten Kaffee und Hunde mochte. Beides brachte ihm bei ihr viele Punkte ein. „Kade?"

„Ja?"

„Ich weiß gar nicht so viel über dich. Meinst du, wir sollten einander kennenlernen?"

Er lachte leise. „Ich dachte, das machen wir? Ich weiß nicht, ob du aufgepasst hast, aber ich glaube, wir haben letzte Nacht eine Menge übereinander gelernt. Zum Beispiel weiß ich, wie du klingst, wenn du angetörnt bist, und wie dir der Atem stockt, wenn ich das mache." Er bewegte die Hand, um ihre Brust zu nehmen und sie leicht in den Nippel zu kneifen.

Und natürlich stockte Iris der Atem, während sie seine nächste Bewegung erwartete.

Er warf ihr ein selbstzufriedenes Lächeln zu und warf sich auf den Rücken, nutzte diese magische Hand, um sich mit den Fingern durch die Haare zu fahren.

„Du machst echt leere Versprechungen", warf sie ihm vor.

„Vielleicht, aber ich fange doch nichts an, wenn mein Hund mich ausbremst." Er starrte betont zu BeeBee, die immer noch zwischen ihnen war.

„Meinst du, sie wäre empört?", fragte Iris, ihre Lippen zuckten erheitert.

„Vermutlich." Er sah sie aus zusammengekniffenen Augen an. „Ich schätze, sie würde missverstehen, was passiert, und mich angreifen, weil ich dich verletze."

Das ließ Iris in Gelächter ausbrechen. „Meinst du?"

Er nickte. „Da war dieses eine Mal, da habe ich mit einer Freundin in meinem Wohnzimmer gerungen, und sie hat kurz aufgeschrien, als ich angefangen habe, sie zu kitzeln. Weißt du, was die hier getan hat?" Er deutete auf BeeBee.

„Sie hat dich angegriffen, weil Kitzeln das absolut Schlimmste ist?", fragte Iris.

„Sie hat nach mir geschnappt." Er schüttelte den Kopf. „Sie hat nicht gebissen, aber mich auf jeden Fall wissen lassen, auf wessen Seite sie steht."

„Ach, BeeBee, du bist ein guter Hund", gurrte Iris und tätschelte sie liebevoll.

Kade kniff die Augen zusammen, diesmal vor ihr. „Verbündest du dich gerade mit meinem Hund?"

„Ja." Sie zwinkerte ihm zu und konnte dann nicht verhindern, dass sie fragte: „Diese Freundin, die du gekitzelt hast ... warst du mit ihr zusammen?"

Er schüttelte den Kopf. „Nein, wie waren echt nur befreundet. Aber gute Freunde. Sie ist letzten Herbst mit ihrer Freundin zurück nach Osten gezogen."

„Tut mir leid", sagte Iris, die sich vorstellte, dass es schwer war, so von einer guten Freundin getrennt zu werden.

„Tut dir leid, dass sie nicht interessiert war, mit mir zusammen zu sein? Ich stimme zu, das war tragisch. Hätte sie sich nur mich ausgesucht, nicht das internationale Model, das sie zu Foto-Shootings auf der ganzen Welt mitnimmt. Mit mir hätte sie auf Spaziergänge mit BeeBee gehen können, und vielleicht hin und wieder einen Latte holen." Sein Tonfall war spielerisch, aber sie vermutete, dass etwas mehr dran war, das er nicht sagte, nicht nur das Offensichtliche. Er schien nicht der Typ zu sein, dem ein glamouröser Lebensstil wichtig war.

Iris glaubte, dass sie da gleich waren. Sie wollte nur eine einfache Stadt am Meer, wo die Leute einander kannten und unterstützten. Das hatte sie in Premonition Pointe gefunden. Danach sehnte sie sich ... Gemeinschaft, und wenn sie ehrlich zu sich war, auch nach einem Freundeskreis wie die Frauen des Zirkels. Und vielleicht hin und wieder ein Date mit einem sexy Typen und einem süßen Hund, der sie vergötterte.

BeeBee hatte sich inzwischen wieder auf Iris' Brust gelegt und genoss derzeit eine schamlose Bauchmassage.

„Du hast sie echt gemocht, oder?", fragte Iris.

„Wen? Melissa? Oh, nein. Nicht so." Er rollte sich auf die Seite herum und stützte den Kopf auf die Hand. „Ehrlich, wir waren nur befreundet. Aber ich war mit jemandem zusammen, der ich ernsthaft einen Antrag machen wollte, als sie mich für einen Mann mit einem Privatjet und drei Häusern verlassen hat. Der schlimmste Teil war, ich glaube, sie hat mich geliebt. Sie hat das Geld nur noch mehr geliebt."

„Aua! Ernsthaft jetzt?"

Er zuckte mit den Schultern. „Es ist, wie es ist."

„Tut mir leid", sagte Iris. „Das ist echt furchtbar."

Er zwang sich zu einem Lächeln. „Nicht so schlimm, wie wenn dein Mann für Drogendealer arbeitet und deine Karriere in den Sand setzt."

Sie fuhr zusammen. „Das hast du gehört, was?"

„Lucas hat mich vielleicht aufgeklärt."

Iris legte sich den Unterarm über die Augen. „Ja, er hat sich in den Drogenschmuggel aus Gründen verwickeln lassen, die ich immer noch nicht ganz verstehe." Sie nahm den Arm weg und schaute zu ihm. „Ich schätze, vielleicht war es die Affäre. Er fing an, mit der Frau zu schlafen, die die Drogen schmuggelte, und sie hat ihn da reingezogen. Wir hatten trotzdem ein gutes Leben. Oder zumindest dachte ich das. Aber er hat es ruiniert. Alles. Nicht nur unsere Ehe, sondern auch die Laufbahn, für die ich so schwer gearbeitet habe."

„Er ist ein Arsch und hatte dich nie verdient." In seinem Tonfall lag eine Entschlossenheit, die sie zum Lächeln brachte.

„Danke. Ich sehe das auch so. Genauso deine Freundin, die mit Mr. Moneybags weggelaufen ist."

Zusammen lachten sie, und als BeeBee wimmerte, weil sie raus wollte, standen sie beide auf. Kade zog sich etwas an, während Iris sich in einen Morgenmantel hüllte.

„Du bringst BeeBee raus. Ich mache den Kaffee und was zum Frühstücken", sagte Iris.

„Du willst, dass ich dafür da bleibe?", fragte Kade. „Wenn du bereit bist, deinen Rückzugsort zurückzuhaben, können wir nach Hause gehen."

Sie starrte ihn an, sorgte sich, dass er den Vorschlag gemacht hatte, weil er bereit zum Gehen war. Schließlich räusperte sie sich und sagte: „Du musst nicht bleiben, wenn du nicht möchtest …"

„Ach, ich möchte schon", sagte er, kam näher, um ihr den Arm um die Taille zu legen und sie dicht heranzuziehen, wie er es in der Nacht zuvor getan hatte. „Ginge es nach mir, würde ich den ganzen Tag mit dir verbringen. Aber ich muss früher oder später in die Arbeit. Vorerst nehme ich Kaffee und Frühstück und schaue mir vielleicht in Sonnenaufgang an."

Iris strahlte ihn an. „Klingt nach einer perfekten Art, den Tag zu beginnen."

Zwanzig Minuten später saßen sie auf Iris' hinterer

Veranda, mit vollen Kaffeetassen und Bagels und Frischkäse, während BeeBee im Garten herumlief.

„Ich glaube, dein Hund ist in meine Blumen verliebt", sagte Iris, die erheitert war, dass BeeBee immer in ihrem Lavendelgarten herumschnüffelte. „Es ist süß, wie sie aufpasst, dass sie nichts zertrampelt."

„Sie mag schon Blumen. Ich wette, sie würde hier einziehen, wenn ich ihr die Wahl ließe. Nickerchen mit dir und Lavendel? Was könnte sie sonst noch wollen?"

„Ihren Daddy", sagte Iris mechanisch. „Jedes Mädchen braucht ihren Daddy." Weshalb hatte sie das gesagt? In ihrem Herzen zog es, wie immer, wenn sie an ihren eigenen Vater dachte und sich die Gedanken aus dem Nichts einschlichen.

„Iris?", fragte er, griff herüber und legte seine Hand auf Ihre. „Alles in Ordnung?"

Sie stieß ein humorloses Lachen aus. „Ich klinge echt armselig, was?"

„Nein. Nur plötzlich ganz traurig. Geht es um deinen Vater?" In seinen Augen stand Sorge, und obwohl sie niemals mit irgendwem über ihren Vater redete, fühlte sie sich gezwungen, ihm mitzuteilen, was an jenem schrecklichen Tag passiert war. Es war ein Schmerz, den sie noch nie mit jemandem geteilt hatte, aber aus irgendeinem Grund wollte sie es Kade erzählen.

Vertrauen, dachte sie. Das war es. Tief im Inneren vertraute sie ihm instinktiv. Das reichte.

„Ich habe meinen Vater verloren, als ich sechs war. Er hat mich mitgenommen, um an der Ecke ein Eis zu holen. Meine Mom war wegen irgendwas wütend. Sie haben gestritten, und ich habe geweint, weil Dad versprochen hat, mich zum Eislaufen mitzunehmen. In diesem Alter war ich entschlossen, eine Eisprinzessin zu werden." Iris' Augen wurden feucht, als sie lachte. „Hättest du mich Eislaufen sehen, hättest du gewusst, dass das ein Hirngespinst war."

Er lächelte sie liebevoll an. „Ich bin sicher, du bist gut in allem, was du dir vornimmst."

„Du bist süß, aber da liegst du äußerst falsch. Ich habe schwache Knöchel und bin auch so eisgelaufen. Meine Mom hatte immer Angst, dass ich mir einen brechen würde, indem ich einfach nur versuchte, auf den Schlittschuhen zu stehen. Sie hat natürlich übertrieben, aber sie haben immer wehgetan, nachdem ich ein paar Stunden auf dem Eis herumgewackelt bin."

„Ich sage immer noch, du wärst hineingewachsen." Er zwinkerte. „Fahr fort. Was ist mit deinem Dad passiert?"

Iris schluckte schwer. „Wie ich sagte, er und Mom haben gestritten. Es war ein Brüllwettstreit. Sie hat darauf bestanden, dass er seinen Job aufgibt, und er hat sich geweigert, hat gesagt, dass er erst genug Geld verdienen muss, um all ihre Projekte zu finanzieren. Ich habe damals nicht verstanden, was er damit gemeint hat, aber mit dem Wissen, das ich jetzt über sie habe, hatte er recht damit, seinen Job nicht aufzugeben."

Als sie diesmal innehielt, blieb Kade still, wartete darauf, dass sie fortfuhr.

Als ihr Herz nicht mehr raste, sagte sie: „Er ist aus dem Haus gestürmt, und ich bin ihm nachgelaufen. Er schien verblüfft, als er sah, dass ich an seiner Seite war, aber hat mich einfach an der Hand genommen, zu mir herab gelächelt und darauf bestanden, dass wir uns ein Eis holen." Iris holte tief Luft, bevor sie wieder sprach. „Es war ein wunderschöner Sommertag. Blauer Himmel. Vögel zwitscherten über uns. Aber es hielt nicht an. Nicht lange, nachdem er uns unser Cornetto geholt hat, hat irgendetwas auf der anderen Straßenseite seine Aufmerksamkeit auf sich gezogen. Er kniff die Augen zusammen, und er murmelte etwas, dass die Arbeit sich immer einmischt. Dann hat er geflucht, mich ein bisschen geschubst und mir befohlen, nach Hause zu gehen. Er sagte, er würde in ein paar Minuten nachkommen."

„Hast du das getan?"

Iris nickte. „Er sagte es mit seiner Dad-Stimme. Da gab es keine Widerrede, also machte ich mich auf nach Hause. Aber er rief mir zu, ich solle laufen. In seiner Stimme war Panik. Ich werde das nie vergessen. Ich hatte Angst, also bin ich los."

Kade griff herüber und legte seine Hand über ihre, wartete darauf, dass sie fortfuhr.

„Ich bin nicht mal einen halben Block weit gekommen, als ich den Schuss hörte." Iris holte zur Stärkung Luft, zwang sich dazu, es auszusprechen. „Als ich mich umgedreht habe, war er auf dem Boden, regte sich nicht mehr. Erst verstand ich nicht, was passiert war, aber dann fingen Leute an zu brüllen und loszurennen. Eine Frau blieb stehen und versuchte, Dad zu helfen. Sie drückte ihr eigenes Oberteil auf seine Brustverletzung. Ich erinnere mich nur, dass ich mein Eis fallen ließ und zurück zu ihm gelaufen bin. Als der Notarzt kam, mussten sie mich von ihm losmachen, um ihn auf die Trage zu legen. Ich hatte Blut überall auf meinem weißen T-Shirt und der Jeans. Ich habe bestimmt ausgesehen, als wäre auf mich geschossen worden. Es war auf jede erdenkliche Art schrecklich."

Einen langen Augenblick waren sie still. Iris wischte sich Tränen aus den Augen, konzentrierte sich weiter auf BeeBee, damit sie nicht das Abbild ihres Dads in Gedanken sehen musste.

Schließlich drückte ihr Kade die Hand und fragte: „Wurde je herausgefunden, wer es getan hat?"

Der ungefilterte Schmerz, der sie immer erfüllte, wenn sie

an diesen Tag zurückdachte, überwältigte sie fast, aber dass Kade sie an der Hand hielt, erdete sie. Zum ersten Mal, seit sie sich erinnern konnte, fühlte sie sich nicht, als würde sie sich gleich übergeben, während sie sich an diesen Tag erinnerte. „Nein. Mom sagte, es wurde als zufälliger Gewaltakt eingestuft, aber das habe ich nie geglaubt." Sie drehte sich um, um ihm in die Augen zu schauen. „Er sah jemanden, den er kannte, bevor er mir befahl, zu gehen. Bis heute bin ich überzeugt, dass sein Tod ein abgekarteter Mord war. Aber damals wollte niemand auf der Welt einer Sechsjährigen zuhören. Und wenn ich das bei meiner Mom erwähne, beendet sie immer die Unterhaltung. Sie sagt, das läge in der Vergangenheit, und es gäbe keinen Grund, alte Wunden wieder zu öffnen."

Kade nickte. „Ich verstehe schon, weshalb sie diese Position einnimmt. Ich bin sicher, für sie ist es auch noch schmerzhaft."

„Ich schätze schon", sagte Iris, noch während der Frust sie erfasste. „Das Problem ist, ich glaube nicht, dass eine von uns sich jemals wirklich damit befasst hat. Ich wollte immer mehr über diesen Tag herausfinden, wissen, was mit meinem Dad passiert ist. Aber sie hat alles über ihn ausgesperrt, als wäre es eine Art schmutziges Geheimnis, über das niemals wieder gesprochen werden darf."

„Komm her", sagte er, während er aufstand und sie in seine Arme hochzog.

Iris ging nur zu gern. Seine starken Arme legten sich um sie, gaben ihr ein sicheres Gefühl. Es war ein seltsames Gefühl für sie. Kein Mann seit ihrem Dad, nicht mal Tom, hatte ihr das Gefühl gegeben, beschützt zu sein. Sie entspannte sich an ihm, dankbar, einfach nur da zu sein.

„Hast du das noch nicht getan, solltest du vielleicht mit

jemandem über deinen Verlust reden", sagte er und strich ihr über die Haare.

„Meinst du etwa, mit einem Psychologen?", fragte sie.

„Ja. Es könnte helfen."

Sie konnte nicht leugnen, dass sie daran schon mal gedacht hatte. Aber ihre Mutter hatte es für unnötig gehalten, und Tom hatte gesagt, es würde ihrer Karriere schaden, wenn jemand herausfand, dass sie in Therapie war. Sie war sich da nicht so sicher gewesen, aber die Entmutigung hatte gereicht, um sie davon abzuhalten, den Termin zu vereinbaren. „Du hast vermutlich recht", gestand sie. „Es könnte Zeit dafür sein."

Da kam BeeBee angelaufen, sprang an Iris' Bein hoch. Sie bückte sich und hob den Hund auf, brauchte die Ablenkung. Sie streichelte sie und sagte ihr, was für hübsches Mädchen sie war, als Kade einwarf: „Ich bin zur Therapie gegangen, nachdem meine Mom gestorben ist. Das hat geholfen."

Iris wandte sich an ihn. „Was ist mit ihr passiert?"

„Überdosis. Sie ist in einen Autounfall geraten und wurde dann von Schmerzmitteln abhängig." Er drehte sich zu BeeBee, als er anfügte: „Da war ich neun."

„Ach, Kade. Das tut mir so leid", sagte Iris, der das Herz für ihn brach. „Ich kann mir das nicht vorstellen."

„Wirklich nicht?" Er schaute ihr in die Augen, seine tiefblauen Augen strahlten einen Ozean aus Schmerz aus. „Du hast gesehen, wie vor dir dein Vater niedergeschossen wird. Was ich durchgemacht habe, war nicht so unterschiedlich. Es war der Auslöser für eine hasserfüllte Beziehung zu meinem Vater, besonders, nachdem er meine Stiefmutter weniger als ein Jahr nach dem Tod meiner Mutter geheiratet hat. Es ist der Grund, warum ich so sehr daran gearbeitet habe, im Osten dieses Stipendium für das Internat zu bekommen. Aus diesem Haus zu kommen, war die einzige Möglichkeit, wie ich diese

Zeit überstehen konnte, und das schien ein besserer Plan, als wegzulaufen."

Iris starrte ihn an, erkannte, dass das, was er erzählte, sehr viel mehr mit ihr gemeinsam hatte, als ihr klar gewesen war. Mit dem Wissen, wie sehr sie es hasste, über das Trauma aus ihrer Vergangenheit zu reden, sagte sie nichts. Stattdessen drang sie in seinen persönlichen Raum ein, legte die Arme um ihn und hielt sich fest. „Danke dir", flüsterte sie.

„Wofür?", fragte er.

„Dass du du bist."

Er stieß einen Atemzug aus, nahm sie fester und sagte: „Gern geschehen."

KAPITEL SECHZEHN

*A*llzu bald stand Kade vor Iris' Eingangstür und gab ihr einen Abschiedskuss. Es war eine verdammt gute Nacht und ein darauffolgender Vormittag gewesen. Sie hatte mehr von sich preisgegeben, als sie je für möglich gehalten hätte. Vor vierundzwanzig Stunden hatte sie über ihn nur gewusst, dass er einen süßen Hund hatte und ein netter Kerl war, den sie besser kennenlernen wollte.

Jetzt spürte sie eine tiefe Verbindung zu ihm, sowohl geistig als auch körperlich. Offen gesagt machte es ihr höllische Angst, und obwohl sie nicht wollte, dass er ging, wusste sie, dass sie Zeit getrennt von ihm brauchte, um sich wieder zu sammeln.

„Hast du Zeit für ein Abendessen?", fragte Kade, als sie schließlich losließ und einen Schritt zurücktrat.

Hatte sie Zeit? Vermutlich. Sollte sie mit ihm zu Abend essen oder sich mehr Zeit lassen, um zu verarbeiten, was zwischen ihnen passierte? Bevor sie auch nur ihre eigene Frage beantworten konnte, nickte sie. „Wann denn?"

„Um sieben rum? Ich könnte was für dich kochen, oder

wenn es dir lieber ist, könnten wir irgendwo hin ausgehen." Er starrte auf ihre Lippen hinab, sah aus, als würde er sie gleich wieder küssen.

„Hör auf damit." Sie schlug spielerisch nach ihm. „Heb dir das für später auf, nachdem du mir was zu essen gegeben hast."

„Also bei mir?", fragte er, um seine Lippen spielte ein Lächeln.

„Auf jeden Fall." Sie stellte sich auf die Zehenspitzen und gab ihm den Kuss, nachdem es ihn so offensichtlich verlangte. Als er sie schließlich losließ, war sie atemlos und ein wenig vernebelt, während sie zusah, wie er und BeeBee sich zu seinem Haus aufmachten.

Iris schloss leise die Tür und lehnte sich dann daran, nahm sich einen Augenblick, um sich wieder zu sammeln. Es war gut, dass ihre Mutter nicht früher aufstand. Wäre sie Kade begegnet, hätte sie ihn ohne Zweifel herablassend behandelt und wäre Iris höllisch peinlich gewesen. Takt war keine Eigenschaft, die ihre Mutter besaß. Und das hätte auf jeden Fall den perfekten Abend und Vormittag ruiniert, den sie mit Kade verbracht hatte. „Verdammt", flüsterte sie, weil sie wusste, wenn sie nicht aufpasste, würde sie sich in ihn verlieben. Heftig.

War das was Schlimmes?

Die Frage raste durch ihre Gedanken, spannte sie auf die Folter, ließ sie aber auch ausflippen. Sie war in ihrem Leben nicht an einem Punkt, wo sie bereit für eine Beziehung war. Es war Zeit, sich an die Arbeit zu machen, um ihren Namen reinzuwaschen. Sie würde nicht für den Fluch untergehen, den jemand anderes der Stadt auferlegt hatte, die sie liebte.

IRIS HIELT mit dem Auto vor einem kleinen Häuschen, das auf der anderen Seite der Stadt lag. Die meisten Gärten waren gut gepflegt, aber ein paar waren verwildert und brauchten städtische Benachrichtigungen, damit man sie bereinigte. Einer war ganz offensichtlich ein Brandrisiko mit zu vielen abgestorbenen Büschen, und der andere hatte kaputte, rostige Autos im Garten, was in Wohnsiedlungen nicht erlaubt war. Sie machte sich eine Notiz, um sie reinzuzitieren, und fluchte dann über sich selbst.

Was tat sie hier? Es war nicht mehr ihre Aufgabe, sich mit städtischen Angelegenheiten zu befassen. Aber sie konnte einfach nicht anders. Sie würde sie benachrichtigen und jemanden dazu kriegen, Briefe zu schreiben, um die Anwohner wissen zu lassen, wie sie sauber machen sollten, oder die Stadt würde es für sie übernehmen und ihnen die Rechnung schicken.

Nachdem sie sich Julies Adresse noch einmal angesehen hatte, schaltete Iris den Motor ab und eilte über die Straße zum Haus ihrer ehemaligen Assistentin. Sie war noch nie dort gewesen, aber sie war dankbar, dass sie ihre Adresse im Handy hatte. Sie hatte immer noch die Adressen von allen, die mit ihr gearbeitet hatten, weil sie ihnen Weihnachts- und Geburtstagskarten geschickt hatte.

Die Eingangstür stand offen, sodass nur ein Insektenschutz die Barriere ins Haus bildete. Iris klingelte und hielt sich davon ab, durch die Insektenschutztür zu spähen, während sie wartete.

„Iris!", stieß Julie keuchend aus, öffnete sofort die Tür und riss ihre ehemalige Chefin herein. „Du solltest nicht da draußen sein."

„Warum?", fragte Iris verwirrt. „Ich habe gehört, du wärst

im Bürgermeisterbüro gefeuert worden. Was können sie den sonst noch tun, wenn sie uns reden sehen?"

„Du verstehst nicht" Julie ging in ihrem winzigen Wohnzimmer auf und ab. Es war ganz mit weißen Möbeln dekoriert und hatte strahlend bunte Gemälde an der Wand. Es war geschmackvoll und fröhlich auf eine Art, die hundert Prozent Julie entsprach. „Ich habe die Anweisung, nicht mit dir zu reden. Wenn sie herausfinden …" Sie brach ab, während sie die Arme um sich schlang und bebte.

„Wer hat dich bedroht?", fragte Iris, ihr Körper vibrierte vor Zorn. Was zum Teufel war in den städtischen Büros los, und weshalb war Iris so sorglos gewesen, dass sie Julie mit hineingezogen hatte?

„Tad, als er mich gefeuert hat. Er sagte, wenn ich mit dir über irgendwas rede, was das Bürgermeisterbüro betrifft, wird er mich wegen Sabotage festnehmen lassen, und mir eine Strafe wegen … Teufel, ich weiß nicht mal wofür. Ich war von der ganzen Sache so verblüfft und hatte furchtbare Angst, dass sie mir was anhängen würden, genauso, wie sie es bei dir gemacht haben." Ihre Stimme brach bei dem Wort *dir*, und Tränen liefen ihr übers Gesicht.

„Julie", sagte Iris leise und ging zu ihr, um die Arme um ihre ehemalige Mitarbeiterin zu legen. „Es tut mir so leid, dass ich dich in diesen Schlamassel gezogen habe. Hätte ich nicht bei dir angerufen, um Informationen zu kriegen, wäre das nie passiert."

„Doch, wäre es", sagte sie mit einem Schniefen und trat zurück, löste sich aus der Umarmung. „Ich habe von Anfang an gewusst, dass du niemals Premonition Pointe verfluchen würdest, also habe ich im Büro herumgeschnüffelt, habe versucht, Beweise zu finden, um deinen Namen reinzuwaschen."

Ein Ansturm der Hoffnung ging durch Iris hindurch. „Hast du was gefunden?"

Julie stieß ein übertriebenes Seufzen aus und sank auf ihrem Polstersofa zusammen. „Nein. Nicht über den Fluch auf jeden Fall. Trotzdem hat mich Tad erwischt, wie ich seinen Aktenschrank durchging. Ich habe ihm gesagt, ich würde Papiere suchen, die ein Geschäftsbesitzer eingereicht hat, einen Plan, um den Parkplatz zu erweitern, aber als er mich nach Einzelheiten fragte, hatte ich die nicht. Ich sagte ihm, darum hätte ich nach den Papieren gesucht. Offensichtlich hat er mir nicht geglaubt. Dann am Ende des Tages hat er mich gefeuert." Sie verzog das Gesicht. „Da hat er mir dann gesagt, er wüsste, ich wäre dir gegenüber treu, und wenn ich dir auf irgendeine Art helfen würde, würde ich das noch bedauern."

Iris schüttelte den Kopf. „Er ist ein riesiger Arsch."

„Da sagst du was." Sie wischte sich über die verweinten Augen und sagte: „Aber bevor ich rausgeworfen wurde, habe ich rausgefunden, wer diese Nachricht getippt hat, mit den Tausend-Dollar-Erhebungen, nach denen du mich gefragt hast. Sein Name ist Dylan Michaels, und er ist Praktikant seit dem ersten Tag, nachdem du gegangen bist."

„Dylan Michaels?" Iris runzelte die Stirn. Weshalb klang dieser Name so vertraut? Sie kannte diesen Namen, sie wusste nur nicht, woher. „Wie sieht Dylan denn aus?"

„Rothaarig mit vielen Sommersprossen und echt langen ..."

„Wimpern", schloss Iris für sie.

„Du kennst ihn?"

„Er hat für Tom im Sägewerk gearbeitet, bevor Tom gezwungen war, es zu verkaufen." Das Sägewerk war das Geschäft ihres Ex-Mannes gewesen, als sie verheiratet gewesen waren. Dort hatte er geholfen, Drogen für die Frau unter die Leute zu bringen, mit der er geschlafen hatte. Ein

Teil der Abmachung, ihn nicht zu bestrafen, hatte darin bestanden, das Geschäft zu verkaufen.

„Echt? Das ist ... ein riesiger Zufall", sagte Julie, die sich die Stirn rieb, als würde sie es verstehen wollen.

Iris sah das anders. Es war überhaupt kein Zufall. In ihren Gedanken bestand kein Zweifel daran, dass Tom ihm den Job beim neuen Bürgermeister verschafft hatte. Das brachte sie zu der Frage, ob Tom aktiv daran beteiligt gewesen war, sie aus ihrem Amt werfen zu lassen. Allein der Gedanke ließ es ihr schon eiskalt den Rücken runterlaufen. Hätte er das getan, würde sie ihn sich noch wünschen lassen, er wäre ihr nie begegnet, ganz zu schweigen davon, mit ihr verheiratet gewesen zu sein. „Das ist zumindest verdächtig", sagte Iris. „Du warst eine echte Hilfe, Julie. Danke dir."

„Gern geschehen. Ich wünschte nur, ich könnte mehr tun." Ihre Augen füllten sich mit Tränen, die sie versuchte, wegzublinzeln. „Tut mir leid. Ich bin nur ... Ich weiß einfach nicht, was ich tun werde, da ich jetzt meinen Job verloren habe."

Iris zog sie in die Arme. „Du findest was. Und wenn nicht, lass es mich wissen. Ich werde dir helfen. Selbst wenn ich es jetzt selbst durchmache, habe ich trotzdem noch Verbindungen."

Julie erwiderte die Umarmung, ihr Körper bebte vor Tränen, während sie keuchte: „Danke dir."

„Das ist nicht nötig", sagte Iris, die es wirklich ernst meinte. Julie war eine tolle Assistentin gewesen. Sie verdiente die Behandlung nicht, die sie von Tad erhalten hatte. Während Iris die Frau festhielt und versuchte, sich unter Kontrolle zu bringen, blitzte ein äußerst lebhaftes Bild von Julie in ihren Gedanken auf. Die Frau, wie sie auf der Klippe hoch über dem

Meer stand, wo sich der Zirkel jeden Monat traf. Sie war allein, den Wind in den Haaren, und goldene Magie beleuchtete ihre Hände, während sie etwas aufsagte, das Iris nicht verstand. Plötzlich kam ein Blitz aus Magie herab und verband sich mit dem Meer, ließ Julie fliegen. Sie landete auf dem Rücken, starrte in den Himmel hinauf. Ein Augenblick verging, und ein träges Lächeln trat auf ihre Lippen.

Das Bild verblasste, und Iris riss sich von Julie los. Sie öffnete den Mund, um sie danach zu fragen, doch Julie versteifte sich und sagte mit gesenkter Stimme: „Du musst gehen. Durch die Hintertür."

„Warum?", fragte Iris, die sich umschaute und nichts Problematisches entdeckte.

„Die Agentin von der Magie-Taskforce ist gerade draußen rangefahren. Wenn sie dich hier sieht, wird sie es berichten müssen, und wer weiß, was dann passiert?" Julie begann, Iris zur Küche und der Hintertür zu schieben.

Iris warf einen Blick zur Vordertür, und tatsächlich, sie erhaschte einen kurzen Blick auf die MTF-Agentin, mit der sie am Vortag gesprochen hatte. „Verdammt, Tad", murmelte sie, wütend, dass die kleine Made überhaupt eine Kontrolle über das hatte, was sie tat oder nicht tat. Aber sie konnte es nicht riskieren, dass Julie erneut seinen Zorn auf sich zog.

„Iris!", zischte Julie. „Bitte."

„Ich gehe", sagte sie rasch. „Aber denk dran, mich anzurufen, wenn du es brauchst. In Ordnung?"

„Mache ich." Sie eilte hinüber, öffnete die Hintertür und drängte Iris hinaus.

Iris schlich sich um die Seite des Hauses und wartete, bis Julie Ginny Stevens nach drinnen einlud, bevor sie zu ihrem Auto huschte und weg war, als wäre sie so eine Art gesuchte

Verbrecherin. Die ganze Begegnung sorgte dafür, dass ihr leicht übel wurde. Sie hätte sich doch nicht rumschleichen sollen müssen, um Julie zu besuchen. In dem Augenblick, in dem Iris Tad in die Finger bekam, wäre er derjenige, der sich wünschte, er hätte sich nie mit ihr angelegt. Da würde sie sichergehen.

KAPITEL SIEBZEHN

*I*ris wollte unbedingt direkt zu Dylan Michaels Haus fahren. Vielleicht hätte sie das auch getan, hätte sie eine Ahnung gehabt, wo der Junge wohnte. Sie versuchte, sich wieder in die städtischen Datenbanken einzuloggen, aber sie hatten endlich das Passwort geändert.

„Junge", schnaubte sie. Als ob ein über Zwanzigjähriger noch ein Junge wäre. Er war alt genug, um richtig und falsch zu erkennen. Vielleicht verstand er nicht, dass das Memo, das er geschrieben hatte, illegal ohne eine Abstimmung der Stadt war, aber Iris fiel es schwer zu glauben, dass der junge Mann, der für ihren Mann gearbeitet hatte und nun Tads Lakai war, keine Ahnung hatte, dass seine Chefs ein schmutziges Spiel betrieben. Sie war sicher, dass er an dem beteiligt war, was immer der Bürgermeister und der Stadtrat jetzt gerade für eine Betrugsmasche abzogen.

Sie könnte Tom anrufen und ihn fragen, wo Dylan wohnte, aber dann würde sie ihm erklären müssen, weshalb sie mit ihm reden wollte, und das war eine Unterhaltung, die niemals stattfinden würde. Sie vertraute Tom nicht mehr. Es ließ sich auf gar keinen Fall sagen, wie viel von dem, was sie zu ihm sagte, direkt zum neuen Bürgermeister durchdringen würde. Nein, sie würde Dylans Adresse auf andere Art herausfinden müssen. Sie fuhr an der Tankstelle ran und schaltete den Motor ab.

Bestimmt würde Google ihr verraten, wo er wohnte. Aber bevor sie ihre Suche eintippen konnte, blitzte Gigis Name auf dem Display ihres Handys auf.

Ein Teil von Iris' Nervosität machte sich vom Acker, als sie sah, dass ihre neue Freundin anrief. „Hey, Gigi. Was ist los?"

„Wo bist du?", fragte Gigi.

„In meinem Auto. Warum?"

„Weil Skyler und ich auf deiner Veranda stehen, und du nicht da bist", sagte Gigi, ihre Stimme klang dringlich. „Skyler hat Neuigkeiten. Große Neuigkeiten aus dem Homofon. Wir müssen reden ..." Gigis Stimme war gedämpft, als sie weiter sprach, als hätte sie das Handy von ihrem Mund nach unten geholt. „Ach, Hallo auch. Suchen Sie nach Iris?"

„Nein. Ich bin ihre Mutter", sagte Katheryn in einem eisigen Tonfall, ihre Stimme klang kristallklar durch das Handy. „Wenn Sie jetzt bitte zur Seite gehen, ich würde gern in mein Haus."

Ihr Haus?, dachte Iris sofort, dann zwang sie sich dazu, dieses winzige Detail aus ihren Gedanken zu schieben. Sie hatte sehr viel Wichtigeres, mit dem sie sich befassen musste.

„Meine Mutter ist da?", fragte Iris, die die Stirn runzelte. Was immer Skyler sagen wollte, sie wollte nicht, dass er das vor ihrer Mom tat. Katheryn würde ihnen nur eine Lektion vorbeten, dass sie doch die Anwälte alles übernehmen lassen sollten. Auf keinen Fall hatte sie das Vertrauen, dass Iris das selbst übernehmen konnte.

„Sie ist gerade erst hergekommen", sagte Gigi. „Soll Skyler ihr sagen, was er herausgefunden hat?"

„Nein!", schrie Iris ins Handy.

„Okay. Autsch. Wofür war das denn?", fragte Gigi, eindeutig verwirrt von Iris' Ausbruch.

„Tut mir leid", sagte Iris, die versuchte, sich zur Ruhe zu zwingen. Das Wiederauftauchen ihrer Mutter, wie üblich genau zum falschen Zeitpunkt, hatte ihren Blutdruck in ungeahnte Höhen getrieben. Mann, wenn Sie jemals eine Pille gegen Nervosität brauchte, dann war es jetzt. „Sagt nichts. Das wird nicht so laufen, wie es sich irgendwer von uns erhofft. Können wir uns irgendwo anders treffen?"

„Moment." Gigi sprach mit gedämpfter Stimme, und als sie wieder mit Iris sprach, sagte sie: „Wie wäre es mit Skylers Boutique? Er hat ein paar Bestellungen, die er versandfertig machen muss, und so kann er multitasken."

„Funktioniert für mich. Ich bringe den Kaffee mit", sagte Iris. „Wenn ich Schmutz über meine Erz-Nemesis bekomme, dann werde ich etwas Kaffee brauchen, um mich wieder aufzubauen. Gebt mir eure Bestellungen, und ich bin in zwanzig Minuten da."

Gigi ratterte ein paar komplizierte Drinks herunter, von denen Iris hoffte, sie würde sie nicht durcheinanderbringen, und dann beendete sie den Anruf, als Katheryn gerade verlangte, zu wissen, was sie immer noch auf ihrer Veranda machten.

Ein paar Dinge änderten sich nie. Iris' Mutter würde immer eine überbordende Präsenz in ihrem Leben sein. Zumindest tröstete sie sich damit, dass ihre Mutter sich nicht nur vor ihrer Tochter so benahm. Es schien bei ihr etwas Universelles zu sein.

Iris schaffte es in knapp sechzehn Minuten zum Café und

dann zu Skylers Laden. Sie war ziemlich zufrieden mit sich, in dem Wissen, dass sie rechtzeitig kam, und das Einzige hatte, was sie wirklich brauchte, um im Leben weiterzukommen – ihren Latte am Nachmittag. Nachdem sie den hinuntergestürzt hatte, wäre sie für alles bereit.

Das hoffte sie zumindest.

Als Skyler und Gigi am Ladeneingang ankamen, schnappte sich Skyler sofort den Becher, der seinen Triple-Shot Espresso Latte mit Extrasahne und einem Hauch Zimt enthielt, und sie reichte Gigi ihren zuckerfreien Vanille-Magermilch-Iced Latte. Er nahm einen großen Schluck, stieß ein zustimmendes Knurren aus, und dann sperrte er die Tür für sie auf.

„Bei den Göttern, ich verabscheue es, dass du zusperren musstest, während das alles passiert", sagte Iris.

„Ich auch." Skyler fuhr sich mit der Hand durch die blonden Haare, dann musterte er den Ausstellungsraum, in dem gar keine Kunden waren. „Fühlt sich an, als würden die Schaufensterpuppen jeden Augenblick zum Leben erwachen." Er schaute sich um, ein panischer Ausdruck auf dem Gesicht. „Heißt das, ich werde mich in Andrew McCarthy verwandeln?"

Iris konnte nicht anders. Sie lachte. „Wie kannst du dich überhaupt an diesen Film erinnern? Bist du nicht etwas jung dafür?"

Skyler zuckte mit den Schultern. „Pete mag all die Klassiker aus den Achtzigern. Wenn eine romantische Komödie aus dieser Zeit existiert, habe ich sie sehr wahrscheinlich gesehen."

„Genau wie ich", sagte Gigi. „Und ich muss sagen, ich glaube wirklich nicht, dass du hast, was nötig ist, um Jonathon in *Mannequin* zu sein. Du würdest in dem Augenblick ausflippen, indem sie hinten auf dein Motorrad aufsteigt und ihre Frauenbrüste an deinen Rücken presst."

„Igitt, schon, oder?" Er verzog das Gesicht. „Und jetzt hast du meine schwule Fantasie ruiniert. Ich hatte gehofft, ich würde eine männliche Schaufensterpuppe bekommen, aber da du jetzt andere Optionen erwähnt hast, lohnt es sich vielleicht nicht, das zu riskieren. Außerdem …" Skyler schaute auf die einzige männliche Schaufensterpuppe, die er in dem Verkaufsraum hatte, und sagte: „Seine Ausstattung wäre vermutlich gar nicht mal so beeindruckend?"

Iris schaute zu der fraglichen Schaufensterpuppe hinüber und lachte leise. „Überhaupt nicht beeindruckend. Halte dich lieber an was Echtes, Sky."

Er zuckte mit den Schultern. „Klar. Pete ist sowieso der einzige Mann, den ich will oder brauche. Besonders nach dem, was ich heute erfahren habe. Ich werde mich die ganze Woche einigeln und Pete … äh, na ja, eine gute Zeit bei mir verbringen lassen. Klingt nach Spaß, oder?"

„Klar", stimmte Iris zu, die Hände vor der Brust verschränkt. „Also, warum erzählt ihr mir jetzt nicht, was ihr über Tad erfahren habt? Ich will unbedingt auch ins Homofon eingeweiht werden."

Skyler lachte und legte sich eine Hand auf den Mund. „Tut mir leid", sagte er zwischen zwei Fingern. „Ich bin einfach nicht daran gewöhnt, dass du das Wort Homofon benutzt. Aber glaub mir, wenn ich sage, die Katze, die sie aus dem Sack gelassen haben, Mädchen, die ist der Knaller."

„Okay. Gib es mir", sagte Iris, die sich aufs Schlimmste einstellte.

Skyler straffte die Schultern und stieß heraus: „Tad gehört zu demselben Drogenring, mit dem dein Mann zu tun hatte. Sie stecken da zusammen drin."

„Bürgermeister Tad ist in einen Drogenring verwickelt?", rief Iris und ballte dann die Hände in ihren Haaren zu Fäusten, während sie fortfuhr: „Und mein Ex ist immer noch dabei?"

Das hätte erklärt, weshalb Tom versucht hatte, sie dazu zu bewegen, die Stadt zu verlassen. Er wusste, wenn sie Wind davon bekam, dass wieder Drogen im Umlauf waren, würde sie alles in ihrer Macht Stehende tun, um es aufzuhalten. Aber weshalb hatten sie die Stadt verflucht? Das war doch bestimmt eher schlecht fürs Geschäft. Allerdings, seit ihre Anführerin Yasmeen früher im Jahr ins Gefängnis gekommen war, hatte sie nicht mehr gehört, dass in Premonition Pointe irgendwelche Drogenprobleme bestanden.

„Das ist das Gerücht", sagte Skyler. „Ein Freund von mir kennt einen Typen, der einen Typen kennt, der angeheuert wurde, etwa dreißig Meilen westlich von hier ein Lager zu bauen, um Ashe zu verarbeiten."

„Na ja, das würde schon einen gewissen Sinn ergeben, da Toms Sägewerk, wo sie es verarbeitet haben, geschlossen wurde, als es verkauft wurde." Iris sank hinab auf ein Kanapee in der Nähe der Kasse. „Was wusste dieser Freund von dir sonst noch? Und wie akkurat glaubst du, ist diese Information?"

Skyler schürzte die Lippen fest, versuchte offenbar, ihre Frage in Betracht zu ziehen. Dann seufzte er. „Vermutlich nicht hundert Prozent, aber ich wette, es ist eine Menge Wahres dran. Dieser Freund, obwohl er inzwischen clean ist, war in der Drogenszene, als er jünger war. Er kennt immer noch Leute, die Zeug wissen. Er organisiert private Angeltouren und verlässt sich für sein Geschäft auf Touristen. Er ist überhaupt nicht glücklich mit dem, was los ist, also hat er Fragen gestellt."

Iris nickte. „Kann ich mir vorstellen. Hat er weitere Informationen, die nützlich sein könnten? Wie etwa den genauen Standort dieses Lagers?"

Skyler lehnte sich an den Tresen und nahm einen großen

Schluck von seinem Kaffee, bevor er antwortete. „Tut mir leid, er weiß nicht, wo es ist. Sein Kontakt war nicht bereit, etwas darüber zu sagen, außer der Tatsache, dass es tief in den Wäldern ist."

„Schade auch. Es wäre sehr befriedigend gewesen, die DEA dorthin auf Durchsuchung zu schicken." Das war auf jeden Fall etwas, das Iris nur zu gerne gesehen hätte.

„Schon, aber es gibt noch etwas, das sich vielleicht sogar als noch nützlicher erweisen wird", sagte Skyler mit einem Glitzern im Auge.

„Oh, jetzt wird es gut", sagte Gigi, die kam, um sich neben Iris zu setzen und ihr einen Arm um die Schultern zu legen. Beide sahen sie zu Skyler auf, warteten darauf, dass er fortfuhr.

„Also, dieses Lager", sagt Skyler und nickte zu Iris hin. „Dein Ex Tom Hartsen hat offenbar geholfen, es aufzubauen. Er bekam eine Menge Geld und den Auftrag, dich aus der Stadt zu schaffen, sonst würden sie ihn nächstes Mal, wenn sie erwischt werden, auffliegen lassen. Der ganze Laden wird von Leuten betrieben, die in der Strafverfolgung arbeiten. Das sagt uns also, weshalb er davongekommen ist, ohne irgendwie ins Gefängnis zu kommen, als man ihn direkt erwischt hat."

Iris runzelte die Stirn. „Das habe ich mich schon gefragt, aber wir hatten keinen Beweis, dass Yasmeen irgendjemanden geschmiert hat. Weißt du, wer es ist? Vielleicht der Staatsanwalt?"

„Keine Ahnung", erwiderte Skyler, der den Kopf schüttelte. „Wer immer da ganz oben steht, hält sich im Schatten. Es klingt tatsächlich, als würden sie die Namen ihrer Gehilfen ins Spiel bringen, damit die nach außen das Gesicht der Korruption sind, falls irgendwas auffliegt."

„Gehilfen?", fragte Gigi. „Von wem redest du denn noch?"

Skylers Lächeln wurde fies. „Tad. Der neue Bürgermeister.

Man hat ihm die Stelle angeboten, wenn er einer ihrer Drogenkuriere wird."

Iris blinzelte. „Tad ist ein Drogenkurier? Wie genau macht er denn das?"

„Laut meiner Quelle wird eine kleine Menge einer äußerst puren Form von Ashe durch die Apotheke geschleust. Tad holt es mit einer gefaketen Verschreibung für etwas gegen Nervosität ab, und dann schickt er es raus an einen hochwertigen Kunden. Das bringt eine Menge Geld. Genug, damit es sich für ihn lohnt, eine gewisse ehemalige Bürgermeisterin loszuwerden."

Iris stieß ein Keuchen aus. „Gestern haben Kade und ich Tad verfolgt, um zu sehen, was er vorhatte. Das schien zu dem Zeitpunkt recht langweilig, aber wisst ihr, was er getan hat?"

Sie schüttelten beide den Kopf.

„Er ist zur Apotheke gegangen und dann direkt zum Postamt." Ihr Herz raste, weil sie wusste, dass das mehr war als nur ein Gerücht. „Ich glaube, deine Information ist sehr wahrscheinlich goldrichtig, Skyler."

„Ich hoffe nicht", sagte er und runzelte die Stirn. „Ich will auf jeden Fall nicht, dass sie Erfolg damit haben, die ehemalige Bürgermeisterin loszuwerden."

Iris knurrte, weil sie wusste, dass er von ihr sprach. „Das können sie versuchen, aber ich bin nicht so leicht wegzukriegen."

„Ohne Zweifel", sagte Gigi, ihre Miene umwölkt. „Wir müssen deswegen etwas unternehmen. Der Zirkel kann dir helfen, die Bösewichte auszumerzen."

„Aber wie?", fragte Iris. „Wir können sie nicht verfluchen, und bis wir wissen, wem wir bei den Gesetzeshütern vertrauen können, ist es riskant, sie den Behörden zu übergeben. Seht euch an, wie gut das gelaufen ist, als es meinen Ex getroffen hat. Nur mal ein kurzer Schlag auf die Patschehändchen, und schon ist er wieder zurück im Geschehen."

„Wir werden mit Sebastian reden müssen", sagte Gigi. „Er wird jemanden finden können, der vertrauenswürdig ist, selbst wenn er nach jemandem außerhalb der Stadt suchen muss, der beim Staat arbeitet anstatt bei den kommunalen Gesetzeshütern."

„Das ist eine gute Idee." Iris später zu Skyler. „Sonst noch Gerüchte?"

„Nur dass das Kartell, mit dem wir es hier zu tun haben, hervorragende Erpresser sind, also besteht die starke Möglichkeit, dass die meisten Involvierten, wie Tad oder Tom, erpresst werden, um mitzumachen."

„Das hat Tom behauptet, als er letztes Mal unter die Räder gekommen ist", sagte Iris. „Da er vorher noch nie so das Gesetz gebrochen hat, war ich geneigt, ihm zu glauben. Aber jetzt? Er hätte doch die Polizei um Hilfe bitten können, da er zum Kronzeugen wurde, um nicht ins Gefängnis zu kommen."

„Nicht, wenn es sich tief in die Abteilung hineingefressen hat", sagte Gigi. „Was, wenn das letztes Mal alles nur Show war? Wissen wir sicher, dass Yasmeen ins Gefängnis gegangen ist? Vielleicht war das alles nur eine Täuschung, um uns denken zu lassen, es wäre vorbei."

„Denkt darüber nach", fuhr Skyler fort. „Hätten sie Ashe runter von der Straße gehalten und es woanders verteilt, hätte niemand den Verdacht geschöpft, dass die Leute, die dafür verantwortlich waren, eigentlich gar nicht den Preis für all diese Überdosen bezahlt haben, zu denen es in der Stadt gekommen ist."

Iris drehte sich der Magen um. Junge Leute waren gestorben, während sie Wache gehalten hatte, an einer Überdosis dieser schrecklichen Droge. Sie hatte gedacht, sie hätte die Arbeit erledigt, um sie aus Premonition Pointe zu verbannen, aber wenn das, was Skyler sagte, irgendwie stimmte, hatte es nur dazu geführt, dass das Kartell es geschafft hatte, sie feuern zu lassen, und direkt wieder ins Geschäft eingestiegen war, ohne dass es jemandem aufgefallen war. Allein der Gedanke brachte sie schon dazu, sich übergeben zu wollen. „Wir müssen sie aufhalten."

„Wir müssen mit Sebastian reden", wiederholte Gigi noch einmal. „Sehen, was er vorschlägt, damit du nicht in noch weitere Schwierigkeiten mit dem Gesetz gerätst."

„Wie würde ich denn das machen?" Iris schaute ihre Freundin finster an.

„Ach, ich weiß nicht. Indem du irgendwas Doofes machst, wie etwa diese Päckchen abfangen, die Bürgermeister Tad rausschickt?"

Iris hob eine Augenbraue. „Das ist nicht unbedingt die schlechteste Idee."

Gigi erhob sich und schüttelte den Kopf. „Doch, ist es. Fremde Post zu öffnen, ist eine Straftat. Du hast bereits genug rechtliche Schwierigkeiten."

„Du sagst also, ich muss jemandem auf dem Postamt den Tipp geben, um sich diese Boxen mal anzusehen?", schlug Iris vor.

„Vielleicht", sagte Gigi, und dann nickte sie. „Ja, das könnte gehen. Es gefällt mir. Es ist unwahrscheinlich, dass die Postbeamten in irgendwas davon gewickelt sind, und das wäre eine Möglichkeit, um sicherzustellen, dass das nicht unter den Teppich gekehrt wird."

„Es ist ein Plan", sagte Iris. „Wir müssen immer noch mit Sebastian reden, aber wenn wir nächstes Mal Bürgermeister Tad sehen, wie er von der Apotheke zum Postamt geht, rufe ich an."

„Nein. Ich werde Sebastian dazu bringen, es zu machen", beharrte Gigi. „Es ist besser, wenn es nicht von dir kommt. Der Interessenkonflikt könnte vielleicht dafür sorgen, dass sie dich nicht ernst nehmen."

„Gefällt mir." Skyler rieb sich die Hände. „Kann ich die Überwachungsmission mit dem sexy Anwalt übernehmen? Das wäre heiß."

„Ich verrate Pete, dass du wieder pervers über meinen Mann denkst", sagte Gigi mit einem Seufzen.

Skyler lachte leise. „Ach, Liebling. Du sprichst ja, als wäre Sebastian nicht schon der Star in Petes Abspritz-Sessions."

„Skyler!" Gigi warf ihm ein Kissen an den Kopf. „Sag so was nie wieder zu mir. Ich muss nicht erfahren, worauf einer von euch beiden abfährt. Einfach ... nein. Halten wir uns von jetzt an an Gebrauchtkleidung und Gesichtsreiniger. Verstanden?"

Skyler kicherte, und trotz der beunruhigenden Neuigkeiten, dass Ashe im Mittelpunkt all ihrer Probleme stand, spürte Iris, wie sie lächelte. Es gab immer noch eine Menge Fragen zu beantworten, und sie war weit davon entfernt, mit ihren Rechtsproblemen aus dem Schneider zu sein, aber zumindest fühlte sie sich, als hätte sie einen Plan, wie sie vorgehen wollte. Solange sie auf das Problem konzentriert blieb, war sie sicher, dass sie Premonition Pointe mit der Hilfe des Zirkels im Nu bereinigt und wieder ganz im Normalbereich hätten.

Sie fragte sich nur, wem sie in der Zwischenzeit vertrauen konnte.

KAPITEL ACHTZEHN

*I*ris fühlte sich beunruhigt, als müsse sie etwas tun, um die nervöse Anspannung zu lindern, die sie fahrig machte. Der Nachmittag mit Skyler und Gigi war produktiv gewesen. Es bestand keine Frage, dass sie falsch beschuldigt wurde. Jemand hatte diesen Fluch gewirkt, und sie lasteten ihn ihr an, um sie aus der Stadt zu treiben. Sie mussten es nur beweisen. Wie, da war sie nicht sicher. Aber zumindest hatten sie einen Plan, um der Korruption in Premonition Pointe auf den Grund zu gehen. Falls sie Bürgermeister Tad dabei erwischten, Ashe zu verteilen, wäre das schon ein großer Schritt, um eine Ermittlung zu erzwingen.

Das Problem für Iris war, dass sie daran gewöhnt war, die Verantwortung zu haben. Sie wollte mit Volldampf voraus und anfangen, gegen alle von Tad über den Staatsanwalt bis hin zum allerletzten Polizisten zu ermitteln, der in der Stadt Streife ging. Leider hatte Gigi recht gehabt. Sebastian hatte ihr verboten, sich mit irgendwas davon die Hände schmutzig zu machen. Er hatte gesagt, er würde sein Team darauf ansetzen und sie wissen lassen, was sie fanden.

Auf der Zuschauertribüne zu sitzen, war nicht gerade Iris'
Stärke. Als sie darum an diesem Abend in ihr Haus ging, war
sie bereits genervt. In dem Augenblick, in dem sie eintrat,
verzog sie das Gesicht, als der überwältigende Geruch nach
Zedern auf ihre Sinne eindrang.

„Mom!", rief sie, begab sich direkt in die Küche. Zedern
bedeuteten nur eines: Ihre Mutter machte einen Trank. Aber
was für einen Tank und warum? Die Zederntränke ihrer
Mutter waren üblicherweise wirklich mächtige Magie, und Iris
wollte einfach nicht, dass sie etwas tat, das sie verdächtig
wirken lassen würde. Es gab bereits zu viele Fragen, die sie
nicht beantworten konnte. „Was machst du da?"

„Einen Trank. Nach was sieht es denn für dich aus?", fragte
sie. Katheryn trug ausgeblichene Jeans und ein altes,
salbeigrünes T-Shirt unter Iris' liebster Karo-Schürze, und ihre
Haare waren sorgfältig hochgesteckt, damit nichts ihr Gebräu
kontaminieren konnte.

„Offensichtlich ist es ein Trank", sagte Iris, nun völlig
genervt. „Was für ein Trank und warum? Gerade jetzt sollten
wir uns bedeckt halten, unsere Magie nicht einsetzen. Ich kann
es nicht gebrauchen, dass du noch dafür sorgst, dass man mir
weitere Übeltaten vorwirft. Und doch bist du hier, machst
einen deiner berühmten Tränke. Kannst du nicht sehen, dass
das eine schlechte Idee ist?"

„Es ist keine schlechte Idee", sagte sie hochnäsig.
„Tatsächlich ist es die beste Idee, die ich den ganzen Monat
hatte, und letztlich wirst du mir dafür danken."

„Dir dafür danken? Wann glaubst du, wird es dazu
kommen?", forderte Iris sie heraus. Ihr ganzer Frust war an die
Oberfläche gekocht, und Iris konnte nichts tun, um ihn
zurückzuhalten. „Wenn die Agentin der Magie-Taskforce hier

wieder auftaucht und mir vorwirft, jemanden verzaubert zu haben, weil der- oder diejenige unabsichtlich einen Trank genommen hat, den du gemacht hast?"

Ihre Mutter hielt in dem inne, was sie tat, drehte sich um und schaute ihrer Tochter ins Auge. „Klingt das nicht ein bisschen hysterisch für dich? Weshalb sollte jemand einen Trank trinken, den ich für dich mache?"

„Ich weiß es nicht." Iris warf die Hände in die Luft. „Warum hast du mit Magie meinen hinteren Garten gereinigt? Jetzt habe ich die MTF-Agentin, die einen Bericht schreibt, der nahelegt, dass ich vielleicht versuche, etwas zu verbergen. Sebastian hat den Staatsanwalt zum Zurückziehen der Vorwürfe gebracht, aber direkt nachdem die Agentin diesen epischen Reinfall bemerkt hat, sagte sie mir, ich solle nicht überrascht sein, wenn sie das nutzen, um den Fall etwas fester zu ziehen. In anderen Worten, man könnte mich ins Gefängnis zerren, wegen etwas, was du getan hast." In Iris' Tonfall war eine Menge Gift gewesen, aber in diesem Moment war es ihr wirklich egal. Ihre Mutter musste mal zurücktreten und aufhören, zu versuchen, die Dinge hinzubiegen. Sie machte sie nur schlimmer.

„Ich habe keine Reinigungsarbeit in deinem Garten durchgeführt. Wie kommst du denn darauf?", fragte ihre Mutter. Ihre Augenbrauen waren zusammengezogen, und sie wirkte ehrlich verwirrt.

Iris kaufte es ihr nicht ab. „Es war der Tag, an dem du das Haus geputzt und angefangen hast, mir Befehle zu erteilen, wie ich mein Leben leben sollte. Agentin Stevens von der Magie-Taskforce war hier und sagte, jemand hätte den hinteren Garten von Magie gereinigt. Ich war es ganz bestimmt nicht. Ich würde nicht mal wissen, wie man das macht. Aber du ... du hast auf jeden Fall sowohl die Fähigkeiten als auch das Wissen, um das zu erledigen, und obwohl ich sicher bin, dass du denkst, du hättest mir geholfen, musst du es dir einfach eingestehen, Mutter. Ansonsten könnte ich gezwungen sein, mich mit den Konsequenzen herumzuschlagen."

„Ich habe doch nicht …", setzte Katheryn an.

„Hör auf zu lügen! Sieh dich doch an. Du machst gerade jetzt einen Trank", brüllte Iris. Die Anspannung aus den letzten Tagen, die sie mit ihrer Mutter verbracht hatte, kam auf einmal heraus, mit null Gedanken an den Versuch, den Frieden zu wahren. Iris war damit fertig, dass andere Leute versuchten, ihr Leben zu gestalten. Völlig fertig. Ihre Mutter war zufällig einfach die erste, die ihr ins Visier geriet. „Ich kann dir einfach nicht vertrauen, Mom. Ich glaube, es ist Zeit, dass du aufbrichst." Sie verschränkte die Arme vor der Brust, entschlossen, keinen Meter zurückzuweichen.

Katheryn kniff die Augen zusammen, ihr Gesicht lief rot an, während sie Iris' finster anschaute. „Du wirfst deine eigene Mutter raus?"

„Ich halte es einfach für besser, wenn wir ein bisschen Platz füreinander haben. Du nicht?"

Ihre Mutter drehte sich um und nahm sich einen Augenblick, um den Trank in eine Glasflasche zu gießen. Nachdem sie diese verschlossen hatte, schob sie sie nach hinten an den Tresen, riss ihre Schürze ab, warf den Topf, den sie benutzt hatte, in die Spüle, sodass alles so laut klapperte, dass es Iris in den Ohren wehtat.

Iris beobachtete sie einfach, fragte sich, wann der Ausbruch kommen würde. Denn ohne Zweifel würde er das. Und so sehr Iris es verabscheute, das zuzugeben, sie hatte ihre geringe Geduld von ihrer Mutter geerbt. Sobald sie mal an ihre

Grenzen geschoben wurden, konnte sich keine von ihnen zurückhalten.

Katheryn wandte sich endlich an Iris, und in einer angespannten Stimme sagte sie: „Wenn du meine Hilfe nicht willst, dann gut. Ich gehe und überlasse alles dir. Vergiss allerdings nicht, dass alles, was ich diese Woche getan habe, gewesen ist, um dir zu helfen."

„Helfen?", wiederholte Iris. Und obwohl sie wusste, dass sie den Mund hätte halten sollen, ließ es sich jetzt nicht aufhalten. „Ich glaube, du übertreibst vielleicht ein bisschen, Mom."

Katheryn warf die Hände in die Luft. „Gut. Ich gehe." In ihren Augen blitzte Zorn, aber ihr Tonfall war gemäßigt, als sie wieder etwas sagte. „Tu uns beiden einen Gefallen und wirf den Trank nicht raus. Den wirst du brauchen, wenn Tom und seine neuen Freunde beschließen, dass sie mit dir fertig sind." Katheryn rauschte an ihrer Tochter vorbei, ließ sie zurück, um den dunkelgrünen Trank zu beäugen, der immer noch am Tresen stand.

Wovon in aller Welt redete sie? Sie starrte den Gang entlang ihrer Mutter nach. Es dauerte nicht lang, bis Katheryn mit einem Designerkoffer und ihrer Handtasche wieder herauskam. Das war nicht ihr ganzes Gepäck, aber sie nahm an, ihre Mutter machte einen großen Abgang. Nach Iris' Ausbruch, wer hätte es ihr vorwerfen können?

„Was bedeutet das? Dass ich den Trank brauchen werde, wenn Tom beschließt, dass er mit mir fertig ist?", fragte Iris, der ganze Zorn, den sie gespürt hatte, war nun unter Kontrolle. So frustrierend ihre Mutter sein konnte, es ließ sich nicht leugnen, dass sie eine begabte Hexe war. Eine ihrer Gaben war die Macht der Vorsehung. Manchmal sah sie Visionen und andere Male wusste sie einfach, wenn etwas passieren würde. Hatte sie eine Vision von Iris gehabt?

Ihre Mutter holte tief Luft und stieß sie aus, bevor sie etwas sagte. „Tom wird eine Möglichkeit finden, dich zu vergiften. Dieser Trank wird dir das Leben retten. Also behalte ihn die ganze Zeit bei dir. Verstehst du das?"

Iris starrte sie an.

Nach ein paar Sekunden schnippte Katheryn vor Iris' Gesicht mit den Fingern. „Iris? Hast du mich gehört? Sie werden versuchen, dich umzubringen. Ich habe es ein halbes Dutzend Mal passieren sehen. Das bedeutet, dass es sich nicht ändern lässt. Das Einzige, was man tun kann, ist Vorbereitung. Verstanden?"

Iris nickte, ihr ganzer Körper war taub. „Tom wird versuchen, mich umzubringen?"

Ihre Mutter nickte. „Das wird nicht freiwillig sein, aber er macht es trotzdem, um seinen eigenen Hintern zu retten. Ich habe ihn schon immer für einen Feigling gehalten."

Sie hatte nicht falschgelegen. Hätte Iris nur auf die Meinung ihrer Mutter geachtet, hätte sie nicht die ganzen Jahre mit Tom verschwendet, während sie mit jemandem wie Kade zusammen hätte sein können.

Kade?

Wo war denn das hergekommen?

Katheryn marschierte hinüber zur Tür, warf einen Blick zurück und sagte: „Du kannst mich anrufen, wenn du bereit für eine Entschuldigung bist."

Iris öffnete den Mund, um zu protestieren, dann schloss sie ihn und beobachtete einfach, wie ihre Mutter hinausging. Wenn ihre Mutter recht hatte, und Tom versuchte, sie zu vergiften, würde Iris Katheryn mehr als nur eine Entschuldigung schulden.

Trotzdem war es was Gutes, dass ihre Mutter ging. Sie

brauchten beide etwas Raum für sich. Oder war das etwas, was Iris sich nur einredete, um sich besser zu fühlen? Sie wusste es nicht, und ehrlich gesagt, was spielte es zu dieser Zeit für eine Rolle? Sie konnte nur versuchen, sich zu entspannen und etwas Ruhe zu kriegen. Sie würde sie brauchen.

KAPITEL NEUNZEHN

*I*ris kam gerade aus der Dusche, als es an der Tür klopfte. Sie eilte in ihren Bademantel durch das Haus und stieß einen Fluch aus, als sie auf die Uhr schaute. Es war sieben Uhr, und sie kam zu spät zu ihrem Date mit Kade.

Da sie annahm, auf der anderen Seite wäre Kade, zog sie die Tür auf und stammelte: „Tut mir leid, war ein langer Tag. Ich ... Tom? Was zum Teufel machst du ihr?"

Ihr Ex schob sich nach drinnen, ohne auf eine Einladung zu warten.

Iris dachte sofort an den Trank auf ihrem Küchentisch und wollte sich treten, dass sie ihre Mutter nicht nach Einzelheiten gefragt hatte. Wie lange hatte sie, um den Trank zu trinken, bevor sie die Kontrolle über ihren Körper verlor, falls Tom sie wirklich vergiftete? Und wie viel musste sie trinken? Hatte der Trank ein Ablaufdatum? Sicher war er nur paar Stunden gut, nachdem er hergestellt worden war, oder?

„Wir müssen reden", sagte Tom, der herumwirbelte und die Hände in die Hüften stemmte.

„Nein, müssen wir nicht. Du musst verdammt noch mal raus aus meinem Haus", verlangte sie, während sie auf die noch offene Tür deutete. „Dich hat niemand eingeladen."

„Dieses Haus hat mir mal gehört", fauchte er sie mehr oder weniger an. „Jetzt erzähl mir doch nicht, dass ich eine Erlaubnis brauche, einfach nur ins Wohnzimmer zu gehen?"

„Doch!", fuhr ihn Iris an, zog sich den Bademantel enger um den Körper. „Das ist genau das, was passiert, wenn die eine Partei die andere bei der Scheidung auszahlt. Dieses Haus gehört dir nicht mehr. Und genauso wenig ich." Sie wies mit dem Kopf zur Tür. „Jetzt muss ich dich bitten, zu gehen. Ich habe Pläne, und ich muss mich anziehen."

Er ließ den Blick über sie wandern, seine Augen blieben an ihrer Brust hängen, wo der Bademantel sein Bestes tat, um aufzuklaffen. „Ja, das machst du lieber mal, bevor dein Date herkommt und ein bisschen mehr erspäht, als er sich ausgemalt hat."

Iris wollte ihm gleich die Augen auskratzen. Sie verabscheute es, dass sie nicht wusste, ob seine Aussage sie treffen sollte oder irgendein seltsames Kompliment war. Iris funkelte zurück und befahl: „Sag einfach, wozu auch immer du hergekommen bist, Tom."

„Vielleicht bin ich nur vorbeigekommen, um zu sehen, wie es dir geht. Ist dir das mal in den Sinn gekommen?" Er straffte die Schultern und starrte an ihr vorbei, während er fortfuhr: „Ich habe dir immer gesagt, der Bürgermeisterinnenjob macht mehr Schwierigkeiten, als er hergibt. Ehrlich, du hattest so ein Glück, dass du aufhören konntest."

„Ich habe nicht aufgehört", sagte sie und beäugte ihn, als hätte er seinen verdammten Verstand verloren. „Ich wurde rausgedrängt, und das habe ich dir zu verdanken."

„Hey, jetzt machen wir doch niemandem Vorwürfe", sagte er sehr viel freundschaftlicher, während er sich die Hände in die Taschen schob und auf den Fersen zurückwippte.

„Du machst es wirklich schwierig." Sie schüttelte den Kopf und hielt die Tür auf. „Geh, bevor ich die Polizei anrufe und dich rausbringen lasse."

Ein Raubtierlächeln trat auf seine Lippen. „Das kannst du versuchen, aber ich bezweifle, dass das funktioniert. Keiner wird glauben, dass ich eingebrochen bin. Und selbst wenn sie es tun, gibt es einen Videobeweis, dass du mich reingelassen hast, als du die Tür geöffnet hast ... und das auch noch in deinem Bademantel."

„Videobeweis?", keuchte sie. „Wo genau? Wir sind bereits die ganzen Überwachungskameras, die in diesem Haus waren, losgeworden. Über die weißt ja nicht zufällig was, oder?"

Er warf ihr einen gelangweilten Blick zu und zuckte mit den Schultern. „Überwachungskameras? Ich weiß nicht, wovon du da redest. Ich habe mich auf die Türkameras der Nachbarn bezogen. Ich bin sicher, wir können die Aufzeichnungen kriegen, wenn wir sie brauchen."

Seine Reaktion reichte mehr als aus, um sie zu überzeugen, dass er derjenige gewesen war, der diese Kameras platziert hatte. Ansonsten wäre er zumindest ein bisschen überrascht gewesen, dass jemand sie beobachtet hatte.

Wie war sie nur mit diesem Mann verheiratet gewesen? Das Einzige, was sie jetzt für ihn empfand, war Ekel. Wo war der süße Mann, der ihr ohne Anlass Blumen gekauft hatte und immer bereit gewesen war, mit ihr einen Spaziergang am Strand zu unternehmen? Derjenige, der für sie gekocht und ihr gesagt hatte, wie sehr er es liebte, mit einer starken Frau verheiratet zu sein. Es war alles Schwachsinn. Das wusste sie jetzt. Er war nicht damit klar gekommen, dass sie Erfolg hatte, und hatte jemand anderen gesucht, der ihm das Gefühl gab, wichtig zu sein. Es hatte ihn alles gekostet. Ihre Ehe. Sein Geschäft. Den Respekt der Stadt. Und offensichtlich sogar sein Schamgefühl, denn in diesem Augenblick hatte er keins.

Tom setzte sich auf die Armlehne ihres Sofas und beäugte sie nachdenklich.

„Was?" Sie schaute auf die Uhr und knirschte mit den Zähnen. Ohne Zweifel fragte sich Kade, wo sie blieb.

„Du musst diese Sache mit dem Fluch aufgeben, Iris. Lass den neuen Bürgermeister das erledigen. Er weiß, was er tut. Nicht jedes Problem erfordert, dass du deine Hände am Kuchen hast, weißt du?"

„Ich gebe nicht auf", sagte sie, hob die Augenbrauen vor ihm. „Du erwartest doch nicht, dass ich einen Fluch ignoriere, der auf Premonition Pointe gelegt wurde? Ausgerechnet du weißt doch, wie sehr ich diese Stadt liebe. Ich kann nicht einfach zusehen, wie die Geschäfte leiden. Wir müssen das hinkriegen, bevor ihre Rechnungen fällig werden. Keine Kunden. Kein Geld."

„Darum wird man sich schon kümmern", beharrte er, klang genervt. „Aber wenn du weiter darauf herumreitest, kann ich nicht sagen, was passieren könnte."

„Ist das eine Drohung, Tom?", fragte sie, dieses Mal war ihre Stimme hart wie Stahl.

Er trat einen Schritt zurück und murmelte etwas davon, dass er wollte, dass sie in Sicherheit war.

Na klar doch. War das der Grund, weshalb er versuchen würde, sie zu vergiften?

„Iris, hör mir einfach zu. Die Leute, die das getan haben – sie mögen dich nicht."

„Ich weiß", sagte Iris, der die Tatsache nur recht war. Sie mochte sie ja auch nicht sonderlich.

„Etwas Schreckliches wird passieren, wenn du nicht machst, was sie sagen, und ich könnte einfach nicht mit mir leben, wenn ich nicht da wäre, um es aufzuhalten", fuhr Tom fort.

„Was genau willst du denn, dass ich mache, Tom? Wegziehen?", fragte Iris. „Premonition Pointe den Wölfen überlassen und sehen, wer nach dem Revierkampf noch lebt?" Sie hatte es als eine Spitze beabsichtigt, aber inzwischen war sie einfach nur erschöpft von den ganzen Gedankenspielen. „Weißt du was? Ist doch egal. Ich gehe nirgendwohin. Das ist meine Stadt, nicht deine. Du wohnst doch nicht mal mehr hier."

„Ich wohne nur dreißig Meilen südlich", sagte er, als würde das einen Unterschied für sie machen.

„Und? Das ist doch kein Wettbewerb. Ich habe bereits gesagt, dass ich nicht gehe, also hör auf, noch Luft zu verschwenden", sagte sie eisig.

Tom stieß ein frustriertes Knurren aus, bevor er zur Tür marschierte. Er drehte sich um, sein Blick sowohl frustriert als auch traurig. „Du wirst diesen Augenblick bedauern. Denk an meine Worte."

Iris schüttelte den Kopf. „Das Einzige, was ich bedauern werde, ist, dass ich dich noch mal hereingelassen habe." Iris ging zu ihm hinüber und schubste ihn direkt aus der Tür und auf die Veranda. „Jetzt ab nach Hause, Tom, bevor dir dieses Gift noch ein Loch in die Tasche brennt."

Sie konnte nur lachen, weil Tom so schockiert dreinschaute. Er schien völlig von ihrem Ausbruch verblüfft. Gut. Jetzt verstand er, dass sie von dem Gift wusste. Falls das nicht reichte, um ihn aufzuhalten, dann gab es nichts, was das konnte. Sie hatte noch einen betonten Blick auf den Trank geworfen, den Katheryn ihr auf der Arbeitsfläche stehen gelassen hatte, nur für den Fall, dass sie ihn heute Nacht brauchte.

„Iris, du musst vernünftig werden", setzte Tom an.

„Sie muss rüber zu meinem Haus kommen", kam Kades Stimme von den Verandastufen, gleich hinter Tom. „Es ist fast Zeit fürs Abendessen."

„Tut mir leid", sagte Iris, die es ernster denn je meinte. Sie hasste es, dass Kade sie in ihrem Frotteebademantel gesehen hatte, die Haare hochgesteckt, ohne Make-up. Das reichte doch schon aus, dass eine Jury die sie nicht beschuldigen würde, Tom ermordet zu haben, wenn sie ihn umbrachte.

„Kein Grund für eine Entschuldigung", sagte Kade. „Aber lass mich wissen, falls du Hilfe brauchst, deinen Ex loszuwerden. Ich rufe nur zu gern den Sicherheitsdienst."

„Wir haben einen Sicherheitsdienst?", fragte sie, hatte bereits Fantasien, dass Tom von grobschlächtigen Sicherheitsleuten weggeschleppt wurde.

„Haben wir."

Tom hob beide Hände, als würde jemand versuchen, ihn auszurauben, und schüttelte den Kopf. „Nein. Ruft nicht den Sicherheitsdienst. Ich gehe ja schon. Ich habe nur versucht, Iris zu warnen, dass sie besser damit fährt, sich keine Sorgen mehr um den Fluch auf der Stadt zu machen."

„Wir wissen alle, dass das nicht passiert, also glaube ich, Ihre Zeit ist um", sagte Kade. Dann schaute er zu Iris. „Stimmt das?"

„So was von", sagte sie, während sie Kade hereinzog, Tom anfunkelte und dann die Tür zuschlug, sodass ihr Ex auf der

Veranda stehen blieb und sich fragte, was mit ihr und Kade los war. Sie hoffte, er stellte sich das Allerschmutzigste vor.

Mit diesem Gedanken wandte sie sich an Kade und sagte: „Ich bin nicht wirklich hungrig. Zumindest nicht auf Essen. Wie wäre es, wenn wir das Essen lassen und einfach direkt ins Bett gehen?"

Er grinste sie an. „Mir gefällt, wie du denkst. Geh voran."

KAPITEL ZWANZIG

„Guten Morgen." Kades raue Stimme weckte Iris aus ihrem zufriedenen Schlaf.

Sie öffnete die Augen und gähnte in der Dunkelheit. „Es ist doch noch nicht mal hell."

Er legte den Arm um sie und zog sie dicht heran, sodass sie auf seiner bloßen Brust lag. „Wenn wir es zu unserer Sonnenaufgangswanderung schaffen wollen, dachte ich mir, ich wecke dich lieber mal."

„Stimmt." Doch eine Wanderung war nicht das, was Iris durch den Kopf ging. Noch nicht auf jeden Fall. Am Vorabend, kurz nachdem er geholfen hatte, Tom aus ihrem Haus zu werfen, waren sie ins Schlafzimmer gestürmt, und das Feuerwerk war losgegangen. Sie hatten sich heiß und hektisch und bedürftig geliebt. Hände und Münder überall, und sie hatten nicht langsamer gemacht, bis sie beide atemlos und völlig ausgelaugt gewesen waren.

Es war die heißeste Nacht ihres Lebens gewesen. Bilder von schweißgetränkten Körpern und ein Nachhall der Geräusche, die sie von sich gegeben hatten, ließen ihre Haut wieder prickeln. In ihren fast fünfzig Jahren auf der Welt war sie noch nie von jemandem so angetörnt worden.

„Wie viel Zeit haben wir?", fragte sie, bevor sie Küsse über seinen Nacken verteilte.

Kade stieß ein leises, lustvolles Stöhnen aus und rollte sie dann herum, sodass er über ihr war. „Genug dafür." Er legte seinen Mund auf ihren, und sie schlang Arme und Beine um ihn, und abermals verlor sich alles in Kade.

BIS KADE und Iris es zum Ende des Wanderwegs schafften, wo die Mammutbäume sich zu einem dramatischen Canyon öffneten, stand die Sonne bereits hoch am Himmel. Ein silberner Fluss schnitt sich durch das Tal unter ihnen und rauschte immer noch von der Schneeschmelze des Jahres aus den nahen Bergen.

„Wir haben es verpasst", sagte Kade, der sich an ein Schild lehnte, das die historische Bedeutung des Bereichs herausstellte. „Ich wollte dir echt die Sonne zeigen, wie sie über der Bergkette aufgeht."

„Du hast mir heute Vormittag etwas anderes Spektakuläres gezeigt." Sie zwinkerte ihm zu, fühlte sich entspannter und glücklicher als in den letzten Monaten. Es war nicht nur der Sex. Es war auch die stille Zeit, die sie auf der Wanderung durch die Wälder zusammen verbracht hatten. Die Gerüche nach Moos und Mammutbaum, die sich in die frische Luft gemischt hatten. Das brachte sie zu der Frage, weshalb sie sich nicht öfter die Zeit nahm, die Welt zu erkunden.

Kade lachte leise. „Na ja, wenn du es so formulierst." Er trat einen Schritt vor und ließ sich auf einen großen Felsen nieder. „Komm und setz dich zu mir."

Iris machte das nur zu gerne und schmiegte sich an seine Seite, genoss es, von seiner Wärme umschlungen zu werden. „Vielen Dank. Das ist das perfekteste erste Date, das ich je hatte."

„Möchtest du das wirklich unser erstes Date nennen?", fragte er, sein Tonfall war scherzhaft.

„Das erste offizielle Date dann." Sie blickte hinaus auf die Berge in der Ferne und stieß ein Seufzen aus. „Du weißt schon, mich zieht es immer zum Meer, aber das ist auch echt beruhigend. Ich kann nicht glauben, dass wir das Glück haben, an einem so wunderbaren Ort zu wohnen."

„Das nimmt man leicht als gegeben hin, wenn man mit dem Leben beschäftigt ist", sagte er. „Willst du einen Pakt schließen, dass wir mindestens einmal die Woche wandern gehen?"

Das Angebot ließ sie sowohl vor Aufregung strahlen als auch ihr Herz schwer werden. Es klang so wunderbar, einen Wandergefährten zu haben, mit dem Versprechen, eine Menge mehr Zeit damit zu verbringen, einfach nur die Wunder zu genießen, die die Natur zu bieten hatte. Aber dann machten sich Zweifel breit. Was, wenn Tom und seine Bande von Verbrechern es wirklich schafften, ihr den Fluch in Premonition Pointe in die Schuhe zu schieben? Würde sie dann ihre Vormittage hinter Gitterstäben verbringen, einfach nur dankbar, wenn sie überhaupt die Sonne sehen durfte? Der Gedanke ließ sie erbeben, und sie fragte sich kurz, ob sie die Stadt doch verlassen sollte. Es war ja nicht, als hätte sie tiefe Wurzeln, die sie hielten. Ihre einzige lebende Verwandte war ihre Mutter, und sie hatte ein Haus in Las Vegas. Was war sonst noch da? Gigi und Skyler und der Zirkel. Und natürlich jetzt Kade. Aber die waren erst kurze Zeit in ihrem Leben. Lohnte es sich, zu bleiben und ihre Freiheit aufs Spiel zu setzen?

Die Antwort kam rasch und resolut.

Iris ging nirgendwohin.

Sie liebte ihre Stadt. Daran bestand kein Zweifel. Aber es gab noch mehr als das. Sie fühlte sich, als wäre sie endlich an einem Ort in ihrem Leben, an dem sie wichtige Verbindungen mit dem Zirkel und jetzt Kade aufbaute. Tief in der Seele wusste sie, dass nicht die Möglichkeit bestand, das wegen furchtbarer Leute aufzugeben, die ins Gefängnis gehörten.

„Iris?", fragte Kade. „Wir müssen nicht jede Woche gehen, wenn das zu viel ist. Wie wäre es mit einer Wanderung im Monat? Das passt vielleicht leichter in deinen Terminplan."

„Nein", sagte sie und schüttelte den Kopf.

„Oh. Also gut." Er schaute finster, während er an ihr vorbeistarrte.

„Nein, das habe ich nicht gemeint", setzte sie mit einem nervösen Lachen neu an. „Tut mir leid. Ich habe nicht Nein zu der monatlichen Wanderung gemeint. Mir gefällt die Idee, es jede Woche zu machen." Sie lächelte ihn schüchtern an. „Ich habe nur über alles nachgedacht, was los ist, und mich gefragt, ob ich zu diesen Wanderungen überhaupt da sein werde. So, wie die Dinge laufen, ist es einfach … Es fällt mir schwer, Pläne zu machen."

„Vielleicht ist es genau das Richtige, Pläne zu machen", sagte er und nahm ihre Hand in seine. „Du brauchst etwas, auf das du dich freuen kannst, nachdem das alles vorbei ist."

Iris lehnte den Kopf an seine Schulter und seufzte. „Bei den Göttern, was für ein schöner Gedanke. Dass das alles irgendwann vorüber sein wird. Ich dachte, ich würde nach meiner Scheidung weiterziehen können, und dann ist all das passiert. Wie hätte ich das denn vorausahnen sollen?"

Kade drückte ihr die Lippen auf den Kopf, gab ihr einen Kuss. „Niemand könnte vorausahnen, dass die Stadt verflucht werden würde oder dass jemand versuchen würde, es dir in die Schuhe zu schieben. Leute, die Böses anstellen, kann man nicht vorhersagen, denn sie tun Dinge, die dir niemals auch nur in den Sinn kommen würden."

„Das … stimmt. Ich habe keine verschlagenen Gedanken", sagte sie und schüttelte den Kopf.

„Du hast ein gutes Herz, Iris Hartsen", sagte Kade. „Das zieht mich am meisten zu dir hin."

Sie drehte sich und lächelte zu ihm auf. „Du hast auch ein gutes Herz. Obwohl dein beschützerisches Wesen auch ziemlich attraktiv ist."

Er lachte leise und hielt sie fest. Die Stille, die sich zwischen sie senkte, war behaglich auf eine Art und Weise, die Iris noch nie bei einem anderen Mann verspürt hatte. Sie wollte aber mehr über ihn erfahren, und bevor sie es sich anders überlegen konnte, fragte sie: „Warst du je verheiratet?"

„Nö. Nicht mal annähernd", sagte er. „War Tom deine einzige Ehe?"

Sie nickte und verzog das Gesicht. „Ich habe mir immer gesagt, dass ich nur einmal heiraten würde. Eine Scheidung ist nichts, was ich je für mich vorhergesehen habe. Und das Traurige ist, obwohl ich jetzt weiß, dass unsere Ehe nur noch die leere Hülle einer Beziehung war, hätte Tom mich nicht betrogen oder sich auf einen Drogenring eingelassen, wäre ich vermutlich immer noch mit ihm verheiratet, obwohl es bedeutet hätte, dass ich ignoriere, wie unglücklich ich bin."

Er drehte sich, um ihr in die Augen zu schauen, und sie wandte sich rasch ab, wollte ihn nicht den Schmerz sehen lassen, der ihr bestimmt übers ganze Gesicht geschrieben stand. „Iris, schau mich an."

Sie schloss die Augen, aber dann zwang sie sich, zu tun, worum er gebeten hatte.

Sobald er ihren Blick hielt, fragte er: „Warum? Du bist eindeutig eine starke, unabhängige Frau. Das ist keine Verurteilung, aber ich verstehe nicht, dass du bei jemandem bleibst, der nichts zu deinem Leben hinzufügt. Was hat dazu geführt, dass du da hängen bleibst?"

„Meine Mutter", sagte sie. „Nachdem ich gesehen habe, wie ihr Leben in die Binsen ging, nachdem mein Vater umgebracht wurde, sagte ich immer, das würde ich nicht durchmachen wollen. Sie war in acht Jahren fünfmal verheiratet. Die Ironie ist, denjenigen, den sie wirklich geliebt hat, meinen Vater, hat sie tatsächlich nie geheiratet."

„Deine Mutter war in acht Jahren fünfmal verheiratet?", fragte Kade. „Das kannst du doch nicht ernst meinen."

„Das meine ich sogar sehr ernst. Vier von ihnen waren eindeutig Fehler", sagte Iris. „Ich dachte immer, die Serienehen lägen daran, dass sie versuchte, das neu zu schaffen, was immer sie und mein Dad hatten, und dachte, so würde es gehen. Oder vielleicht hat sie nur versucht, den Schmerz zu verschleiern. Was immer der Grund war, sie war eindeutig nicht bereit für etwas Neues. Obwohl ich bei ihrem fünften Mann Warren dachte, er könnte bleiben. Er war lieb zu uns beiden. Es gab nie irgendwelches Drama, und sie schienen glücklich. Aber dann hat er eines Tages alles eingepackt und ist gegangen. Meine Mutter wollte nie sagen, was passiert ist. Sie sagte nur, dass manchen Leuten einfach keine Ehe bestimmt ist. Damals glaubte ich, sie meinte ihn, aber inzwischen denke ich, sie hat von sich gesprochen. Seither war sie mit niemandem wirklich ernsthaft zusammen. Ich war sechzehn, als er gegangen ist."

Kade knetete ihren Nackenansatz. „Jetzt ergibt es eine Menge Sinn, dass du so schwer für deine Ehe kämpfen wolltest. Du wolltest ein anderes Muster für dein Leben. Das ist bewundernswert."

„Ist es das wirklich?" Sie machte ein empörtes Geräusch und schüttelte den Kopf. „Ich habe nicht für Tom gekämpft. Ich habe nur ignoriert, was passiert ist. In Wahrheit war mir mein Job wichtiger als er und unser gemeinsames Leben. Was sagt das denn über mich aus?"

„Dass du eine beschissene Ehe hattest, und dass du wegen deines vergangenen Traumas das getan hast, von dem du dachtest, du solltest es tun, um dich vor weiterem Schmerz zu schützen?"

Iris spürte Tränen in ihren Augen brennen. Sie ließ sich nach hinten sinken, bis sie auf dem Boden lag, hinaufstarrte in den blauen kalifornischen Himmel. „Ich hätte ihn nie heiraten sollen."

„Vielleicht", sagte Kade, der mit einer nachdenklichen Miene auf sie herabschaute. „Oder vielleicht war es dir bestimmt, um zu verstehen, was du im Rest deines Lebens willst und nicht willst. Bestimmt hattet ihr auch gute Zeiten zusammen. Es war nicht alles schlimm, oder?"

„Nein. Wir waren gute Freunde, bevor er auf die schiefe Bahn geriet", gab sie zu. „Ich meine nur ..." Sie wollte schon sagen, dass sie nach ein paar Nächten mit Kade jetzt wusste, dass sie ein Leben ohne Farbe geführt hatte. Und eines, bei dem sie im Schatten ging, nicht im Sonnenlicht. Aber das war zu kitschig. Oder zumindest viel zu früh in ihrer Liebelei. Falls es das überhaupt war. Sie hoffte es, aber was immer es war, es war zu neu, um daran schon ein Etikett zu heften.

„Du meinst nur was?", drängte er.

„Ich weiß jetzt, dass ich mich rechtlich an jemanden gebunden habe, für den ich keine Leidenschaft empfand. Das werde ich nicht mehr tun. Nie mehr."

Er strich ihr mit dem Daumen über den Wangenknochen und flüsterte: „Gut."

Sie schaute zu ihm auf, bewunderte sein starkes Kinn und seine freundlichen Augen. „Was ist mit dir? Du hast gesagt, du warst nicht mal nahe dran, schon mal zu heiraten. Aber gab es jemanden, bei der du dachtest, sie könnte die eine sein?"

Er schüttelte den Kopf. „Ich war schon mit jemandem zusammen. Hatte ein paar langfristige Freundinnen, aber ich wusste immer, dass ich sie nicht heiraten würde. Eine blieb länger, als sie es hätte tun sollen, denn sie brauchte einen Freund. Im College standen wir uns nahe. Die andere war einfach nur wegen des Geldes bei mir."

„Geldes?" Iris hob eine Augenbraue. „Warst du nicht ein Junge mit Stipendium?"

Er lachte leise. „Ja. Aber ich habe mit einem Freund eine Technikfirma gegründet, und nicht lange, nachdem wir den Abschluss gemacht haben, haben wir sie verkauft. Wir haben jetzt nicht total abgesahnt. Es ist nicht, als würde ich irgendwann in nächster Zeit eine Jacht kaufen können. Aber es ist genug, dass ich, solange ich aufpasse, im Grunde tun kann, was immer ich will, ohne mir viele Sorgen darum zu machen."

„Das ist toll, Kade. Wie schön für dich." Iris schob sich wieder hoch und setzte sich. „Ich wünschte, das könnte ich auch sagen. Leider wurden meine Ressourcen ziemlich erschöpft, als ich alles zwischen mir und meinem Ex aufteilen musste. Also werde ich mir bald einen neuen Job suchen müssen. Ich wünschte nur, ich wüsste, was ich tun möchte."

„Hast du keine Idee?", fragte er, schaute auf seine Uhr und stand dann auf.

„Ich glaube, ich wäre eine tolle Geschäftsberaterin, aber ich bin mir nicht sicher, ob der Bedarf daran hier hoch genug ist.

Außerdem habe ich keine formelle Ausbildung. Ich weiß nicht, wer mich anstellen würde, ohne dass das in meinem Lebenslauf steht."

Kade hielt ihr eine Hand hin und half ihr hoch. „Ich glaube, einfach jeder Geschäftsbesitzer in Premonition Pointe würde dich anheuern."

„Warum solltest du das sagen?", fragte sie und sah ihn mit zusammengekniffenen Augen an.

„Lucas und ich unterhalten uns bei der Arbeit. Ich weiß, dass du einer Menge von ihnen geholfen hast, Möglichkeiten zu finden, dass sich alles lohnt. Und du rührst doch immer für sie die Werbetrommel. Sie wären Narren, wenn sie dich nicht anheuern würden."

„Vielleicht. Aber wenn sie glauben, dass ich die Stadt verflucht habe, werde ich niemanden für mich gewinnen können." Sie schob sich die Hände in die Taschen ihrer Jeans und wünschte sich unbedingt, ihr Albtraum würde enden.

„Sebastian wird nicht zulassen, dass sie dir das anhängen, und früher oder später wird die Wahrheit rauskommen. Das tut sie immer", sagte er, legte ihr die Hand auf den Rücken und führte sie zurück zum Weg.

Iris wusste es zu schätzen, dass er sie unterstützen wollte, aber sie wussten beide, dass es keine Garantien gab. Mit der Ermittlung konnte alles passieren. Sie betete nur, dass sie am Ende noch frei war und ein bisschen Respekt von Bewohnern von Premonition Pointe bekam.

„Weißt du, was mein Traumjob wäre?", sagte Iris, nur um ihre Gedanken von dem Fall abzulenken.

„Was denn?"

„Privatinvestor. Du weißt schon, wie die Investoren bei *Höhle des Löwen*. Da wäre ich richtig gut drin. Meine größte

Stärke für sich genommen ist das Wissen, wenn eine Idee richtig abheben wird."

„Ja? Gib mir mal ein Beispiel."

Iris folgte ihm unter das Blätterdach der Mammutbäume und fing an, die Ideen runterzurattern, die sie einst als vielversprechend empfunden hatte, und die dann durch die Decke gegangen waren. „Es war meine Idee, dass Skyler eine hochklassige Vintage-Abteilung in seinem Laden eröffnet. Er wollte einfach nur seine originalen Designs verkaufen, aber ich habe erwähnt, dass unsere Touristen, die dazu neigen, ein bisschen mehr Geld zu haben, den Zugang zu Designerklamotten lieben würden. Und das würde ihm vermutlich helfen, schwarze Zahlen zu schreiben, da der Verkaufsraum, den er wollte, so groß ist."

„Das ist eine gute Idee. Lucas sagt, wir haben eine Menge Leute im Laden, die nach Möbeln aus der Moderne fragen. Wir werden anfangen, etwas in diesem Stil zu machen, aber er hat auch erwähnt, ein paar bei Flohmärkten aufzusammeln und zu sehen, wie sie laufen."

Iris stieß einen glücklichen Ruf aus. „Gut. Freut mich, dass er das macht. Es wird die perfekte Ergänzung zu seinem Geschäft."

„Was hat denn dein Genie sonst noch hervorgebracht?", fragte Kade, während sie hinab in die Wälder stiegen.

„Nichts wirklich Besonderes. Nur so was, dass ich eben weiß, ob ein weiterer Süßwarenladen trotzdem noch laufen wird, oder ob Premonition Pointe für ein veganes Restaurant bereit ist, oder ob eine Geistertour beliebt wäre, im Vergleich zu einer Promi-Tour. Ich scheine nur einfach einen Hang dazu zu haben, gleich zu wissen, ob es das Richtige für unser Städtchen ist. Das habe ich früher für mein einziges magisches

Talent gehalten, nur dass wir jetzt wissen, dass in diesen alten Gliedern mehr magische Kraft steckt, als ich je geahnt habe."

„Weißt du, das ist eine echt praktische Gabe", sagte Kade. „Das werde ich mir merken, falls ich je entscheide, noch ein Geschäft anzufangen."

Während sie den Weg hinab wanderten, um zurückzugehen, verbrachten sie den Rest des Vormittags damit, Ideen für die lächerlichsten Geschäftsmodelle aufzustellen, die sie sich einfallen lassen konnten. Dinge wie Zahnseide-Bikinis, einen Bücherladen mit eBooks und maßgefertigte Schneeschuhe in einer Stadt, in der es nie schneite. Aber als Kade eine Idee für Haustierhochzeiten aussprach, stieß Iris ein lautes Lachen aus und sagte: „Hope hat bereits eine Hundehochzeit arrangiert. Es ist keine so schlechte Idee, wie du meinst."

Er stöhnte. „Das ist doch eine neue Ebene von Wahnsinn."

„Vielleicht, aber sie hat an diesem Tag eine Menge verdient."

Iris' Glieder waren angenehm ermüdet, als sie schließlich am Ende des Weges ankamen. Der Nebel drängte langsam herein, und es war schwer, zu sehen, wo sie Kades Auto geparkt hatten. „Ich glaube, es ist da lang", sagte Iris, die bereits in die Richtung ging, in die sie gedeutet hatte.

„Was zum …" Ein gedämpftes Stöhnen erklang, gefolgt von Schlurfgeräuschen, als würde jemand darum kämpfen, auf den Füßen zu bleiben.

„Kade?" Iris fuhr herum, suchte den Nebel, der mit jeder Sekunde dichter wurde, panisch nach ihm ab.

Er antwortete nicht.

„Kade!", rief sie erneut, als gerade ein schwarzes SUV an ihr vorbeiraste, Erde und Kies wegspritzen ließ und sie dazu zwang, die Augen wegen des Hagels zu schließen.

Die Reifen des Autos quietschten, als es aus dem kleinen Parkplatz hinausschoss und Iris allein zurückließ, ohne Kade, ohne Schlüssel, und ohne eine Ahnung, was gerade passiert war.

KAPITEL EINUNDZWANZIG

*P*anik kam auf. Iris' ganzer Körper bebte vor Angst, als sie dem SUV nachlief, nur um vor einer verlassenen Straße und einem so dichten Nebel zu stehen, dass sie keine drei Meter vor sich sehen konnte.

„Scheiße!", rief sie und griff nach ihrem Handy, das sie zum Glück in ihre hintere Hosentasche geschoben hatte. Nachdem sie hektisch die Finger übers Handy bewegt hatte, schaffte sie es, Sebastian anzurufen.

Es ging direkt auf die Mailbox.

„Verdammt!"

Als nächstes kam Gigi, mit demselben Ergebnis.

Tränen reinen Frusts brannten in ihren Augen. Sie suchte in ihrem Handy und fand Graces Nummer.

„Hey, Iris", sagte Grace, ihre Stimme atemlos. „Kann ich dich zurückrufen? Ich wollte gerade nur …"

„Nein! Kade wurde entführt, und ich bin hier draußen am Weganfang von Whistler Point gestrandet. Ich weiß nicht, was ich tun soll." Ihr Magen krampfte gestresst, und sie musste sich nach vorne beugen, um Luft zu bekommen.

„Kade wurde entführt? Was meinst du damit?", fragte Grace, die sich genauso perplex anhörte, wie Iris sich fühlte.

„Ich meine, wir sind vom Wanderweg in dichten Nebel reingelaufen, und er wurde von jemandem in einem schwarzen SUV mitgenommen. Ich habe nichts gesehen, nur das Auto, das wegraste. Wir müssen was tun."

„Hast du die Polizei angerufen?", fragte Grace.

Das war eine vernünftige Frage. Ein jeder Mensch bei voller geistiger Gesundheit hätte das zuerst getan, aber Iris hatte nicht mal daran gedacht. Ihr Vertrauen in die offiziellen Beamten von Premonition Pointe war zu kaputt. „Nein, ich … ich weiß einfach nicht, wem ich vertrauen soll."

„Stimmt", sagte Grace, ihre Stimme war nun völlig entschlossen. „Jemand wird gleich rauskommen, um dich zu holen. Keine Sorge. Wir finden Kade."

„Grace?", fragte Iris, bevor sie auflegen konnte.

„Ja?"

„Vielen Dank."

„Das gibt es nichts zu danken. Halt die Ohren steif."

IRIS GING auf dem Parkplatz auf und ab, als ein schwarzer Truck neben ihr ruckartig zum Stillstand kam. Sie spähte hinein und stellte fest, dass Lucas King herübergriff, um ihr die Tür zu öffnen.

„Alles okay?", fragte er, sobald sie eingestiegen war.

„Nein. Überhaupt nicht. Einen Augenblick war er noch hier und im nächsten weg. Ich habe keine Ahnung, wo ich anfangen soll, nach ihm zu suchen."

Lucas trat mit dem Fuß aufs Gas, und sie rasten auf eine

zweispurige Straße. „Hope und Grace bringen schon den Zirkel zusammen. Ich soll dich zur Klippe fahren, damit sie einen Suchzauber wirken können. Hast du irgendwas von Kade, das man nehmen könnte, um sich mit ihm zu verbinden?"

Iris dachte über die Frage nach. Kade war am Vorabend in ihrem Haus gewesen. Vielleicht war da etwas? Falls nicht, könnte sie vielleicht in sein Haus gehen. „Ich habe nichts dabei. Kannst du mich nach Hause fahren? Ich glaube, ich kann da was finden."

„Aber klar." Lucas griff rüber und drückte ihr die Hand, gab ihr die Unterstützung, von der sie nicht mal gewusst hatte, dass sie sie brauchte.

Während sie darauf gewartet hatte, dass eine ihrer Freundinnen sie abholte, war sie innerlich völlig taub geworden. Obwohl sie in Kade und dem Zirkel etwas gefunden hatte, das ganz wunderbar war, waren ihr Leben und alles, was sie sich aufgebaut hatte, in sich zusammengefallen. Wie würde das alles enden, und gab es irgendeine Möglichkeit, dass sie es überstand? Das war im Augenblick schwer vorstellbar.

„Das wird schon funktionieren, Iris", sagte Lucas, als hätte er gerade ihre Gedanken gelesen. „Ich weiß, dass gerade alles richtig beschissen ist, aber deine Mädels werden nicht aufhören, bis sie ihn gefunden haben."

Iris kniff die Augen zu und ließ den Kopf an die kühle Scheibe sinken. „Bei den Göttern, das hoffe ich."

Als sie bei ihr Zuhause vorfuhren, wurden Iris' Augen groß vor Überraschung, als sie BeeBee vor ihrer Eingangstür auf der Veranda sitzen sah. Sobald Iris aus dem Truck gesprungen war, huschte BeeBee zu ihr und presste ihren kleinen Körper an ihre Beine. „Was machst du denn, Süße? Wie bist du denn schon wieder aus dem Haus gekommen?"

Der Hund winselte und starrte Iris mit traurigem Blick an. „Du weißt, dass er vermisst wird, oder? Na, keine Sorge. Wir bringen ihn zurück." Anstatt in ihr eigenes Haus zu gehen, ging sie zu dem von Kade und versuchte es mit der Tür. Sie war abgesperrt. Sie schaute hinab zu BeeBee. „Wie bist du rausgekommen?"

BeeBee bellte einmal, dann lief sie um die Seite des Hauses zur Rückseite. Sie schlüpfte durch ein kleines Brett im Tor, das verfault war, und bellte dann wieder. Iris griff nach oben und löste den Riegel. Sobald sie drin war, sah sie die offene Hintertür. „Also bist du hinten ausgebrochen, was? In Ordnung. Holen wir was von deinem Dad, sperren ab und machen uns auf den Weg. Wir haben einen Suchzauber zu wirken."

Zehn Minuten später wanderten Iris, BeeBee und Lucas durch den Nebel und fanden den Zirkel, der bereits um die steinerne Feuergrube saß.

„Iris!" Gigi lief herüber und nahm sie in eine feste Umarmung. „Es tut mir so leid, dass keiner von uns bei dir rangegangen ist. Sebastian war unterwegs ins Büro, und ich damit beschäftigt, an einem neuen Trank zu arbeiten."

„Schon okay." Iris erwiderte die Umarmung, dankbar um die Unterstützung. „Ich habe ja Grace zu fassen bekommen, und sie hat das alles in Bewegung gesetzt." Als Iris ihre Freundin losließ, musterte sie die Hexen, die im Kreis versammelt waren. Grace, Hope, Joy und sogar Carly Preston, die berühmte Schauspielerin, die im Vorjahr nach Premonition Pointe gezogen war. „Äh, hi."

Hope kam vor und nahm Iris am Arm. „Komm schon. Wir

sind fast bereit loszulegen. Hast du irgendwas von Kade dabei?"

Iris holte den Pulli heraus, den er am Vortag getragen hatte. „Wird der gehen?"

„Sollte gut sein", sagte Grace, die ihr das Kleidungsstück abnahm und es auf einen Stein in der Mitte des Kreises legte.

Carly Preston kam rüber, um sich neben Iris zu stellen, und beugte sich vor, um zu flüstern: „Ich hoffe, es macht dir nichts, dass ich da bin. Ich bin sicher, du hast es damals gehört, als meine Nichte vermisst wurde."

Iris nickte, nicht sicher, was das mit Kades Entführung zu tun hatte.

„Ich weiß einfach, wie traumatisch es für dich ist, denn ich habe das schon erlebt. Als Joy sagte, meine Magie könnte nützlich sein, habe ich nicht gezögert. Aber ich wollte sicherstellen, dass das für dich okay ist."

„Natürlich", sagte Iris, die Luft ausstieß. „Vielen Dank. Ich nehme alle Hilfe, die ich kriegen kann."

Carly legte ihr beruhigend eine Hand auf den Arm. „Wenn überhaupt jemand ihn finden kann, dann dieser Zirkel."

Iris nickte, sie glaubte ihr. Die Frauen in diesem Zirkel hatten bewiesen, dass sie eine Macht waren, mit der man sich nicht anlegen sollte. Das war der Grund, weshalb sie in dem Augenblick zu ihnen gegangen war, als Premonition Pointe verflucht worden war. Hoffentlich hatten sie mehr Glück damit, Kade zu finden, als sie es bisher damit gehabt hatten, herauszufinden, wer die Stadt verflucht hatte.

„Lucas?", fragte Iris. „Kannst du auf BeeBee aufpassen und sicherstellen, dass sie nicht in den Kreis gerät?"

„Ja." Er nahm BeeBees Leine und ging zur Seite, gab dem Zirkel den Raum, den sie brauchten.

„Wer übernimmt die Führung hier?", fragte Joy.

Alle wandten sich um und schauten Iris an.

„Ich? Aber ich weiß doch kaum, was ich tue!", rief sie.

„Du hast die stärkste Verbindung zu Kade", sagte Gigi. „Es ist besser, wenn der Zauber von dir kommt."

„Aber ich habe keine Ahnung, was ich tun soll." Iris starrte auf die Kerzen, die bereits brannten und den Kreis und beleuchteten, und dann wandte sie ihre Aufmerksamkeit zu Kades Pulli. In ihrem Inneren brodelte es, und in ihrem Herzen war ein Loch, das ihr das Gefühl gab, als wäre ihre Zeit mit Kade um. Selbst wenn sie ihn retteten, würde er wirklich mit jemandem Zeit verbringen wollen, der seine Entführung herbeigeführt hatte, weil … Sie hatte keine Ahnung, weshalb sie ihn mitgenommen hatten. Sie nahm an, um sie zu zwingen, das zu tun, was sie wollten.

„Ich führe dich durch", sagte Gigi. „Die Blütenblätter sind bereits zermahlen. Du musst nur den Zauber aufsagen und die Blütenblätter auf den Pulli sprenkeln."

„Blütenblätter?", fragte Iris.

„Die sind aus seinem Garten", erklärte Gigi. „Das wird bei der Verbindung helfen."

Iris holte tief Luft und stieß sie aus. „Das klingt vernünftig. Okay, fangen wir an."

„Tu einfach, was ich tue, und wiederhole, was ich sage", sagte Gigi.

Iris beobachtete ihre Freundin genau und kopierte sie, als sie die Arme hoch in die Luft hob, dann wiederholte sie ihre Worte. „Göttin der Erde, wir suchen einen Herzensmenschen. Zeig ihn uns, bevor er verloren ist."

Die Kerzen flackerten, und der Wind nahm zu, heulte in Iris' Ohren. Aber ihr fiel es kaum auf. Sie dachte nur daran, dass Kade ihr Herzensmensch war. Sie hatte sich nicht die

Mühe gemacht, Gigi zu der Formulierung des Zaubers zu befragen. Iris wusste, dass es stimmte, und falls diese Verbindung half, dann war sie ganz dabei.

„Wirf die Blütenblätter in den Kreis", befahl Gigi.

Iris tat wie geheißen und sagte noch einmal den Zauber auf. Die anderen Hexen wiederholten ihren Zauber, und zusammen hoben sie alle die Gesichter zum nebligen Himmel und forderten die Erdgöttin auf, ihnen ihr Kind zu zeigen.

Magie knisterte durch die Luft, sodass Iris' Haut vor Energie prickelte. Sie konzentrierte sich fester, stellte sich Kades Gesicht vor, sein Lächeln, seine umwerfenden Augen und schließlich sein warmes Herz. Ihr eigenes Herz begann zu rasen, und sie hatte das Gefühl, als würde sie sich direkt aus ihrem Körper erheben, hinab auf den Kreis starren und sehen, wie die Magie mit der Luft focht. Gestalten bildeten sich und lösten sich auf, nur um das Muster immer wieder zu wiederholen.

„Du musst es noch einmal versuchen!", befahl Gigi. „Stell dir Kade vor. Sieh, wie er aussieht, fühle, wie er sich anfühlt, und rieche, wie er riecht."

Genau das tat Iris. Sie stellte ihn sich vor, wie er oben auf diesem Wanderweg saß, sanft zu ihr lächelnd, während sie die Aussicht genossen. Dann verlagerten sich ihre Gedanken auf die Nacht zuvor, und die Art, wie ihre Haut geprickelt hatte, als er sie überall berührt hatte. Der Geruch war schwieriger. Er trug irgendein Aftershave, aber das war nicht der Geruch, an den sie sich erinnern konnte. Es war der erdige Holzgeruch, nachdem er den ganzen Tag bei der Arbeit mit Lucas verbracht hatte.

Sobald ihre Sinne den süßen, hölzernen Geruch des Mammutbaums heraufbeschworen, erhellte sich der Zirkel in einem Lichtblitz, aber die Person, die über dem Pulli und den Blütenresten schwebte, war nicht Kade.

Es war ihre Mutter Katheryn.

„Mom?", stieß Iris keuchend hervor. „Was …"

„Hör zu, Kleine. Es ist wichtig. Verstehst du?", sagte Katheryn, ihr Blick erfüllt von Schmerz und Bedauern.

„Ich höre." Iris hatte keine Ahnung, was passierte. Vielleicht war der Zauber gescheitert. Oder vielleicht hatte ihre Mutter ihn übernommen. Iris wusste es nicht, aber ihre Mutter schwebte nun in dem Kreis. Ihr perfekt maßgeschneiderter Anzug saß schief und war teilweise zerrissen, als hätte sie gekämpft und den Kampf verloren.

„Sie haben mich. Nach all den Jahren haben sie mich schließlich. Wenn du mich und Kade retten willst, musst du Warren finden. Er wird wissen, was zu tun ist."

„Warren? Deinen Ex-Mann?", fragte Iris verwirrt. Sie hatte von ihm nichts gehört, seit sie sechzehn Jahre alt gewesen war.

„Ja. Warren. Er wird wissen, wo wir sind. Schnell, Süße. Sie haben lange Zeit auf mich gewartet."

Das Bild begann zu verblassen, sodass Iris Panik bekam.

„Mom! Warte! Wo finde ich ihn?"

„Seine Hütte", stieß sie hervor, kurz bevor das Bild flackernd ausging.

Der Wind legte sich, und die Kerzen erloschen plötzlich, sodass der ganze Zirkel auf der vernebelten Klippe stand und Iris anstarrte.

Iris ließ die Hände an den Seiten fallen und ging in die Hocke, brauchte kurz, um sich zu sammeln. Was in aller Welt hatte Warren mit irgendwas davon zu tun? Und wo war seine Hütte?

Gigi räusperte sich. „Sieht so aus, als müssten wir jemanden finden. Und zwar eher früher als später."

Iris nickte, drehte sich um, nahm Lucas BeeBees Leine ab und ging, als wäre sie in einer Trance, den Hügel zu ihrem Haus hinauf, ein paar Blocks vom Strand entfernt. Sie versuchte, zu verarbeiten, was gerade passiert war.

Sie hatte versucht, den Mann zu beschwören, in den sie sich verliebt hatte, und stattdessen hatte sie ihre Mutter bekommen, die eine halb-kryptische Nachricht übermittelt hatte.

Wenn aber Warren wirklich wusste, wo man sie fand, dann bedeutete das … verflixt noch mal! Waren alle, die je in ihrem Leben gewesen waren, korrupt?

Sie schaute sich unter den Zirkelmitgliedern um und wusste, dass das nicht stimmte. Sie glaubte das auch nicht von Kade. Aber andererseits, weshalb hätten sie ihn mitgenommen, wenn er nicht zwielichtig war?

Um an sie ranzukommen, offensichtlich. Falls irgendjemand auch nur ein bisschen auf sie aufgepasst hatte, hätte der- oder diejenige gemerkt, dass sie sich, obwohl sie ihn erst ein paar kurze Tage kannte, Hals über Kopf in ihn verliebte.

„Iris?", sagte jemand hinter ihr.

Sie wirbelte herum, bereit, auf jeden loszugehen, der ihr gefolgt war. Konnte man nicht mal ein paar Minuten Frieden bekommen, wenn man versuchte, etwas so Dramatisches zu verarbeiten, wie die Erkenntnis, dass sowohl ihre Mutter als auch ihr neuer Freund entführt worden waren?

„Was ist denn?" Sie fuhr herum, konnte ihre Gefühle nicht zurückhalten. Dann murmelte sie eine Entschuldigung, als sie Ginny Stevens sah, die junge Agentin von der Magie-Taskforce, die nur ein paar Meter entfernt stand.

„Ach, Mist", seufzte sie. „Es tut mir leid. Ich habe wirklich keine Zeit dafür. Ich habe Ihnen bereits alles gesagt, was ich weiß."

„Obwohl das vielleicht eine kleine Untertreibung ist", sagte Ginny mit einem Lachen, „glaube ich, dass Sie nichts mit dem Fluch zu tun hatten, und ich dachte, Sie würden gern erfahren, dass die Dienstaufsichtsbehörde dazu gerufen wurde. Gegen Bürgermeister Howell wird offiziell ermittelt. Die Vorwürfe gegen Sie sind endgültig fallen gelassen."

KAPITEL ZWEIUNDZWANZIG

Als Kades Häuschen in Sicht kam, spannte sich Iris' Brust an. Zu viel war passiert, und sie hatte Schwierigkeiten damit, es zu verarbeiten.

Die Nachricht, dass sie nicht mehr wegen des Fluchs verdächtigt wurde, der immer noch Premonition Pointe plagte, war willkommen, aber sie führte auf keinen Fall die Erleichterung oder Selbstgerechtigkeit herbei, von der sie wusste, sie hätte sie spüren sollen, denn die Leute, die ihr am wichtigsten waren, hatte man ihr genommen.

Kade, der Mann, den sie allmählich mehr brauchte, als sie es zugeben wollte, und ihre Mutter, die, ganz gleich, wie herrisch und frustrierend sie war, die einzige Person war, die in ihrem Leben immer eine Konstante gewesen war. Iris hätte einfach alles getan, um sie zurückzubekommen.

Mit BeeBee an ihrer Seite lief Iris in ihr Haus und ging sofort zum Gästezimmer, um zu sehen, ob ihre Mutter irgendetwas hinterlassen hatte, bevor sie am Vortag hinausgestürmt war. Das Bett war nicht gemacht, und ein Stapel Kleider lag in der Ecke, die ihr wohl entgangen waren, als sie ihre Tasche gepackt hatte. Aber es schien nichts zu geben, das irgendeine Information zu Warrens Hütte enthielt.

Sie wühlte durch die Kommode und den Schrank und sogar im Gästebad, als würde sie ein Tagebuch oder sogar die Adresse mit Lippenstift auf den Spiegel geschrieben finden, oder irgendwas ähnlich Lächerliches.

Es war keine Überraschung, dass sie nichts hervorzauberte. „Verdammt, Mutter!", rief sie frustriert. „Wo soll ich denn diese Information finden?"

„Iris?", fragte Grace, die im Gang auftauchte.

„Ja?"

„Komm her." Sie hielt die Hand hin und lud Iris ein, sie zu nehmen.

Iris starrte die Hand ihrer Freundin an, und anstatt vor Frust zu schreien, nahm sie sie und ließ sich von der anderen Frau in ihr Wohnzimmer führen.

„Hier." Grace reichte ihr eine Flasche Wasser. „Trink das."

Iris schaute sich in ihrem Wohnzimmer um, fand den ganzen Zirkel, der sich zurückhielt und wartete, bis er gebraucht wurde.

„Wir helfen dir", sagte Grace, die einen Arm um sie legte und sie dann zum Sofa führte. „Dir ist klar, dass wir hier sind, um dir zu helfen, Kade und deine Mutter zu finden, oder? Es bist nicht du gegen die ganze Welt. Jede einzelne von uns unterstützt dich."

Hope, die am nächsten stand, nickte. Joy saß auf dem Stuhl ihnen gegenüber, tippte auf einem Computer. Und Gigi und Carly hatten eine erhitzte Debatte, ob ein weiterer Suchzauber funktionieren würde.

„Ich habe nichts von Warren", sagte Iris. „Ich habe ihn über dreißig Jahre lang nicht gesehen."

„Hast du ein Foto von ihm?", fragte Carly.

Joys Kopf fuhr hoch. „Daran habe ich nicht mal gedacht."

Die beiden wechselten einen Blick, und Iris fragte sich, was da gerade passierte. Sie räusperte sich. „Vielleicht. Lasst mich mal nachsehen." Sie ging in ihr Schlafzimmer, BeeBee dicht hinter ihr. Nachdem sie in ihren Schrank nach einer Schuhschachtel voller Fotos gewühlt hatte, die sie besaß, seit sie ein Teenager gewesen war, nahm sie BeeBee, und die zwei setzten sich auf das Bett. BeeBee schmiegte sich an ihr Kissen, während Iris den Deckel ihrer Kindheitserinnerungen hob, die sie niemals mehr hatte aufsuchen wollen, aber auch nicht hatte wegwerfen können.

Die Fotos oben waren von ihrem Abschluss an der Highschool. Das lächelnde Mädchen, das zu ihr zurückschaute, schien an der Oberfläche glücklich, aber Iris erinnerte sich nur zu gut an den Tag. Ihre Mutter war am Vorabend nicht nach Hause gekommen, und Iris war mit einem leeren Kühlschrank und einer Nachricht ihrer Mutter erwacht, die besagte, dass sie ein paar Tage nicht in der Stadt sein würde. Ein Zwanziger war unter den Schlüssel des alten, unzuverlässigen VW-Käfers gesteckt, den ihre Mutter ihr zu ihrem sechzehnten Geburtstag beschafft hatte.

Iris war überhaupt nicht überrascht gewesen. Das war das Traurigste an allem.

Sie hatte ihren Instantkaffee ausgetrunken, zwanzig Minuten damit verbracht, ihren VW zum Starten zu bewegen, und war dann zur Bushaltestelle gegangen. Der einzige Grund, weshalb sie ihren Abschluss rechtzeitig schaffte, war ein Nachbar, dessen Enkel in ihrer Klasse war, und der angehalten hatte, um sie mitzunehmen. Das Foto in der Kiste war von einem Fotografen gemacht worden, der von jedem Schüler ein Bild aufnahm, während sie über die Bühne gingen. Iris hatte es mit ihrem eigenen Geld gekauft und sofort in die Kiste geworfen, wo sie es niemals mehr angesehen hatte.

Iris seufzte und begann, durch die Fotos zu wühlen. Es gab nur wenige, die gute Erinnerungen enthielten. Die von einem Ferienlager für Unter-Dreizehnjährige, wo sie drei Jahre lang jeden Sommer zwei Wochen verbracht hatte. Es gab diejenigen, als sie klein gewesen war, bevor ihr Dad gestorben war. Ihr Liebling war eins von ihnen zusammen, als er ihr zeigte, wie man einen Köder am Angelhaken befestigte. Sie schaute mit einem bewundernden Blick zu ihm auf. Auf dem nächsten hielt sie eine kleine Angel mit einem winzigen Fisch und hatte ein riesiges Grinsen auf dem Gesicht.

Ein schwacher, schmerzhafter Stich ging direkt durch ihre Brust. Wie wäre ihr Leben verlaufen, wenn ihr Vater nicht umgebracht worden wäre? Sie schloss die Augen und nahm sich einen Moment, um sich an den Mann zu erinnern, der sie so völlig geliebt hatte.

Eine kühle Nase stieß ihre Hand an, und als Iris nach unten schaute, war dort BeeBee, die den Kopf an Iris' Bein presste. „Danke, meine Kleine. Das habe ich gebraucht."

Rasch ging sie die übrigen Bilder durch, hielt kurz inne, um eines ihrer Eltern mit ihr zu betrachten, das wohl aufgenommen worden war, kurz bevor sie ihren Vater verloren hatte. Er hatte den Arm um ihre Mutter gelegt, und Iris stand vor ihnen, mit einem Eis in der Hand, ihr Lächeln breit. Sie wirkten so glücklich.

Sie wurde zurückgerissen zu dem Augenblick, wie ihre Mutter sie an diesem Abend ins Bett steckte und ihr vorlas, bis sie eingeschlafen war. Iris runzelte die Stirn, versuchte, sich zu erinnern, ob das ein normaler Abend gewesen war. Irgendetwas sagte ihr, dass es so gewesen war. Sie hatte Erinnerungen, wie ihre Mutter sich an sie kuschelte und sie unter den Decken kicherten. Aber das hatte alles aufgehört, als ihr Vater gestorben war. Ihr jüngeres Ich hatte sich nach der Mutter gesehnt, die sie damals gekannt hatte, nur um mit derjenigen geschlagen zu sein, die zusammengebrochen war und niemals ganz herausgebracht hatte, wie man sich wieder zusammenraffte. Nicht, bis Warren in ihr Leben getreten war.

Verdammt, sie musste Warren so schnell wie möglich finden. Sie warf die Bilder mit Erinnerungen zur Seite und wühlte sich tiefer vor, bis sie endlich eines von sich und Warren fand. Sie standen vor dem VW-Käfer, lachten über irgendwas.

„Hoffentlich geht das", sagte Iris und stopfte den Rest der Bilder wieder in die Schachtel. Mit BeeBee unter einem Arm und dem Foto in einer Hand ging sie zurück hinaus in ihr Wohnzimmer, wo ihre Freundinnen zusammenstanden und einen Zauber besprachen. „Ich habe eins."

Joy stand von ihrem Platz am Sofa auf und kam an ihre Seite. Sie streckte eine Hand aus. „Darf ich?"

„Klar." Iris reichte es ihr.

„Irgendwas, Joy?", fragte Carly.

Langsam nickte Joy. „Ich glaube schon."

Iris schaute zwischen den beiden hin und her. „Wovon redet ihr?"

Carly legte Iris eine Hand auf den Arm. „Joy kann manchmal Visionen sehen, wenn sie ein Foto von jemandem hat. Es sieht aus, als könnte sie vielleicht anzapfen, wo Warren sich aufhält. Aber es wäre einfacher, wenn der Zirkel zusammenarbeitet, um ihre Magie zu verstärken."

Alle Mitglieder des Zirkels waren bereits aufgestanden.

„Okay, wo machen wir das?", fragte Iris, die unbedingt anfangen wollte.

„Draußen", sagte Carly und nahm Iris an der Hand. Der

Filmstar hielt sie fest und führte Iris in den hinteren Garten. Als sie auf der Veranda waren, wandte sich Carly zu ihr. „Geht es dir gut?"

Iris zuckte mit einer Schulter.

Carly rieb mit der Handfläche über Iris' Arm. „Ich verstehe es. Ich habe es erlebt. Sei dir einfach klar, wenn du irgendwas brauchst, eine Schulter, ein Ohr, Privatdetektive, ich bin da und bereit, was zu tun."

Verdammt, erneut brannten Tränen in Iris' Augen. „Vielen Dank."

„Unnötig, aber gern geschehen." Carly drückte ein Säckchen mit Kräutern in Iris' Handfläche. „Die sind zum Schutz."

Iris starrte auf die kleine Tasche hinab.

„Lass sie in deiner Tasche, nur für den Fall."

„Ich weiß nicht …", setzte Iris an.

„Vertrau mir", sagte Carly. „Die Leute, die Kade und deine Mutter entführt haben, haben es wahrscheinlich getan, um an dich ranzukommen, da du nicht länger in dem Fall mit dem Fluch verdächtigt wirst. Die Magie-Taskforce sieht sich den Bürgermeister an, und wer weiß, wen sonst noch. Wir wissen nicht, wozu sie als nächstes bereit sind, aber es scheint sehr wahrscheinlich, dass es etwas ist, um dich wieder in die Schusslinie zu bringen. Oder zu erpressen, damit du es auf dich nimmst. Es ist am besten, wenn man vorbereitet ist."

Da war auf jeden Fall was dran, und Iris nahm es sich zu Herzen. Mit einem Nicken schob Iris das Säckchen in ihre Tasche und drehte sich zu den anderen um, die sich bereits um sie versammelt hatten. „Was machen wir als nächstes?"

„Einen Kreis bilden", sagte Grace. Die üblicherweise stilvolle Immobilienmaklerin war in eine ausgeblichene Jeans und ein altes T-Shirt gekleidet. Ihre langen kastanienbraunen

Haare waren unordentlich zusammengesteckt, und sie wirkte, als hätte sie keine Pläne gehabt, an diesem Tag ihr Haus zu verlassen. Die anderen Zirkelmitglieder waren ähnlich gekleidet, jede von ihnen sah aus, als wäre sie in dem Augenblick aus dem Haus geschossen, als sie den Anruf erhalten hatten, dass Iris Hilfe brauchte.

„Danke euch", sagte Iris mit einer Woge Dankbarkeit. „Dass ihr da seid. Dass ihr mir helft, ohne eine Frage zu stellen."

„Das machen Zirkel", sagte Grace. Die anderen nickten zustimmend.

„Aber ich bin nicht in euren Zirkel", sagte Iris. „Ich weiß einfach nur zu schätzen ..."

„Doch, bist du", sagte Hope. Ihre dunklen Augen waren zusammengekniffen, während sie Iris musterte. „Zumindest, wenn du das willst."

„Sie hat recht", sagte Grace.

„Ja. Wir weisen keine Schwestern ab." Joy lächelte sie an, dann wandte sie sich an Gigi und Carly. „Stimmt's, Ladys?"

„Stimmt", sagte Gigi.

Carly nickte. „Ich glaube, wir sind alle an einem Punkt in unserem Leben, wenn wir jemanden finden, mit dem wir uns verbinden und dem wir vertrauen, dann lassen wir denjenigen nicht wieder ziehen. Ich weiß, so bin ich zum Teil dieser Gruppe geworden."

„Amen", sagte Gigi.

Joy lächelte sie an und wandte sich dann an Iris. „Sie haben recht. Wir spüren eine Verbindung zu dir, also bist du eine von uns, solange du das sein willst."

Jetzt nicht weinen, befahl sich Iris. Dafür war keine Zeit. Aber die unerwartete Unterstützung der Gruppe Frauen, die sie umgab, war überwältigend, und eine einzelne Träne lief ihre Wangen hinab. „Vielen Dank", konnte sie leise quietschen. „Es ist mir eine Ehre, Teil eures Zirkels zu sein."

„Perfekt", sagte Grace. „Jetzt fangen wir an mit diesem Zauber. Wir haben Leute zu finden. Iris, bitte stell dich in die Mitte des Kreises und halt das Bild von Warren hoch."

Iris tat wie geheißen, und nachdem die Kerzen angezündet waren, fingen die übrigen Hexen den Zauber an. „Göttin der Erde, zeig uns den Weg, den wir suchen."

Diese Zeile sangen sie immer wieder, bis sich schließlich die Luft abkühlte und die Umgebung verblasste. Magie legte sich über ihre Haut, aber sie war nicht schwer. Sie fühlte sich an, als würde sie durch Raum und Zeit fliegen, während ihre Zehen gleichzeitig über dem Boden schwebten.

Als sie blinzelte, klärte sich ihre Sicht, sie stand an einer Kreuzung. Auf dem Hauptstraßenschild stand *Upper Valley Hwy*, während das andere auf einen Feldweg zeigte, auf dem Stand *Five Point Crossings*. Iris ging einen Schritt auf den Feldweg, aber sobald sie mit dem Fuß auf den Boden traf, frischte der Wind auf und hob sie wieder in die Luft. Sie wurde zurückgeworfen, während ihre Welt schwarz wurde. Als sie wieder blinzelte, stand sie im Kreis in ihrem hinteren Garten, der Zirkel um sie herum.

„Heilige Scheiße. Das war … seltsam", sagte Iris.

„Was hast du gesehen?", fragte Joy.

Iris beschrieb die Straße und die Schilder für sie.

Joy nickte. „Ich habe eine Hütte auf einem Feldweg gesehen. An der Tür hing ein fünfzackiger Stern. Wenn wir herausfinden können, wo Upper Valley Hwy ist, glaube ich, wir können Warren finden."

„Ich bin dabei", sagte Hope, die bereits auf ihrem Handy tippte. Es dauerte nur ein paar Sekunden, bis sie die Hand triumphierend in die Luft stieß. „Ist ein paar Stunden östlich von hier. Wer ist für einen Roadtrip zu haben?"

KAPITEL DREIUNDZWANZIG

„Ich hoffe, der ganze Anhang jagt ihm keine Angst ein", sagte Gigi, während sie hinter sich auf das Auto schaute, das ihnen folgte.

„Ich bezweifle es. Warren ist nicht der Typ, der sich leicht Angst einjagen lässt. Zumindest war er das nicht." Sie betete, dass das stimmte. Als sie entschieden hatten, wer mit Iris mitkommen würde, war keine aus dem Zirkel bereit gewesen, zurückzubleiben, nur für den Fall, dass es Schwierigkeiten gab. Sie war einfach froh, dass keiner ihrer Partner verlangt hatte, mitzukommen. Ansonsten hätten sie sich vielleicht einen Bus mieten müssen.

„Sebastian arbeitet an einem Hintergrundcheck", sagte Gigi, während sie auf ihrem Handy tippte. „Er sagt, er kann nichts über Warren finden, außer, dass er mit deiner Mom verheiratet war."

„Das ist nichts Ungewöhnliches, oder?", fragte Iris. „Es bedeutet nur, dass es keine Aufzeichnungen zu Festnahmen oder Insolvenzen gibt. So was eben?"

„Nein ... Ich meine, ja. Aber er hat überhaupt nichts gefunden. Keine Kredite. Keine größeren Käufe. Kein Geschäft in seinem Namen, oder etwas, wo er als Angestellter gelistet wäre. Es ist, als würde er vom Wind dahingetrieben. Sehr seltsam. Normalerweise kommt bei seinen Hintergrundchecks irgendwas Interessantes raus."

Iris schaute zu ihr hinüber und ignorierte das unbehagliche Gefühl in ihren Eingeweiden. „Das hat nicht unbedingt was zu bedeuten." Obwohl sie wusste, dass das nicht stimmte. Wenn nichts erschien, bedeutete es, dass Warren sich absichtlich unter dem Radar bewegte.

Gigi hob eine Augenbraue. „Ich habe schon früher nach Leuten gesucht. Das ist nicht normal."

„Arrgh. Ich habe doch nur versucht, mir was einzureden", gab Iris zu. „Ich glaube nicht, dass ich noch mit einem weiteren Menschen zurechtkomme, der auf die schiefe Bahn geraten ist."

„Ich bin nicht sicher, ob du eine Wahl hast, aber zumindest werden deine Mädels dir den Rücken stärken." Gigi schob sich eine Strähne blonder Haare hinter die Ohren und senkte die Sonnenbrille. „Ich glaube, als nächstes geht es dann links."

Iris' Eingeweide blubberten, weil sie so nervös war, aber sie ballte die Hände auf dem Lenkrad zu Fäusten, entschlossen, die Sache durchzuziehen, ganz gleich, was sie am Ende dieses Feldwegs fand. Das Schild an der Kreuzung war genauso, wie sie es in der Vision gesehen hatte, sodass sie sicher war, sie war auf dem richtigen Weg. Sie fuhr den Feldweg entlang und spürte, wie ihr Puls sich beschleunigte, während sie an einer dichten Baumreihe und wuchernden Büschen vorbeirollten.

„Joy sagt, die Hütte ist gleich da vorne", bemerkte Gigi, die von ihrem Handy aufsah.

Iris nickte, und als sie um eine Biegung in der Straße fuhr, kam eine einstöckige Hütte mit Metalldach in Sicht. Eine alte Holzschaukel und eine verwitterte vordere Veranda waren zu sehen, und über der Tür ein fünfzackiger Stern.

Joys Vision war ein Treffer gewesen, sodass es klar war, dass sie den richtigen Ort gefunden hatten. Aber selbst wenn das nicht der Fall gewesen wäre, hätte sie gewusst, dass das die richtige Stelle war, wegen des alten blauen '58er Chevy-Pick-ups mit einer Beule in der Heckklappe. Ihr Atem stockte, als sie sich an den Tag erinnerte, an dem sie den makellosen Oldtimer verbeult hatte, als sie rückwärts mit ihrem VW-Käfer reingefahren war. Weshalb hatte er das nie repariert? Warrens Hobby war es gewesen, Fahrzeuge wiederherzustellen. Die Reparatur hätte ihn nur ein paar Tage gekostet, höchstens.

Sie fuhr mit dem Auto hinter dem Truck ran und sprang sofort heraus. Jetzt, da sie da war, konnte sie es nicht erwarten, mit Warren zu reden. Sie wusste, dass ihre Mutter sie aus einem Grund hergeschickt hatte, aber jetzt wollte sie einfach nur die Arme um den einzigen Stiefvater legen, den sie je geliebt hatte, und darum beten, dass er es erwiderte.

Bevor sie auch nur klopfen konnte, schwang die Tür auf.

„Was wollen Sie?" Warrens Stimme war grob und bedrohlich, und hätte sie ihn nicht gekannt, wäre sie zurück zum Auto gelaufen, hätte sich vor Angst geduckt.

Aber sie kannte ihn. Sie hatte diese zusammengekniffenen Augen und sein finsteres Gesicht schon mal gesehen. Unter diesem knorrigen Äußeren war er früher ein Softie gewesen, der alles für sie getan hätte. Sie betrachtete sein silbernes Haar und dieselben grünen Augen, die nun von tiefen Falten umgeben waren. Er war gealtert, aber er war immer noch ansehnlich, auf so eine Harrison-Ford-Art. „Hi, Warren. Es ist viel zu lange her."

Es dauerte kurz, aber sein finsteres Gesicht verschwand,

und seine Augen wurden groß, während er den Blick über sie schweifen ließ. „Heilige Scheiße. Iris?"

Sie grinste ihn an. „Ich wette, du hättest nicht gedacht, dass ich dich ganz hier draußen finden würde."

Er stieß ein überraschtes Lachen aus. „Nein. Tatsächlich hätte ich das nicht gedacht. Wie hast du mich gefunden? Katheryn?"

Iris nickte, ihr Grinsen verschwand. „Mom wurde entführt. Sie hat mich zu dir geschickt. Sie sagte, du würdest wissen, was zu tun ist."

Warrens Stirn legte sich in Falten. „Was meinst du damit, sie wurde entführt? Was ist passiert?"

„Ich weiß nicht, weshalb sie sie haben, aber ich kann alles andere erklären, was los ist", sagte sie.

Er öffnete die Tür weit und lud sie nach drinnen ein.

Iris trat über die Schwelle und war überrascht, ein gemütliches Heim mit behaglich wirkenden Möbeln und Bildern an der Wand zu finden. Sie konnte nicht anders, als direkt zu ihnen zu gehen, nur um schockiert festzustellen, dass sie alle von ihr und ihrer Mutter waren, und eines, das sie niemals erwartet hätte. Iris wandte sich an ihn, ihre Hände bebten, als sie fragte: „Du kanntest meinen Vater?"

Er nickte langsam und ging hinüber zu dem gerahmten Foto.

Die beiden Männer waren jung, womöglich Anfang zwanzig. Sie hatten jeder einen Arm um die Schultern des anderen gelegt, und sie grinsten wie Narren. Iris presste ihre Fingerspitzen auf das Glas und schaute Warren an. „Inwiefern kanntest du ihn?"

Er räusperte sich. „Nate und ich sind irgendwie gemeinsam aufgewachsen. Waren im selben Zirkel unterwegs, nach der Highschool."

„Du machst Scherze", stieß ich keuchend aus. „Weiß es Mom?"

Warren nickte. „Komm in die Küche. Ich hol dir was zu trinken, während du mich aufklärst und mir sagst, wer da draußen auf dich wartet."

„Gigi ist in meinem Auto. Das dahinter ist gefüllt mit den restlichen Mitgliedern meines Zirkels. Wenn ich ihnen nicht schreibe, um ihnen zu versichern, dass du mich nicht in den Keller eingesperrt hast, und zwar in den nächsten zwei Minuten, werden sie vermutlich deine Tür eintreten und dich auf den ersten Blick verfluchen."

„Du bist Teil eines Zirkels?" Seine Augenbrauen gingen fast bis zum Haaransatz hoch.

„Hey!", rief sie. „Tu nicht so überrascht. Himmel."

Er lachte leise. „Tut mir leid. Ich kann mich nur irgendwie daran erinnern, dass deine Mom versucht hat, dir Magie beizubringen, und dass es nicht gut gelaufen ist."

Iris ließ sich auf einen seiner Stühle am Frühstückstisch fallen. „Das stimmt. Ich habe meine Kräfte anscheinend erst kürzlich erlangt. Die krassen Frauen von Premonition Pointe scheinen mich in ihrer Mitte willkommen zu heißen."

„Das ist gut. Du hast es verdient, solche Leute im Leben zu haben." Er holte eine Karaffe aus seinem Kühlschrank und nahm sich zwei Gläser. Nachdem er sie mit Limonade gefüllt hatte, setzte er sich neben sie und griff vor, um seine Hand über ihre zu legen. „Es ist echt schön, dich zu sehen, Iris."

„Ich wünschte, das käme unter besseren Umständen zustande", sagte sie, und drehte die Hand, sodass sie seine drücken konnte.

Er nickte zustimmend. „Sag mir, was los ist, und wie ich helfen kann."

„Wie ich sagte, ich weiß nicht, weshalb meine Mom

mitgenommen wurde." Sie erzählte ihm die ganze Geschichte, wie sie die ehemalige Bürgermeisterin der Stadt war, wie die Stadt verflucht worden war und man es ihr in die Schuhe geschoben hatte. Und dann, sobald sie von diesem Verdacht reingewaschen war, musste sie erleben, dass gegen den neuen Bürgermeister ermittelt wurde, und dass der Mann, mit dem sie gerade erst zusammengekommen war, direkt vor ihren Augen entführt worden war. „Es ergibt für mich keinen Sinn. Weshalb wollen sie ihn?"

„Wer, sagtest du, war der neue Bürgermeister?", fragte er. „Irgendein Tad?"

„Tad Howell. Er wurde vom Stadtrat ernannt, und nach allem, was ich weiß, ist er ein korrupter Idiot."

„Howell?", fragte Warren mit einem Knurren. „Ist sein Vater Mason Howell?"

Iris runzelte die Stirn. „Da bin ich nicht sicher. Lass mich mal nachsehen." Rasch schrieb sie Gigi, ließ sie wissen, dass es ihr gut ging und dass sie den Namen von Tads Vater brauchte. Es dauerte nicht lang, bevor Gigi zurückschrieb, dass Sebastian bestätigt hatte, dass Tads Vater tatsächlich Mason Howell war.

„Verdammt!" Warren erhob sich und ging in der Küche auf und ab. „Scheiße!"

„Was ist?", fragte Iris, während die Angst, die sie erfolgreich unterdrückt hatte, brüllend wieder an die Oberfläche kam, sodass erneut ihr Herz raste. „Woher kennst du die Howells?"

Warren hielt inne, schaute ihr direkt in die Augen und sagte: „Mason Howell ist der Mann, der deinen Vater umgebracht hat."

Die Luft wich aus Iris' Körper, und ihr Kopf wurde ganz schwummrig. „Was?"

Warren war bereits aus dem Zimmer gestürmt.

Iris sprang auf und folgte ihm ins Wohnzimmer, wo er eine falsche Verkleidung an der Wand öffnete, die einen großen Safe verbarg. „Warren?"

Er warf einen Blick über die Schulter. „Deine Mutter ist in schrecklicher Gefahr. Wir müssen sie holen. Jetzt."

„Weißt du, wo sie ist?", fragte Iris, ihre Augen groß, während sie beobachtete, wie er ein Schwert und ein schwarzes Amulett herausholte. Nachdem er sich beides umgehängt hatte, griff er hinein und nahm sich eine kleine, schwarze Samttasche, und die schob er in seine Hosentasche.

„Ich habe eine gute Vorstellung." Warren schlug den Safe zu, marschierte durch das Zimmer und riss die Tür auf. „Komm schon. Wir können keine Zeit mehr verschwenden."

Iris lief ihm nach, aber bevor er zu seinem alten Chevy gehen konnte, deutete sie auf ihr SUV und sagte: „Wir nehmen mein Auto. Gigi kann fahren, während du alles erklärst."

Er schaute sich ihr modernes, metallisch blaues Fahrzeug an und nickte einmal. „Ja, okay. Das ist auf jeden Fall weniger auffällig."

Iris lief hinüber und bat ihre Freundin, zu fahren. Sobald Iris auf dem Rücksitz saß und Warren vorne, damit er Anweisungen geben konnte, stellte sie sie einander vor.

Gigi warf ihr einen raschen Blick zu, während sie den Gang im SUV einlegte. „Schön, dich kennenzulernen, Warren."

„Dich auch, Gigi. Jetzt tritt aufs Gas. Es gibt keine Zeit zu verschwenden."

Gigi tat wie geheißen, während Iris dem Rest des Zirkels schrieb und ihnen sagte, sie sollten ihnen folgen. Als sie zustimmten und keine Fragen stellten, obwohl sie unterwegs in die Höhle des Löwen sein konnten, stieß sie ein erleichtertes

Seufzen aus. Dann beugte sich Iris zwischen den Sitzen vor und sagte: „Warren, ich glaube, du schuldest mir eine Erklärung."

Er stieß ein humorloses Lachen aus. „Wo fange ich da an?"

„Am Anfang. Weshalb hat Mason Howell meinen Vater getötet?"

Er fuhr zusammen. „Damit musstest du ja anfangen, oder?"

„Gibt es einen anderen Ort zum Anfangen?", fuhr sie ihn an, ihre Geduld war völlig dahin. „Oder willst du mir erzählen, weshalb du und meine Mutter euch so rasch habt scheiden lassen, und du dich nicht mal verabschiedet hast? Oder warum ihr zwei immer noch Kontakt habt, und sie genau wusste, wo ich dich finde? Was ist vor all den Jahren passiert, und warum scheinst du zu wissen, wo sie jetzt ist?"

Warren rieb sich mit den Händen übers Gesicht, und dann fuhr er sich mit den Fingern durch die Haare. „Himmel, was für ein beschissener Schlamassel."

„Da sagst du was", rief Iris. „Mein ganzes Leben löst sich auf. Mein Mann hat sich als rückgratloser Verbrecher erwiesen. Ich habe meinen Job verloren. Meine Mutter und der neue Mann in meinem Leben werden beide von dem Mann gefangen gehalten, der meinen Vater getötet hat. Gibt es noch irgendwas, was schief laufen kann?"

Warren wandte sich ihr zu, sein Gesicht aschfahl. „Ja. Sie können dich als nächstes nehmen, und dann wäre der Kreis wirklich komplett geschlossen."

Iris schüttelte den Kopf. „Sie hatten die Gelegenheit, mich mitzunehmen. Das haben sie nicht getan. Sie haben stattdessen Kade genommen. Außerdem, was sollten sie mit mir denn wollen? Ich bin niemand."

„Da liegst du falsch, Iris. Du bist auf jeden Fall jemand. Und jetzt hast du die Macht deines Vaters erlangt. Sie warten einfach nur drauf, dass du sie ihnen überreichst."

Gigi stieß ein Keuchen aus. „Die Macht ihres Vaters?"

„Das ist ... ich verstehe das nicht", sagte Iris, die sie beide finster anschaute. „Mein Vater hatte Macht, die sie wollten?"

„Ihr wisst schon, dass es selten ist, dass Männer bedeutende Macht haben, oder?", fragte Gigi.

„Ja, ich schätze schon", sagte Iris. „Aber mein Vater hatte nicht viel Macht."

„Doch", erwiderte Warren. „Eine ganze Menge. Und wenn er bei deiner Mom war, waren sie ein sehr mächtiges Paar."

„Und sie hatten in Howell einen Feind?", fragte Iris. „Warum?"

„Mason und dein Vater hatten Vorgeschichte. Eine Schulrivalität. Echter Blödsinn eigentlich. Das war zumindest so, bis dein Dad eine mächtige Hexe als Mentor auftreiben konnte, von der Mason dachte, es hätte seiner sein sollen." Warren schüttelte den Kopf. „Das war der Anfang von allem."

„Also fällt das alles darauf zurück, dass Masons Ego gelitten hat?", fragte Iris. „Du machst Scherze, oder?"

„Ich wünschte, so wäre es." Warren legte die Hand auf das Amulett, das er sich an die Brust gehangen hatte. „Dein Dad hat sich viel zu tief mit seinem Mentor eingelassen und ein paar ernsthaft fragwürdige Zauber gewirkt. Nur dass er zu dem Zeitpunkt nicht wusste, dass er es auf die Howell-Familie abgesehen hatte."

„Dieser Mentor hatte Streit mit den Howells und hat Iris' Dad benutzt, um sie zu verfluchen?", fragte Gigi mit aufgerissenen Augen.

„Das trifft es so ziemlich", sagte Warren. „Nate hat seinem Mentor geholfen, einen Fluch zu wirken, der schrecklich schiefging. Das Opfer war Masons Frau. Es war tragisch, und es hat Nate den Boden unter den Füßen weggezogen. Er war entscheidend beteiligt, die Beweise zu liefern, die dafür sorgten, dass sein Mentor ins Gefängnis kam. Aber Mason hat Nate nie verziehen. Mason hat Jahre damit verbracht, deine Eltern zu sabotieren, bis eines Abends alles passte und Mason ihn endlich tötete. Nur dass es kein emotional gespeister Akt war. Er hat versucht, die Macht deines Vaters zu stehlen. Bis vor etwa zwanzig Minuten dachte ich, das wäre ihm gelungen. Aber es sieht aus, als hättest du sie stattdessen bekommen."

Im Auto herrschte Schweigen, während Iris seine Worte verarbeitete. Iris war an dem Nachmittag da gewesen, als ihr Vater umgebracht worden war. Sie erinnerte sich an den Großteil davon nicht. Der Vorfall war größtenteils eine Leerstelle in ihren Erinnerungen. Aber sie wusste, dass sich in dem Augenblick, als ihr Vater erschossen worden war, ihr ganzer Körper versteift hatte, und sie sich gefühlt hatte, als wäre sie von einer unsichtbaren Macht in den Magen geboxt worden, während ihre Sicht verschwamm. Als sie sich wieder geklärt hatte, hatte sie ihr Eis fallen lassen und war zu ihm zurückgelaufen. Wenn sie in späteren Jahren darüber nachgedacht hatte, hatte sie einfach angenommen, dass sie unter Schock gestanden hatte. Aber was, wenn es mehr als das gewesen war? Was, wenn das der Augenblick gewesen war, in dem sich die Macht ihres Vaters auf sie übertragen hatte?

Iris war zu jung gewesen, um wirklich zu verstehen, was passiert war. Aber selbst jetzt, als sie an diesen Augenblick dachte, spürte sie immer noch den Strahl der Energie, der sie fast von den Füßen gerissen und ihr den Atem geraubt hatte. Sie bezweifelte, dass sie ohne diese Unterhaltung je auf den Gedanken gekommen wäre, dass es vielleicht Magie gewesen war, die in ihren kleinen Körper hineingehämmert hatte. Der

Gedanke ließ ihre Hände prickeln, während Magie ihre Handflächen überzog.

„Huch", sagte sie und hielt sie hoch. „Das passiert nie."

„Es wird stärker", sagte Warren. „Das ist ein Problem."

„Warum?", fragte Iris.

„Sieht aus, als würden die Howells schließlich doch die Macht erlangen wollen, von der sie denken, sie steht ihnen zu. Es tut mir leid, Iris, aber du bist in Gefahr."

„Noch einmal, wenn sie mich wollen, weshalb haben sie mich nicht mitgenommen, als sie die Gelegenheit hatten?", fragte sie, immer noch nicht überzeugt, dass Warren recht hatte. Sie verstand einfach nicht, weshalb sie Kade mitgenommen hatten, nicht sie.

„Das liegt daran, dass eine Macht, die freiwillig gegeben wird, mächtiger ist, als eine Macht, die gestohlen wird", sagte Gigi.

„Das ist verrückt. Ich gebe diesen Leuten meine Macht nicht", sagte Iris trotzig. „Würde mich das nicht umbringen?"

Warrens Miene war grimmig, als er sagte: „Ja. Würde es. Aber wenn du Nein sagst, werden sie vermutlich drohen, deine Mom oder deinen Freund zu töten."

Reiner Zorn wogte durch Iris. Sie sprühte vor Frust. Wollte schreien, bis die ganzen Gefühle weg waren. „Das Ganze, was jetzt gerade mit Tad passiert, liegt an einer Fehde zwischen unseren Eltern? Sieht denn sonst niemand, wie lächerlich das ist?"

„Eine Menge Leute machen absolut alles für Macht, Iris", sagte Warren. „Darum geht es hier."

„Und eine Menge Leute machen es nicht", beharrte sie. „Wie du. Es gibt einen Grund, warum du uns verlassen hast, oder?"

Er zuckte mit einer Schulter.

„Warren?", sagte sie, ihre Stimme heiser. „Bitte, sag mir einfach alles."

„Ich hasse es, das alles dir aufzubürden", sagte er.

„Es ist besser, wenn du es einfach jetzt machst", beharrte sie.

Er lehnte den Kopf zurück an den Sitz. „Nachdem deine Mutter und ich zusammenkamen, haben sie sie bedroht. Ich habe sie verfolgt und ein paar Gesetze gebrochen. Letztlich war der einzige Weg, um euch beide sicher zu halten, zu gehen. Das habe ich getan. Für dich und für sie und für Nate. Ich dachte, wenn ich mich zurückziehe, würde euch das schützen. Das hat lange funktioniert, aber jetzt …"

„Was jetzt?", fragte sie, die Augen zusammengekniffen.

Er drehte sich um, um zu ihr zurückzuschauen. „Jetzt ist es ein richtiger Krieg. Ich werde dir oder deiner Mutter nichts zustoßen lassen. Ich schulde euch beiden und Nate zumindest das."

„Du liebst sie noch, oder?", fragte Iris, ihre Stimme wurde weich.

„Ja", sagte er einfach. „Das habe ich immer getan. Selbst bevor sie mit Nate zusammen ist. Aber als sie zusammenkamen, bin ich zurückgetreten."

„Weil du auch ihn geliebt hast", sagte Iris, ihr Herz brach für den einzigen Mann, den sie je Stiefvater genannt hatte, trotz der Tatsache, dass sie vor ihm vier andere gehabt hatte.

„Das habe ich." Er stieß Luft aus. „Nate war für mich wie ein Bruder. Eine unserer letzten Unterhaltungen, die wir je hatten, war, dass er mich versprechen ließ, dass ich auf dich und deine Mom aufpassen würde. Ich habe das nicht sonderlich gut gemacht, besonders, direkt nachdem wir Nate verloren haben. Aber letztlich habe ich es für euch beide richtig hingebogen. Und das werde ich wieder tun. Heute."

Es war irgendwie nett, einen Krieger zu haben, dachte Iris. Aber dennoch fürchtete sie, wenn es ans Eingemachte ging, würde sie eine Wahl treffen müssen: sich selbst opfern oder ihre Mutter und Kade verlieren.

Sie wusste, was jedes einzelne Mal ihre Entscheidung sein würde. Denn genau wie ihr Vater und Warren würde Iris alles tun, um diejenigen zu schützen, die sie liebte.

KAPITEL VIERUNDZWANZIG

*D*as ist es?" Iris spähte durch die Windschutzscheibe „ auf etwas, das ein verlassenes, heruntergekommenes Farmhaus in der Mitte von nirgendwo zu sein schien. Sie waren von Warrens Hütte aus etwa eine Stunde nach Norden gefahren, tief in die Berge von Nordkalifornien. Das letzte Städtchen, durch das sie gekommen waren, war mindestens dreißig Meilen entfernt.

„Seht ihr diesen Feldweg?", fragte Warren, der auf den Bereich links deutete, der von wuchernden Büschen und wilden Beeren überwachsen war.

„Ja", sagte Gigi, während Iris' Hände wieder vor Magie zu prickeln begannen.

„Das ist der Weg nach drinnen." Warren ließ eine Karte auf seinem Handy erscheinen und deutete auf eine weitere Straße, die parallel zu derjenigen verlief, auf der sie derzeit fuhren. „Das ist der Haupteingang, und er soll aussehen wie ein Waldarbeiterweg. Normalerweise ist dort ein alter Truck geparkt, damit es wirkt, als würde dort gearbeitet, und keiner darüber nachdenkt, wenn Autos raus und rein fahren."

„Also nutzen sie diese Straße nicht?", fragte Iris. Der Plan war, dass der Zirkel das Gebäude umstellen und eine Ablenkung herbeiführen sollte, während Warren sich hineinschlich, um Katheryn und Kade zu finden. Aber zuerst mussten sie unentdeckt hingelangen.

„Normalerweise nicht", sagte Warren.

„Woher weißt du das?", fragte Gigi.

„Sagen wir einfach, ich habe das Haus jahrelang im Auge behalten", erklärte Warren mit finsterem Gesicht. „Nach allem, was sie Iris' Familie angetan haben, wollte ich sicherstellen, dass sie sie tatsächlich in Frieden ließen. Es ist so lange her, dass das alles mit Nate passiert ist, und dann später, als sie uns belästigt haben, dass ich ihnen in den letzten paar Jahren nicht so viel Aufmerksamkeit geschenkt habe. Ansonsten hätte ich bereits gewusst, dass sie Katheryn haben." Seine Worte waren fast geknurrt. „Tut mir leid", sagte er zu Iris. „Wäre ich nicht weniger wachsam geworden, wäre es vielleicht nicht so weit gekommen."

„Wie du gesagt hast, es ist buchstäblich Jahre her", sagte Iris. „Über drei Jahrzehnte. Wie hättest du wissen sollen, dass sie mich plötzlich so aufs Korn nehmen? Wenn sie wirklich hinter meiner Macht her sind, woher wussten sie das überhaupt? Erst nach dem Fluch auf die Stadt habe ich auch nur angefangen, einen Unterschied festzustellen."

„Das ist eine gute Frage", sagte Warren. „Eine, auf die wir bestimmt Antworten finden, wenn wir das ein für alle Mal regeln." Die Entschlossenheit, die ihm ins Gesicht geschrieben stand, erschreckte sie und beflügelte sie zugleich. Wenn es einen Menschen gab, den sie auf ihrer Seite wollte, war es Warren.

„Soll ich hier parken?", fragte Gigi.

„Nein." Warren winkte sie weiter. „Wir wollen doch nicht

so weit von unseren Autos weg sein, wenn wir hier raus müssen."

Gigi fuhr langsam weiter die Straße entlang, und je näher sie kamen, desto aufgeregter wurde Iris. Es war keine Nervosität, die sie fahrig machte. Es war die Magie in der Luft. Ihre Haut fing an zu prickeln, und sie spürte, wie sich unter ihrer Haut so eine Art Druck aufbaute.

„Park hier", befahl Warren in der Nähe einer kleinen Nische, die von einer Reihe blühender Büsche geschützt wurde.

Sobald beide Autos halb versteckt unter den Büschen waren, winkte Warren den Zirkel herüber und sagte: „Sie haben überall hier Zauber. Bleibt wachsam, und wenn wir Glück haben, werden wir keine auslösen. Sobald ihr alle an Ort und Stelle seid, gehe ich rein und suche Katheryn. Dann werden wir …"

„Und Kade", ging Iris dazwischen. „Ohne ihn gehe ich nicht."

„Genau. Katheryn und Kade", sagte Warren. „Sobald ich sie raus habe, bringt ihr alle sie zurück zu den Autos und macht euch vom Acker. Ich werde sie beschäftigt halten, bis ihr raus seid."

„Aber was ist mit dir?", fragte Iris, ihr Herz raste. „Wir lassen nicht zu, dass du dich für uns übrige opferst."

„Keine Sorge deswegen", sagte er leise, während er ihr die Hand drückte. „Ich habe nicht vor, mich von ihnen übertölpeln zu lassen. Ich finde meinen Weg zurück. Vertraue mir."

„Ich denke nicht …", setzte Iris an, erschrocken, dass das das letzte Mal sein könnte, dass sie ihn zu Gesicht bekam.

„Hör auf zu denken, Iris. Ich habe mich sehr lange Zeit auf das alles vorbereitet. Holen wir uns die Leute, die wir lieben, okay?"

„Okay", flüsterte sie, ihr Herz in Fetzen, als ihr klar wurde, dass dieser Mann sein ganzes Leben für sie und ihre Mutter geopfert hatte. Er hatte Besseres verdient. Im Stillen versprach sie sich, dass sie ihn auf die eine oder andere Art rausholen würde.

„Gehen wir." Warren ging voraus auf der staubigen Straße, und als das große Farmhaus in Sicht kam, bedeutete er dem Zirkel, sich in Stellung zu bringen. Dann schlüpfte er in den Wald in der Nähe und verschwand.

Iris holte tief Luft und wandte sich an ihre Zirkelgefährtinnen. „Sind wir bereit?"

„Ich denke schon", sagte Hope. „Iris, du gehst mit Gigi. Wenn ihr beiden die Gelegenheit bekommt, eure Magie zu kombinieren, sollte das reichen, um alles abzuwehren, was sie euch entgegen werfen können."

Sie hatten beschlossen, sich ums Haus zu verteilen und einen magischen Aufruhr zu veranstalten. Alles bis auf das Haus konnten sie nutzen. Mit etwas Glück würden sie genug Chaos veranstalten, dass es alle aus dem Haus locken würde, sodass für Warren der Weg frei war, um unbemerkt nach drinnen zu schlüpfen.

„Seid alle vorsichtig", sagte Hope, die die inoffizielle Rolle der Anführerin übernommen hatte. Iris beschloss, dass es daran lag, dass sie als Lebensunterhalt Events plante. Sie war daran gewöhnt, die Verantwortung zu tragen. „Passt auf auf magische Landminen. Und mit etwas Glück kommen wir hier raus, ohne auch nur zu schwitzen."

Man konnte es nur hoffen.

Der Zirkel breitete sich schweigend rund um das Farmhaus aus. Grace, Joy und Carly schlichen sich hinten herum, während Hope, Gigi und Iris vorne übernahmen.

Iris' Nerven waren jenseits von Gut und Böse. Die zwei

Menschen, die ihr am wichtigsten waren, waren in diesem Haus. Sie konnte nicht verhindern, dass sie sich vorstellte, was sie durchgemacht hatten, während sie gefangen gehalten wurden. Dabei vibrierte Zorn durch sie hindurch, und als das magische Summen unter ihrer Haut stärker wurde, beschloss sie, dass ihr Zorn etwas Gutes war.

Hope hob die Arme über den Kopf, schaute zu Gigi und auch zu Iris. Als sie es ihr nachmachten, nickte sie, und sie ließen alle drei ihre Magie los.

Iris hörte die Holzsessel auf der Veranda zersplittern, während die Fenster eines zusammengesunkenen alten Schuppens in der Nähe zerbrachen. Sie konzentrierte sich auf ein altes, rostendes Auto, das aussah, als wäre es schon zehn Jahre lang nicht mehr bewegt worden. Das Metall kreischte, während sie die Stoßstange allein mit Gedankenkraft herabzog. Als das Metall über den Hof flog, war es so zufriedenstellend, dass sie sich wieder auf das Auto konzentrierte, und eines nach dem anderen wurden Metallplatten von der Rostlaube abgerissen und über den Hof geschleudert.

„Was soll das!", rief ein Mann, der aus der Tür schoss, eine Schusswaffe in der Hand.

„Geht in Deckung!", befahl Hope.

Alle drei Hexen stoben auseinander. Iris fand sich hinter einem Mammutbaum wieder, ihre Augen aufgerissen, während sie beobachtete, wie zwei Männer Kugeln rund um die Autos verteilten, die auf der Lichtung geparkt waren. Blitze weißer Magie flogen zu ihnen zurück, immer wieder, bis einer der Männer über den Hof geschleudert wurde, an eine Säule am Haus. Er hing einen Augenblick an der Säule in der Luft, bevor er nach unten schlitterte und dort liegen blieb.

Der andere Mann rief nach Verstärkung und schoss weiter.

Iris stand erstarrt da, war nicht sicher, was sie tun sollte. Sie konnte das Feuer des Schützen auf sich ziehen, aber es sah aus, als würden sich Hope und Gigi ganz gut durchsetzen.

Dann öffnete sich die Tür, und Tad Howell stürmte heraus, sein Gesicht gerötet, während er brüllte: „Werdet ihr nicht mit ein paar dummen Hexen fertig? Was zum Teufel stimmt mit euch nicht?"

„Zisch ab, Howell. Ich sehe nicht, dass du uns irgendwie hilfst", rief der Schütze, bevor er wieder schoss.

Howell zog ein Amulett heraus, das verdächtig nach dem aussah, das Warren aus seinem Safe geholt hatte, und richtete es auf die Autos. Der schwarze Stein, der am Ende eines Spazierstocks saß, glühte rot. Ein lautes Dröhnen grollte durch die Luft, sodass der Boden bebte. Sofort danach gingen zufällige Stücke des Bodens rund um das Haus in die Luft, als würden magische Bomben hochgehen.

Iris hielt sich am Mammutbaum fest und stieß einen Schrei aus, als eine der magischen Bomben ein paar Meter von ihr entfernt explodierte.

„Du!" Tad deutete auf sie und sprintete in ihre Richtung, dass Amulett direkt auf sie gezielt. „Wärst du nicht, würde niemand gegen uns ermitteln!"

Iris war sich nicht sicher, was das bedeutete. Sprach er von der Magie-Taskforce? Oder irgendeiner anderen Behörde? So oder so war sie ziemlich sicher, dass er das nur sich selbst vorzuwerfen hatte. „Vielleicht hätten Sie sich das überlegen sollen, bevor Sie Premonition Pointe verflucht haben", spie Iris aus.

„Du Schlampe!" Er stürzte sich auf sie, das Amulett sprühte Funken vor Magie, die herumzischte und von einem Baum absprang, wo sie ein Brandmal hinterließ.

Dieser Zorn war wieder da, und Iris stürzte sich auf ihn,

packte seine Arme und brachte sie beide zu Boden. Tad zuckte, als die Magie, die gleich unter der Oberfläche gebrodelt hatte, aus ihren Händen und in ihn hinein schoss. Seine Augen rollten nach hinten, und Sabber lief aus seinem offenen Mund.

Sofort sprang Iris auf, hatte Angst, dass sie den Mann töten würde. Der Lärm von Magie und Schüssen lag immer noch in der Luft, aber wo sie und Tad gelandet waren, waren sie vor diesem Aufruhr verborgen. Iris betete nur, dass alle ihre Zirkelmitglieder sicher waren, und dass Warren ihre Mutter und Kade gefunden hatte. Sie wusste, dass sie zurück in den Kampf hätte gehen sollen, aber sie brauchte unbedingt Antworten. Und sie würde nicht gehen, bis sie sie Tad entrissen hatte.

Der Mann zu ihren Füßen beruhigte sich, und als seine Augen wieder klar wurden, starrte er zu ihr auf, Hass strömte in Wogen von ihm aus. „Du hast es nie verdient, Bürgermeisterin zu sein", stieß er durch zusammengebissene Zähne hervor.

Iris ließ ein humorloses Lachen hören. „Ernsthaft? Ich bin diejenige, die gewählt wurde. Du wurdest ernannt, von etwas, von dem ich nur annehmen kann, dass es sich um einen korrupten Stadtrat handelt."

„Dein Dad hat meine Mutter getötet und mein Leben ruiniert", sagte er. Die Kälte in seinem Blick ließ Iris zittern. „Es war Zeit, deins zu ruinieren."

„Also worum geht es denn bei dem Ganzen? Rache?" Iris war sich bewusst, dass er keinen Muskel bewegt hatte, seit er den Krampf hinter sich hatte, den sie mit ihrer Magie ausgelöst hatte. Weil sie sich Sorgen machte, dass er versuchte, sie hereinzulegen, damit sie nachlässig wurde, ging sie in die Hocke, ließ aber genug Platz, dass er nicht einfach vorgreifen und sie packen konnte. Dann hob sie das Amulett auf, das zu seinen Füßen hingefallen war, und steckte es hinter sich weg.

„Nicht ganz, aber das war ein echt guter Bonus." Er schloss die Augen und stöhnte, als er versuchte, sich zum Sitzen hochzuschieben. „Dein Vater hat dafür gesorgt, dass meine Mutter umkommt. Hast du irgendeine Ahnung, wie es war, ohne sie aufzuwachsen?"

„Vermutlich ungefähr genauso, wie es war, ohne meinen Vater aufzuwachsen", schoss sie zurück. „Das hat als Rache nicht gereicht?"

Iris packte sich das Amulett und stieß das hölzerne Ende gegen seine Brust, zwang ihn wieder nach unten. „Warum sonst hast du mich rausgedrängt und mir das angehängt, diesen Fluch über Premonition Pointe? Um mich loszuwerden, damit es einfacher wird, Drogen durch die Stadt zu schmuggeln?"

„Natürlich war es so", zischte er. „Du bist nicht so dumm, oder?"

Nein, war sie nicht. „Du wirst damit nicht davonkommen. Das weißt du, oder?"

„Werden wir, wenn wir dich für Raubüberfall drankriegen, zusammen mit widerrechtlichem Betreten des Grundstücks." Tad verlegte seine Konzentration auf das Amulett. „Ich kann nicht glauben, dass das Ding daneben ging. Es wäre echt poetisch gewesen, wenn die Waffe, mit der man dich tötet, das Amulett deines eigenen Vaters gewesen wäre."

Iris riss das Amulett nach oben, um es sich anzusehen, aber bevor sie das tun konnte, griff Tad vor, versuchte es ihr wegzunehmen.

Verdammt! Er hatte sie hereingelegt, um die Oberhand zu bekommen. Ohne dass sie sich bemühen musste, floss Magie in das Amulett und schoss den Gehstock hinab, schickte einen

Blitz direkt in seine Brust. Er fiel hin, reglos und schwer atmend. „Sieht so aus, als wäre das Amulett zu seiner rechtmäßigen Besitzerin zurückgekehrt. Hat dein Vater es an dem Tag von ihm gestohlen, als er meinen Vater umgebracht hat?"

„Krieger haben ihre Beute verdient", spie er aus, als würden sie im fünfzehnten Jahrhundert leben und Raubzüge wären die Norm.

„Dann sieht es so aus, als hätte ich mir das hier wiedergeholt", sagte sie und hatte plötzlich ein Abbild von dem Amulett vor Augen, das auch Warren trug. Sie konnte nur annehmen, dass sie es gleichzeitig erhalten und etliche Male Seite an Seite gekämpft hatten. Sie waren immerhin beste Freunde gewesen. „Wenn du dich noch mal rührst, ist es dein Ende", warnte Iris.

„Viel Glück beim Versuch", sagte er, seine Lippen wölbten sich zu einem selbstzufriedenen Lächeln, während er über ihre Schulter schaute.

Als sich Iris gerade umdrehte, um zu sehen, nach wem er sah, hörte sie die Stimme ihres Ex. „Verdammt, Iris. Weshalb bist du nicht einfach gegangen, als ich es dir gesagt habe?"

„Weil ich – umpf!" In ihrem Kopf explodierte Schmerz, kurz bevor ihre Welt schwarz wurde.

KAPITEL FÜNFUNDZWANZIG

*I*ris erwachte mit einem stechenden Kopfschmerz. Sie rollte sich auf die Seite und stöhnte, als die Welt sich drehte. Sie blinzelte vorsichtig, was dafür sorgte, dass ihre Sicht verschwamm und sich ihr Magen umdrehte. Bei den Göttern, sie würde sich gleich übergeben.

„Wenn du kotzen musst, mach es hier", sagte Tom, in seinem Tonfall war keinerlei Gefühl.

„Tom?", fragte sie verwirrt. Weshalb benahm er sich so kühl?

„Natürlich Tom. Glaubst du, es war jemand anders, der dich k.o. geschlagen hat?"

„Was?" Sie hob die Hände, um ihren Kopf zu halten, als die Erinnerungen anfingen, durch ihre Gedanken zu flackern. Wie sie Warren gefunden hatte, erfahren hatte, dass er gegangen war, um für ihre Sicherheit zu sorgen, und sich dann bei dem Farmhaus wiederzufinden, mitten in einer magischen Schlacht, damit sie Kade und ihre Mutter retten konnten. Schließlich hörte sie die Worte ihres Ex, kurz bevor sie bewusstlos geschlagen worden war.

Weshalb bist du nicht gegangen, als ich es dir gesagt habe?

„Warum machst du das?", fragte sie ihn. Sie hörte die Traurigkeit in ihren eigenen Worten und fragte sich nicht zum ersten Mal, weshalb er sich mit Drogendealern eingelassen hatte. Sie hatten ein schönes Leben gehabt, das hatte sie zumindest geglaubt. Vielleicht war es nicht das aufregendste oder leidenschaftlichste gewesen, aber sie waren befreundet gewesen, und behaglich miteinander umgegangen. Es war kein Leben, zu dem sie jemals zurückkehren wollte, aber es konnte doch nicht so schlimm gewesen sein, dass es ihn zu dem Schluss gebracht hatte, alles aufs Spiel setzen, was er hatte, um zu helfen, Drogen unters Volk zu bringen, die tatsächlich Leute töteten.

Er stieß ein bellendes Lachen aus. „Warum? Glaubst du denn, ich hatte je eine Wahl?"

Ihre Sicht klärte sich schließlich. Sie schaute sich um und bemerkte, dass sie in irgendeiner Art Jagdhütte waren. An den Wänden waren die Köpfe toter Tiere, zusammen mit antiken Gewehren. Waren sie immer noch auf demselben Grundstück, oder hatte Tom sie irgendwo anders hingebracht? Sie konzentrierte sich auf den Mann, mit dem sie eineinhalb Jahrzehnte lang ihr Leben verbracht hatte. Sie erkannte ihn nicht einmal mehr. „Natürlich hattest du eine Wahl. Man hat immer eine Wahl."

„Aber keine gute." Er wies auf die Rückseite der Hütte. „Tad ist tot. Wenn ich nichts mache, werden sie mich auch umbringen."

Iris keuchte. „Tad ist tot?"

„Er hat versucht, dich mitzunehmen, damit sie deine Magie ernten konnten. Das konnte ich nicht zulassen. Wenn das passiert, wird die Howell-Verbrecher-Familie unaufhaltsam werden. Also liegt es an mir, das zu lösen." Er ging vor und zurück, während er die Finger krümmte, als würde er irgendwelche Verspannungen abarbeiten.

„Du hast ihn getötet?", fragte sie noch einmal, immer noch nicht sicher, ob sie die Information verarbeiten konnte.

„Ja. Das habe ich doch gesagt, oder?" Er war jetzt genervt, und Iris fragte sich allmählich, ob er selbst Drogen nahm. Das würde so einiges erklären.

Sie wollte wissen, wie er Tad getötet hatte, aber sie konnte es einfach nicht über sich bringen, die Worte zu sagen. Die Situation war so surreal, sie hatte Angst, dass sie Schwierigkeiten haben würde, in der Realität geerdet zu bleiben.

„Du hättest echt nicht herkommen sollen, Iris", sagte er und hielt inne, um sie anzustarren. „Warum um alle Welt hast du nicht die Stadt verlassen? In Premonition Pointe gibt es nichts mehr für dich."

Iris schaffte es, sich auf der alten Ledercouch zum Sitzen hochzustemmen, ohne sich zu übergeben. Allem Geheiligten sei dafür gedankt. Toms Worte liefen immer wieder durch ihren Kopf. Glaubte er wirklich, dass es für sie in Premonition Pointe nichts gab? Selbst wenn sie die Beziehung zu Kade nicht begonnen hätte, hatte sie Premonition Pointe immer geliebt. Tom sollte das wissen. Es war ihre Heimat. Als sie zum ersten Mal einen Fuß in die Stadt gesetzt hatte, hatte sie sich einfach angekommen gefühlt. Richtig. Als würde sie hergehören. Selbst ohne irgendwelche Freunde oder Verbindungen zu jemandem hatte sie gewusst, dass die Stadt der Ort war, an dem sie sein sollte.

„Hast du mich denn überhaupt gar nicht gekannt, Tom?", fragte sie.

„Was soll das denn heißen?" In seine dunklen Augen blitzte Zorn. „Natürlich kenne ich dich. Du hast deine ganze Energie an Leute gegeben, die du kaum kanntest, hast nichts für mich oder unsere Ehe gelassen. Für dich gab es nichts Wichtigeres als die Macht, Bürgermeisterin zu sein. Das hatte Vorrang vor allem anderen, darunter auch unserem Jahrestag, der drei Jahre hintereinander wegen städtischer Angelegenheiten ruiniert wurde. Ich weiß, dass du mich nie wirklich geliebt hast, und der einzige Grund, warum wir zusammen waren, war dein Image. Du, Iris Hartsen, bist die egoistischste Person, die ich je getroffen habe."

Iris' Mund klappte bei seinem Ausbruch schockiert auf. Sie wurde sofort defensiv und hätte sich jede Menge Spitzen einfallen lassen können, die sie ihm hinschleuderte, darüber, wie er jahrelang sein Geschäft an erste Stelle gesetzt hatte. Wie er niemals bei ihren Meilensteinen oder Errungenschaften für sie da gewesen war. Doch sie war zu jeder Dinnerparty gegangen, die er ausgerichtet hatte, wenn er Wein und Essen für seine Geschäftskontakte angeboten hatte. Oder wie sie ihn bei jeder Gelegenheit, die sie bekam, um ihn zu unterstützen, Zulieferern und Abnehmern vorgestellt hatte. Aber zum Großteil war sie einfach nur verletzt.

An einigen von Toms Vorwürfen war eine gewisse Wahrheit. Es stimmte vermutlich, dass sie ihren Job über die Zeit gestellt hatte, die sie mit Tom verbracht hatte. Und dass sie, weil die Leidenschaft nachgelassen war, ihm im Lauf der Jahre nicht so viel Aufmerksamkeit geschenkt hatte. Aber das ging immer in beide Richtungen.

„Weißt du, was mich am meisten nervt?", fragte Tom.

„Was?", erwiderte sie leise, nicht ganz sicher, ob sie noch etwas hören wollte, was er zu sagen hatte.

„Du hast mir nie von deinem Vater erzählt, oder dass du an dem Tag da warst, als er gestorben ist. Du hast immer nur gesagt, er wäre gestorben, als du jung warst. Aber diesem

Idioten Kade hast du es erzählt?" Der Zorn in seinem Tonfall ließ Iris zurückweichen. „Wir waren jahrelang verheiratet, und du hast mir nicht mal genug vertraut, um dieses Trauma mit mir zu teilen. Unsere Ehe war ein kompletter Betrug, Iris. Kein Wunder, dass ich eine Affäre hatte!"

Oh, das reichte jetzt. Iris stand auf und stemmte die Hände in die Hüften. „Du machst mir nicht deine Indiskretionen zum Vorwurf. Ich war dir immer treu, und das weißt du auch. Vielleicht habe ich es niemals geteilt, weil du ganz offensichtlich niemand warst, der Sicherheit verspricht. Ein sicherer, liebender Mensch würde niemals Überwachungskameras installieren, um die eigene Frau auszuspionieren. Du bist schlimm, Tom. Und ich kann nicht glauben, dass ich so viele Jahre mit dir verschwendet habe!"

Seine Miene wurde wieder völlig ausdruckslos, er zuckte mit den Schultern, bevor er sich umdrehte und den Kühlschrank öffnete. Einen Augenblick später holte er zwei Wasserflaschen heraus und warf ihr eine hin.

Iris fing sie locker auf, machte aber keine Bewegung, sie zu trinken. Sie war viel zu aufgewühlt, um irgendetwas anderes zu tun, außer ihn anzufunkeln. Hätten Blicke töten können, wäre er sofort in Flammen aufgegangen. „Erzähl mir einfach, warum du das machst. Warum du dich mit diesen Leuten umgibst und warum du mich hier festhältst."

„Ich habe es dir gesagt, sie haben mich da hineingezwungen. Hättest du die Stadt verlassen, als ich dich darum gebeten habe, wäre ich aus diesem beschissenen Drogenring raus. Du weißt schon, ich hatte nie vor, daran beteiligt zu sein, aber Yasmeen hat mich hineingezogen, und jetzt sind wir hier." Er ging herüber und setzte sich auf das Sofa.

Weil er redete und sie merkte, dass er etwas weniger

wachsam wurde, setzte sie sich auch und hoffte, dass sie die ganze Geschichte bekommen würde.

„Kannst du einfach mal am Anfang beginnen? Mir helfen, es zu verstehen, und dann finden wir einen Weg heraus", sagte sie, ihr Ton war flehentlich. „Wir waren einander mal wichtig, Tom. Können wir einander jetzt nicht einfach helfen?"

Er musterte sie kurz, bevor er sich an das Sofa zurücklehnte und sich eine Hand auf die Augen drückte. „Es fing an mit Yasmeen. Es war eine Cocktailparty, und eines führte zum nächsten. Nachdem wir miteinander geschlafen haben, hat sie mich erpresst, damit ich Ashe verteile."

Iris hatte erwartet, wütend oder eifersüchtig zu sein, aber ihr tat der Mann einfach nur leid. Er war dumm gewesen, und es gab keine Ausrede dafür, wie er sich benommen hatte. Aber sie hatte bereits akzeptiert, dass ihre Ehe Probleme gehabt hatte, und er war der einzig Schuldige. „Und dann, als Yasmeen ins Gefängnis ging, dachte ich, du hättest einen Deal mit der Staatsanwaltschaft gemacht. Weshalb bist du da nicht rausgekommen?"

„Ich habe es versucht. Die Howells haben mich nicht gelassen. Sie sagten, wenn ich Informationen über dich sammle, würden sie mich rauslassen. Nur dass sie das nie taten, und ich bin immer tiefer hineingeraten. Dann, als du festgenommen wurdest, sagten sie mir, wenn ich dich dazu bringe, Premonition Pointe zu verlassen, wäre ich auch frei." Er vergrub das Gesicht in den Händen und stieß ein Stöhnen aus. „Hättest du da nur auf mich gehört."

„Aber das habe ich nicht", sagte Iris, die sich eine Hand auf den Bauch drückte.

„Nein. Hast du nicht. Und dann haben wir erfahren, dass du plötzlich Macht hattest, und Tad da drüben" – Tom wedelte ungeduldig mit der Hand – „beschloss, dass er dich töten würde, um deine Macht zu nehmen und seine zu erhöhen. Weißt du, was dann mit Premonition Pointe passiert wäre?"

Iris nickte. Ihr Mund war trocken geworden. Sie hatte gewusst, dass er sie hatte töten wollen, aber es Tom auf so nüchterne Art sagen zu hören, ließ sie zitternd zurück. Iris öffnete das Wasser, das sie noch hielt, nahm einen großen Schluck.

Tom beobachtete sie intensiv, sagte gar nichts.

„Was?", fragte sie.

„Nichts." Aber er beobachtete sie weiter genau. Nach einem Augenblick sagte er: „Du hast mir nie dafür gedankt, dass ich Tad für dich losgeworden bin."

„Was?" Iris' Gedanken wurden allmählich neblig, und sie sah ihn mit zusammengekniffenen Augen an, wusste, dass es sie aufbringen sollte, was er gerade gesagt hatte, aber sie konnte den Grund dafür nicht ganz erkennen.

„Er hätte dich getötet und dann deine Macht genutzt, um Premonition Pointe zu zerstören. Aber meinetwegen wird deine wertvolle Stadt überleben und gut klarkommen. Bestimmt wird dein Zirkel sie bewachen."

„Ich werde da sein." Ihre Worte kamen verschwommen, und ihre Glieder fühlten sich allmählich schwer an. Hatte sie die Symptome einer Gehirnerschütterung?

„O nein, wirst du nicht, meine Liebe", sagte Tom, der ihr eine Hand auf den Arm legte. „Hast du wirklich gedacht, dass ich dich leben lassen könnte? Ich muss den Howells doch sagen, dass jemand Tad getötet hat. Und das war ganz gewiss nicht ich. Und der Bonus, dass ich dich jetzt loswerde, liegt darin, dass ich deine Macht *und* das Amulett deines Vaters erhalte, und niemand wird mich mehr vor seinen Karren spannen. Also danke dir für dieses letzte Geschenk."

„Tom?", stieß sie krächzend hervor, ihre Kehle schloss sich

bereits. „Du hast mich vergiftet." Es war keine Frage. Es war eine Aussage.

„Niemand hat je behauptet, du wärst dumm." Er stand auf und bewegte sich außerhalb ihres Sichtfelds.

Iris' Glieder waren schwer, ihr Verstand bewegte sich nur langsam. Sie wusste, wenn sie nicht bald Hilfe bekam, würde sie wirklich sterben.

Panik strömte durch sie hindurch, und sie öffnete den Mund, um um Hilfe zu rufen, aber nichts kam heraus. Tränen füllten ihre Augen, und die Hoffnung schwand.

Dumm. Dumm. Dumm.

Ausgerechnet so ausgeschaltet zu werden, durch ihren idiotischen Ex? Was würde ihre Mom sagen?

Ihr Herz brach, als sie daran dachte, wie verzweifelt ihre Mutter sein würde. Sie würde es sich selbst zum Vorwurf machen, dass sie nicht mit einem Gegengift da gewesen war.

Gegengift. Die Worte platzten in ihre Gedanken wie ein Neonschild.

Iris stockte der Atem, und obwohl sich ihre Finger kaum bewegen ließen, kämpfte sie mit der Schließe der Umhängetasche, die sie sich früher am Tag umgehängt hatte. Die Flasche, die sie brauchte, war genau dort, wo sie sie gelassen hatte. Schweiß brach auf ihrer Haut aus, während sie panisch versuchte, den Deckel abzumachen. Ihre Finger arbeiteten nicht richtig, und ihre Zeit lief aus.

Hinter ihr kam Bewegung auf, und sie wusste, es war jetzt oder nie. Falls Tom sie jetzt mit dem Gegengift erwischte, würden ihr ihre Chancen aufs Überleben für immer entrissen werden.

„Was verdammt noch mal ist das?", schrie Tom. Schritte dröhnten auf den Holzdielen, was nahelegte, dass er kam.

Iris riss den Deckel ab und stürzte den Inhalt des Tranks

hinunter, von dem ihre Mutter behauptet hatte, dass sie ihn brauchen würde, kurz bevor sie am Vortag hinausgestürmt war. Die Wirkung trat sofort ein. Ihr Kopf klärte sich, und ihre Sicht wurde wieder ganz klar, genau rechtzeitig, um zu bemerken, dass Toms Faust direkt auf sie zukam. Iris warf sich auf den Boden und rollte sich meisterlich auf die Beine. Sie war begeistert, als sie feststellte, dass die Selbstverteidigungskurse, die sie vor Jahren genommen hatte, sich lohnten.

„Was zum Teufel war in dieser Flasche?", wollte er wissen, während er sich vor ihr aufbaute.

„Das Gegengift. Wie es sich erweist, hat meine Mutter die Gabe der Vorhersehung und hat im Voraus gewusst, dass ich es brauchen würde."

Sein Mund stand offen, bevor er ihn finster verzog.

„Ach, ich schätze, es pisst dich auch an, dass du die Reichweite der Kräfte meiner Mutter nicht gekannt hast. Pech für dich. Wie es sich erweist, habe ich dir eine Menge nicht anvertraut."

Er stürzte sich auf sie, aber sie war für ihn bereit und trat seinen Fuß weg, traf danach sofort sein Knie. Er ging mit einem Schrei zu Boden, während er sein Bein umfasste.

„Du bist armselig", sagte Iris, kurz bevor sie ein weiteres Mal auf sein Knie trat, nur zur Sicherheit.

Tom knurrte und rollte sich von ihr weg, aber sie war noch nicht fertig. Die ganze aufgestaute Wut, die sie in den letzten paar Monaten hatte hinter sich lassen wollen, seit sie von seinen außerehelichen Aktivitäten gehört hatte, kam brüllend zurück und schloss sich mit ihrer völligen Abscheu für den Mann zusammen, der gerade versucht hatte, sie zu seinem eigenen Vorteil zu töten.

„Du bist einfach nur verschwendeter Sauerstoff", sagte sie

durch zusammengebissene Zähne und trat ihn so fest, wie sie konnte, in die Eingeweide. Dann zwang sie sich dazu, rational zu denken. Ihn zu verprügeln, wäre ja vielleicht zufriedenstellend, aber sie musste ihn eigentlich sichern, damit er keine Bedrohung mehr war, bis die Gesetzeshüter kommen konnten, um ihn abzuholen.

Es dauerte nicht lang, bis sie ein paar Kabelbinder in der kleinen Küche fand. Sie waren größer als alles, was sie kannte, und sie konnte sich nur fragen, ob sie genau für den Zweck gekauft worden waren, um die Hände und Füße eines Gefangenen zu sichern.

Wenn man die Umstände ihres Besuchs in der Hütte bedachte, hätte es sie nicht überrascht.

„Sie werden dich verfolgen", warnte Tom, während sie seine Handgelenke in die Verschlüsse zwang.

„Vielleicht. Aber du hast Tad bereits für mich getötet, damit ist es einer weniger, um den ich mir Sorgen machen muss." Sobald sie sicher war, dass er nirgendwohin gehen würde, ging sie zum Eingangsfenster und spähte hinaus. Überall waren Bäume, aber keine Menschenseele in Sicht.

Sie hatten hier irgendwie herkommen müssen. Nachdem sie Toms Taschen untersucht hatte, fand sie einen Schlüssel und ging dann hinaus, um einen weißen Lieferwagen neben der Hütte geparkt zu sehen.

Freiheit.

Iris warf einen letzten Blick auf die Hütte und fragte sich, ob sie Tom dort lassen sollte. Sie brauchte nicht lang, um zu entscheiden, dass sie ihn niemals allein würde bewegen können. Da gab es nicht viele Wahlmöglichkeiten.

Da die Entscheidung getroffen war, stieg sie in den Lieferwagen, entschlossen, Kade und ihre Mutter und den Rest des Zirkels zu finden. Aber sobald sie den Schlüssel in das

Zündschloss steckte, fuhr ein vertrauter grauer SUV auf die Lichtung.

Iris sah Kade auf dem Fahrersitz und sprang sofort aus dem Lieferwagen, rannte zu ihm, winkte mit begeisterter Erleichterung mit den Händen.

Der SUV kam schlitternd zum Stillstand, und im nächsten Augenblick war Kade aus dem Auto gekommen, und Iris warf sich in seine Arme.

„Iris", sagte er, seine Stimme belegt vor Gefühlen. „Wir dachten, wir hätten dich verloren."

Ein Schluchzen steckte in ihrer Kehle, bevor sie herauszwang: „Das habe ich von dir auch gedacht."

Iris wusste nicht, wie lange sie dastanden und einander hielten. Es hätten Sekunden sein können, oder Stunden. Sie wusste nur, dass sie den einen Mann hatte, dem sie jemals wirklich vertraut hatte, und er lag in ihren Armen, und sie waren beide sicher.

„Liebling?" Katheryns Stimme drang schließlich durch die Iris-Kade-Blase.

Iris zog sich zurück und spürte Erleichterung über ihren Körper strömen. Sofort ließ sie Kade los und warf die Arme um ihre Mutter. „Vielen Dank. Vielen Dank. Vielen Dank."

„Wofür?", fragte Katheryn, die mit der Hand über Iris' Hinterkopf strich, um sie zu beruhigen.

„Du hast mir das Leben gerettet. Der Trank. Tom hat mich vergiftet. Du wusstest es und hast mich gerettet, indem du das Gegengift gemacht hast."

„Dieses Arschloch. Ich bringe ihn selbst um", knurrte Katheryn in ihrer Bärenmutter-Stimme.

„Nicht, wenn ich es zuerst mache", sagte Warren direkt hinter ihnen.

Iris schaute zu ihm und ließ dann ihre Mutter los. „Ist es

vorbei? Hat die Magie-Taskforce sie in Gewahrsam genommen?"

„Haben sie. Eine weitere Einheit ist hierher unterwegs, jetzt, wo wir wissen, dass du hier bist", sagte er. Seine Stirn legte sich in Falten, und seine Miene verdüsterte sich, als er fragte: „Was ist hier passiert?"

„Tom hat Tad umgebracht und mich entführt", erklärte sie, ihre Stimme war überraschend ruhig. Das stärkte sie, und sie griff nach Kade, während sie anfügte: „Tom hat mich vergiftet, aber dank meiner Mutter hatte ich ein Gegengift. Ich habe es geschafft, es runter zu stürzen, bevor mich das Gift ausgeschaltet hat. Danach habe ich Tom in den Hintern getreten und ihn gefesselt. Ich war unterwegs, um euch Übrige zu suchen, als ihr aufgetaucht seid und mir die Mühe erspart habt."

„Heilige Scheiße, Iris. Dein Dad hat immer gesagt, du hättest richtig Schneid. Erinnere mich daran, immer zuerst dich aussuchen, wenn ich jemanden in meinem Team brauche", sagte Warren mit einem riesigen Grinsen.

Iris erwiderte das Lächeln. „Das machst du, wenn du weißt, was gut für dich ist."

Er lachte und zog sie dann in die Arme. „Es tut verdammt gut, dich wiederzusehen, Mädchen mit Schneid."

„Dich auch", sagte sie mit einem glücklichen Schluchzen. „Wie habt ihr mich denn gefunden?"

„Mit einem Tracker", sagte Katheryn. „Den habe ich an dem Tag, an dem ich deinen Trank gebraut habe, in deine Tasche gesteckt."

Iris konnte nicht mal sauer sein. Sie war sicher, dass der Tracker die Folge einer weiteren Vision war, und in diesem Augenblick fühlte sie sich einfach nur dankbar.

Der Rest des Zirkels versammelte sich um sie, und sie

plauderten darüber, wie sie allen so richtig in den Arsch getreten hatten. Iris würde immer noch mit der Magie-Taskforce reden müssen, aber es sah aus, als wäre das Familiengeschäft der Howells vermutlich mit Premonition Pointe fertig, und für immer aus dem Geschäft.

KAPITEL SECHSUNDZWANZIG

*I*ris trank einen Schluck Wein, während sie in ihrem neuen Lieblingsrestaurant auf ihr Date wartete. Ein leichter Wind wehte vom Meer herein, und die Veranda war voller Touristen. Wie es sich erwies, hatte Tad den Fluch gewirkt, der alle Touristen verbannt hatte, und als er gestorben war, war der Fluch mit ihm gestorben. Soweit Iris es zusammensetzen konnte, hatte er es aus drei Gründen getan: um Geschäftsbesitzer jeweils um tausend Dollar zu erleichtern, um die Schulden abzubezahlen, die er offen hatte, da einige Geschäftsabschlüsse schiefgegangen waren, um es Iris in die Schuhe zu schieben und ihr das Leben zur Hölle zu machen, weil ihr Vater eine Mitschuld am Tod seiner Mutter vor all den Jahren trug, und zuletzt, damit er als Held der Stadt gefeiert werden konnte, wenn er den Fluch auflöste.

Schade auch, dass Tad gar nichts davon bekommen hatte, und alle, die für sein Familiengeschäft arbeiteten, waren inhaftiert, ohne die Möglichkeit, auf Kaution freizukommen. Weil sie versucht hatten, Iris' Magie zu stehlen, wurden sie als Gefahr für die Allgemeinheit betrachtet.

Jetzt war die Stadt wieder voller Touristen, und Iris genoss die warme Sommersonne, während sie beobachtete, wie Kade sich durch die Tische zu ihr schlängelte. Iris strahlte aus dem Inneren, wie sie es immer tat, wenn sie ihn sah. Es war ein Monat seit dem Showdown mit den Howells vergangen, und seit dieser Zeit hatte Iris jede Nacht mit Kade verbracht. Sie erwartete immer wieder, dass die aufgeregten Schwingungen der neuen Beziehung allmählich nachlassen würden, aber bisher taten sie das noch nicht. Tatsächlich dachte sie allmählich, sie hätte das Gefühl, sie würden sich in sie einnisten. Ihr Herz war immer voller, wenn er da war.

„Hey, Schöne", sagte Kade, während er sich herabbeugte und ihr einen Kuss auf die Wange gab. „Wie war dein Tag?"

„Gut. Ich hatte ein Treffen mit den Mitgliedern des Stadtrates." Nachdem der Howell-Skandal in der Zeitung gewesen war, waren ein paar Mitglieder des Stadtrats in Ungnade zurückgetreten, und die übrigen Räte hatten die offenen Stellen mit respektierten Mitgliedern der Gemeinde besetzt, bis eine normale Wahl durchgeführt werden konnte. Gegen beide Mitglieder, die zurückgetreten waren, wurde wegen Veruntreuung ermittelt, aber Iris war nicht sicher, wie tief sie wirklich in den Skandal verwickelt waren. Es schien, als hätten sie Kampagnengelder von den Howells angenommen und sich für Tad eingesetzt, um den Gefallen zu erwidern. Der Rest hatte einfach nicht richtig hingeschaut, als sie Tad ernannt und Iris hinausgeworfen hatten. Sie waren zu sehr mit der Außenwirkung befasst gewesen, als damit, wer tatsächlich gut für den Job passte.

Kade nahm ihr gegenüber Platz und hob die Augenbrauen überrascht. „Echt? Was wollte denn der Stadtrat?"

„Sie wollen, dass ich Übergangsbürgermeisterin bis zur

nächsten Wahl werde", sagte Iris mit einem zufriedenen Lächeln.

„Oh, wow", erwiderte Kade mit einer Grimasse. „Du denkst aber nicht dran, das anzunehmen, oder?"

Iris' Lächeln verblasste. „Wäre es ein Problem, wenn ich das tue?"

„Was?", fragte er, klang überrascht durch die Frage. „Natürlich nicht. Ich habe nur daran gedacht, wie sie dich behandelt haben. Für mich ist es schwer vorstellbar, dass du zurück in so eine Situation gehst. Das ist alles. Du hast allen Respekt verdient. Nicht, rausgeworfen zu werden, weil jemand, den du kennst, etwas getan hat, das du gar nicht kontrollieren konntest."

Iris griff rüber und schob die Finger durch seine. „Genau das Gefühl habe ich. Um fair zu sein, sie haben sich entschuldigt, und ich glaube, die meisten haben es ernst gemeint. Aber trotzdem … Ich glaube, ich kann für Premonition Pointe die Dinge noch besser machen, wenn ich nicht Bürgermeisterin bin. Irgendwas Fassbares und Praktisches."

„Wie etwa die Leiterin der Wohltätigkeitsorganisation, über die wir gesprochen haben?", fragte er hoffnungsvoll.

Iris warf ihm ein strahlendes Lächeln zu. „Diejenige, die mein Freund unbedingt auf die Beine stellen will, sobald er jemanden findet, der sie leitet? Diese Wohltätigkeitsorganisation?"

In seinen Augen glitzerte Erheiterung. „Genau die meine ich."

„Ja. Wenn du mich noch willst, bin ich dabei."

Kade stand auf und zog sie in seine Arme. „Ich glaube, du wirst toll. Danke, dass du mir vertraust."

„Nein, danke dir für … alles." Sie hielt sich noch ein paar

Sekunden fest, bevor sie Platz nahm und eine Runde Margaritas bestellte.

Iris hatte im Lauf des letzten Monats eine Menge Angebote für neue Jobs bekommen. Alles vom Bürgermeisteramt bis zur regionalen Vizepräsidentin eines großen New-Age-Zwischenhändlers. Sie hatte bei jedem einzelnen Bewerbungsgespräche geführt und sorgsam das Pro und Contra abgewogen. Aber die einzige, die sie beflügelte, war die Idee, die Kade ihr während einer ihrer wöchentlichen Wanderungen vorgelegt hatte. Er wollte einen Teil des Geldes, das er gemacht hatte, benutzen, um eine Wohltätigkeits-organisation zu gründen, die half, kleine Geschäfte auf die Beine zu stellen. Die Auszeichnungen würde es bei Bedarf geben, und die Geschäftspläne mussten Iris' Zustimmung erhalten, bevor man sie finanzierte.

In dem Augenblick, als Kade es erwähnt hatte, hatte Iris gewusst, dass sie das tun wollte. Die Arbeit war einfach von allen Seiten betrachtet perfekt. Sie konnte Premonition Pointe beim Wachsen helfen, ihre Gabe für Geschäftsideen nutzen und jene unterstützen, die eine helfende Hand gebrauchen konnten. Ihr Verdienst würde nicht annähernd so beeindruckend sein wie viele andere Jobangebote, aber das machte ihr nichts. Das war das eine, das ihre Seele nähren würde. Außerdem brauchte sie für sich nicht unendlich viel Geld. Sie hatte bereits alles, was sie brauchte. Einen Freund, in den sie sich Hals über Kopf verliebt hatte, ihren Zirkel, der zu ihren allerbesten Freundinnen geworden war, und einen Neuanfang mit ihrer Mutter und Warren. Und nun hatte sie ihren Traumjob. Ganz zu schweigen von BeeBee, dem süßesten, liebenswertesten Hund auf dem Planeten, der beschlossen hatte, dass Iris ihr Lieblingsmensch war.

„Wir haben es geschafft! Endlich", sagte Katheryn, während sie auf den Platz neben Iris kam.

Warren war dicht hinter ihr und setzte sich gegenüber von ihr neben Kade.

Der Kellner kam mit den Getränken, und Katheryn trank glücklich einen langen Schluck, bevor sie sich zurücklehnte und ein zufriedenes Seufzen ausstieß. „Ihr könnt euch den Verkehr hier draußen echt nicht vorstellen."

„Es ist toll, oder?", sagte Iris, die sie anlächelte.

„Klar. Für die Stadt, aber nicht so sehr, wenn ich bereits zu spät zum Mittagessen komme." Trotz ihres Grollens war an ihrer Mutter eine Lockerheit, die Iris noch nie zuvor an ihr wirklich erlebt hatte. Sie war entspannt und … glücklich. Das ließ Iris das Herz aufgehen. Im letzten Monat hatten sie und ihre Mutter eine Menge geredet. Nach sehr viel Ehrlichkeit und noch mehr Tränen hatte Iris ihr schließlich für den ganzen Aufruhr in ihrer Kindheit verziehen. Und Iris hatte sich entschuldigt, weil sie ihre Mutter immer ausgeschlossen hatte. Es gab immer noch Gelegenheiten, wenn Katheryn herrisch war und dachte, alles sollte nach ihrer Nase tanzen, aber es war ja auch ein Projekt. Iris war besser darin, ihre Grenzen zu ziehen, und Katheryn war besser darin, sie zu respektieren.

„Wir haben Neuigkeiten", sagte Warren.

Katheryn stieß ein Kichern aus.

Ausgerechnet ein Kichern, dachte Iris und konnte nicht verhindern, dass sie selbst leise lachte. Wer war dieser Mensch, der sich Iris' Mutter nannte? Iris liebte es, diese neuen Seiten an ihr zu sehen.

„Na ja, dann lasst uns nicht hängen. Was ist es?", fragte Kade.

Katheryn hielt die Hand vor, zeigte einen rosa Diamanten,

der von einem geschmackvollen Ring mit weißen Diamanten umgeben war. „Warren und ich heiraten noch mal."

Iris' Augen wurden groß, und dann brach sie in Glückstränen aus. „Echt?", fragte sie, obwohl sie wirklich keine Antwort darauf brauchte. Warren war Katheryn nicht von der Seite gewichen, seit dem Tag, an dem er sie aus dem Haus der Howells getragen hatte. Und die Liebe zwischen ihnen war offensichtlich.

„Echt", sagte Warren, der Katheryns andere Hand nahm und sie auf die Handfläche küsste. „Ist das für dich in Ordnung?"

Iris presste sich eine Hand aufs Herz. „Natürlich ist es in Ordnung. Das schreit nach einem Trinkspruch." Sie hob ihr Margaritaglas und wartete, dass sie es ihr nachtaten. Dann sagte sie: „Auf die wahre Liebe und dass man niemals die Zukunft aufgibt, ganz gleich, wie viel Zeit vergangen ist."

Katheryn und Warren lächelten einander schüchtern an und nippten dann an ihren Getränken.

Nachdem sie ein bisschen geplaudert hatten, räusperte sich Kade. „Ich habe auch Neuigkeiten. Oder zumindest ein Update."

Sie wandten sich alle an ihn. „Kurz bevor ich zum Essen gekommen bin, hat der neue Staatsanwalt angerufen. Tom hat eine Abmachung getroffen. Er wird zum Kronzeugen, genau wie er es letztes Mal getan hat, aber diesmal kommt er nicht so einfach davon. Er wird einsitzen. Ziemlich lange. Die Vorwürfe waren einfach zu ernst. Er wird lange Zeit im Gefängnis sein."

Iris dachte, sie würde sich vielleicht bestätigt fühlen, wenn sie die Neuigkeiten hörte. Sie hatte gewusst, dass Tom nicht davonkommen würde wie beim letzten Mal, und sie war dankbar, dass die Magie-Taskforce dazwischengegangen war.

Dieser Eingriff hatte Aufmerksamkeit auf die Korruption in Premonition Pointe gelenkt und eine große Ermittlung losgetreten. Viele Leute waren ins Gefängnis gegangen. Andere hatten Deals gemacht und kamen in aller Stille davon.

Die eine Überraschung war Julie. Letztlich hatten sie festgestellt, dass es Julie gewesen war, die die Magie aus Iris' hinterem Garten getilgt hatte. Sie hatte nicht vorgehabt, ihrer ehemaligen Chefin etwas in die Schuhe zu schieben. Sie hatte versucht, sie zu schützen. Julie war nicht ganz sicher gewesen, wer für den Fluch verantwortlich war, aber sie hatte Tad gehasst und Iris auf jede erdenkliche Art helfen wollen. Ihre fehlgeleiteten Taten hatten ihr Zeit auf Bewährung und eine strenge Warnung von der MTF-Agentin eingebracht. Iris hatte ihr verziehen und hoffte, dass sie mit der Zeit wieder befreundet mit Julie sein konnte.

„Na, viel Glück dann", sagte Katheryn. „Dieses Wiesel Tom habe ich nie gemocht. Er war nie gut genug für mein Baby." Katheryn legte einen Arm um Iris und zog sie in eine seitliche Umarmung.

„Danke, Mom. Ich schätze, schlechte Entscheidungen liegen in der Familie", sagte sie mit einem traurigen Lachen.

„Vielleicht, aber jetzt haben wir zwei tolle. Und nur darauf kommt es an." Sie gab Iris einen Kuss auf den Kopf, und Iris konnte sich nicht erinnern, schon jemals so glücklich gewesen zu sein.

KAPITEL SIEBENUNDZWANZIG

*C*arly Preston schnappte sich ein Glas Champagner und starrte auf die glänzenden Sterne am Himmel hinauf. In ihrem Haus am Strand feierten Stars der A-Klasse den Abschluss eines weiteren Films. Sie hatte gerade die Großmutter in einem Teenie-Drama gegeben, das sowohl überraschend witzig als auch von so viel Herz erfüllt war, dass sogar Carly bei dem bittersüßen Ende geweint hatte. Es war genau die Art Film, die wahrscheinlich Preise abstauben würde.

Nachdem sie die Runde gemacht und die anmutige Schauspielerin gegeben hatte, hatte Carly den jungen Schauspielern gratuliert, die sehr wahrscheinlich kurz vor dem Star-Ruhm standen, und war dann leise hinausgeschlüpft, damit das Ziehen in ihren Eingeweiden endlich nachließ.

Die nächtlichen Sterne hatten Carly immer zu sich gerufen. Schon von Kindesbeinen an hatte sie sich immer draußen wiedergefunden, gelauscht und gewartet, was für eine Nachricht sie wohl für sie hatten. Erst nach ihrem achtzehnten Geburtstag hatten sie eine größere, wichtigere Rolle eingenommen und nahegelegt, dass sie einen Besuch aus dem Jenseits erhalten würde.

Die Terrassentüren öffneten sich, und Carly unterdrückte ein Seufzen über die Unterbrechung, bis sie Joy, Gigi und Iris auf sich zukommen sah. Die Frauen aus dem Zirkel von Premonition Pointe waren ihre liebsten Menschen. Carly war im Lauf der Jahre mit vielen Freunden gesegnet gewesen. Sie hatte Glück im Leben gehabt, dass sie vielen Leuten wichtig gewesen war, oder zumindest wichtig genug durch ihre Karriere, dass sie ihnen am Herzen lag. Aber diese Damen waren anders. Zwischen ihnen bestand eine echte Verbindung, und Carly war dankbar, dass sie sie in ihren Kreis aufgenommen hatten, nicht weil sie eine berühmte Schauspielerin war, sondern weil sie sie tatsächlich mochten, und zwar trotz ihres Ruhms.

Joy, Carlys ehemalige Schauspielkollegin bei einem weiteren Film, kam und setzte sich neben sie. „Du bist wieder entwischt, sehe ich", scherzte sie.

Carly lachte leise. „Sieht so aus, als wärt ihr mir alle drei gefolgt."

Iris seufzte und lehnte sich an das Verandageländer. „Da drin ist ein Typ, der nicht aufhören kann, mir Fragen über die Howells zu stellen. Ich glaube, er will ein Drehbuch schreiben." Sie verzog das Gesicht. „Ich verstehe schon, dass es eine interessante Geschichte ist, aber wenn er mich noch einmal fragt, ob er das Amulett meines Dads sehen kann, glaube ich, ich werde ihn damit verfluchen."

„Du verfluchst gar niemanden mit diesem Amulett", sagte Gigi mit einem Kopfschütteln. „Das ist nicht dein Stil. Schon wahrscheinlicher schiebst du ihnen so einen Zwang unter, der dafür sorgt, dass sie Netflix und Chill wollen."

„Ich dachte, Netflix und Chill wäre ein Code, wenn man

jemanden mit ins Bett nimmt", sagte Carly. „Vielleicht kannst du diesen Trank in Sexshops verkaufen."

Iris warf den Kopf in den Nacken und lachte. „Na, das ist ja mal eine Idee. Ich würde ihnen vermutlich nichts unterschreiben, das dafür sorgt, dass sie ins Bett hüpfen wollen, aber etwas, um sie mal runterzukühlen, das ist schon eher mein Stil. Ich will einfach nur, dass alle glücklich sind. Ist das so falsch?"

„Nö", sagte Joy und lächelte sie an. „Es ist eines der Dinge, die wir an dir lieben."

Iris lächelte ihr zu und sah so zufrieden aus, dass Carly fast eifersüchtig wurde. Hatte sie sich je so gefühlt? Carly war nicht sicher. Sie mochte ihr Leben. Teufel, sie liebte es manchmal, aber Zufriedenheit war kein Gefühl, mit dem sie wirklich vertraut war. Es gab immer etwas, das einfach kurz außer Reichweite war, und sie hatte nie herausgebracht, was das sein könnte.

„Auf jeden Fall", sagte Iris, „werde ich diesem Typen nicht mein Amulett zeigen. Das wird genau dort bleiben, wo es ist, in meinem neuen Tränke-Atelier. Ich lasse es gern da. Das gibt mir das Gefühl, meinem Dad näher zu sein."

Gigi griff nach ihr und drückte ihr die Hand, und eine Art Verständnis ging zwischen ihnen hin und her. Beide hatten gemeinsam mit der Arbeit an ein paar neuen Produktlinien begonnen, die in Skylers Laden in der Stadt verkauft wurden. Sie passten gut zusammen, da sie beide Erdhexen waren. Weil Carly auch mit Kräutern und Tränken begabt war, spürte sie eine tiefere Verbindung zu den beiden als zu den anderen Hexen im Zirkel. Sie liebte sie alle, besonders Joy, die eine große Rolle dabei gespielt hatte, ihre Nichte zu finden, als sie vor einer Weile entführt worden war, aber es war nicht die gleiche knochentiefe Verbindung, die sie mit Leuten hatte, die

Gaben teilten, die ihren ähnelten. Sie verstand sie einfach auf einer tiefgehenden Ebene.

Vielleicht würde sie eines Tages herausfinden, wie sie ihre Wälle abbaute und sie einfach wissen ließ, wie viel sie ihr bedeuteten.

„Lass mich raten. Der Typ, der dich nervt, ist Barry Barstow?", fragte Carly mit gerümpfter Nase.

„Ja", sagte Iris. „Er ist irgendwie schleimig."

Carly lachte. „So sind eine Menge Hollywoodtypen. Wenn du beschließt, dass diese Geschichte erzählt werden sollte, lass es mich wissen. Ich werde dich mit Leuten in Kontakt bringen, die dich richtig behandeln und der Geschichte Gerechtigkeit angedeihen lassen. Und die Medien würden eine Menge Aufmerksamkeit auf die Wohltätigkeitsorganisation lenken, die du und Kade auf die Beine stellt."

„Hmmm. So habe ich noch nie darüber nachgedacht", sagte Iris. „Das sollte man sich mal überlegen. Trotzdem bin ich mir nicht sicher, ob ich das hier tun möchte, aber ich werde es dich wissen lassen, falls ich es mir anders überlege. Vielen Dank."

„Natürlich. Für dich und deine Zirkelgefährtinnen doch alles", sagte Carly, die es ernst meinte.

„*Unsere* Zirkelgefährtinnen", verbesserte sie Joy. „Du bist jetzt eine von uns. Das weißt du, oder?"

„Ich wusste nicht, dass ich in den Club eingeführt worden bin", sagte Carly mit einem scherzhaften Lächeln. „Ich dachte, das ginge mit einem Nacktlauf über dem Strand oder so was einher." Die Worte waren leicht und spielerisch, aber Carlys Herz ging vor Gefühlen auf. Das waren die Freundschaften, die das Leben veränderten. Die Klarheit des Augenblicks entging ihr nicht. Sie hatte ihren Kreis gefunden, und sie hatte vor, sich mit beiden Händen festzuklammern. Sie hoffte einfach nur, dass sie es nicht irgendwie vermasselte, wie sie es vor all den Jahren getan hatte.

„Die Höllenwoche fängt am Tag nach dem Labor Day an", sagte Joy. „Du wirst deinen Wochenplan von halb nackten Männern geliefert bekommen, unter dem Licht des Vollmonds, kurz vor Mitternacht am Vortag."

Die Gruppe lachte los, und Carly grinste sie einfach nur an, spürte einen Hauch der Zufriedenheit, die ihr immer entgangen war.

Die Terrassentüren öffneten sich wieder. Diesmal steckte Kade den Kopf heraus. „Hey, Iris, kannst du kurz mal reinkommen? Hier ist jemand, von dem ich will, dass du mit ihm redest."

„Aber klar." Sie entschuldigte sich, und Joy und Gigi gingen mit ihr, legten nahe, dass sie mehr Champagner brauchten.

Sofort riefen die Sterne wieder nach Carly. Sie ließ zu, dass sie sich darauf konzentrierte, wartete auf den Besuch, von dem sie wusste, dass er kommen würde. Die Welt um sie begann zu verblassen. Die leichte Brise verschwand zusammen mit dem sanften Wogen der Wellen unterhalb. Es blieb nichts als Dunkelheit und die schimmernden Diamanten über ihr.

Dann geschah es. Ein Wogen lief durch die Realität, und ihre Zwillingsschwester, die sie kurz vor ihrem achtzehnten Geburtstag verloren hatte, erschien neben ihr.

„Hey, Schwester", sagte Caydance.

Carly wandte sich an ihre Schwester, die in der Zeit gefangen war, und lächelte durch Tränen das frische Mädchengesicht mit dem langen blonden Haar und den strahlend grünen Augen an. Es geschah nicht oft, aber Carly wusste die Augenblicke zu schätzen, wenn ihre Schwester sie besuchte. „Hey, du. Lange nicht gesehen."

Caydance zuckte mit den Schultern. „Dein Leben war in

den letzten paar Jahren echt langweilig. Du weißt schon, du solltest echt mehr leben. Filmemachen und so Zeug ist ja cool, aber du bist nicht wirklich glücklich."

„Ich weiß." Es ließ sich nicht verleugnen. Sie konnte gar nichts vor ihrer Zwillingsschwester verbergen. „Wenn du hier bist, bedeutet das, dass sich etwas ändern wird, oder?" Jedes Mal, wenn ihre Zwillingsschwester im Lauf der Jahre aufgetaucht war, war direkt danach etwas Bedeutendes vorgefallen. Es war, als würde Caydance versuchen, sie auf etwas vorzubereiten.

„Ja. Ist auch echt ein Knaller."

Carly verzog das Gesicht vor ihr. „Das klingt rätselhaft. Warum bist du immer so mysteriös? Einzelheiten würden helfen, weißt du."

Ihre Schwester lächelte sie süß an. „Wo wäre denn da der Spaß?"

„Warum quälst du mich?", fragte Carly, aber es lag Humor darin. Im Lauf der Jahre hatte Carly akzeptiert, dass diese Besuche ihr nie die Antworten auf das geben würden, was immer kam. Sie waren da, um Unterstützung und Liebe von dem einzigen Menschen anzubieten, dem Carly komplett vertraut hatte.

„Ich vermisse dich", sagte Caydance, ihr Tonfall sehnsüchtig.

„Ich vermisse dich auch."

Sie saßen still da, genossen einfach die Anwesenheit der anderen, sowie sie es zahllose Male als Kinder getan hatten.

Schließlich wand sich Caydance an Carly und gab ihr die Nachricht, wegen der sie hergekommen war. „Veränderungen kommen, Carly. Große Veränderungen. Und du musst offen für sie sein."

„Was für Veränderungen?", fragte Carly, aber sie wusste, dass Caydance nicht antworten würde.

Caydance streckte sich und drückte Carlys Hand, dann verschwand sie wieder ins Universum.

Carly saß da, ließ den Schmerz, Caydance verloren zu haben, über sich strömen, durch sich hindurch, bis der Schmerz in ihrem Herzen nachließ. Dann stand sie auf und ging wieder nach drinnen.

Niemand achtete groß auf sie, während sie langsam zu ihren Zirkelschwestern ging, die sich in der Nähe des Foyers versammelt hatten. Aber kurz bevor sie bei ihnen ankam, spürte sie ein Ziehen, einen unbeherrschbaren Instinkt, zur Eingangstür zu gehen.

Mit einem Stirnrunzeln begab sie sich zur Tür. Und kurz bevor sie nach dem Türknauf griff, erklang ein Klopfen von der anderen Seite.

Ihr Herz raste, weil Carly wusste, wer immer auf der anderen Seite der Tür stand, war die Veränderung, vor der ihre Schwester sie gewarnt hatte. Davor ließ sich nicht davonlaufen. Es gab nichts, was sie tun konnte, außer sich ihr gleich zu stellen. Sie holte tief Luft, öffnete die Tür, und ihr Mund ging auf, als sie den Mann sah, der auf der Veranda stand.

„Hi, Carly", sagte Jeremiah Vance, seine Augen müde und misstrauisch.

„Jeremiah?", hauchte Carly. Sie hatte ihn über dreißig Jahre lang nicht gesehen. Nicht nach der Woche, in der sie beide ihre Geschwister in diesem schrecklichen Bootsunfall verloren hatten, und er es ihr äußerst öffentlich zum Vorwurf gemacht hatte. Neben ihrer Schwester Caydance war sein Bruder Zane ihr allerbester Freund auf der ganzen Welt gewesen. Sie beide zu verlieren, hatte sie fast zerbrochen. „Was machst du hier?"

Er schluckte schwer. „Es ist wegen Zane. Ich glaube, er lebt, und ich brauche deine Hilfe."

ÜBER DIE AUTORIN

New York Times- und *USA Today*-Bestsellerautorin Deanna Chase wurde in Kalifornien geboren und in den behäbigeren Lebensstil des südöstlichen Louisiana versetzt. Wenn sie nicht schreibt, faulenzt sie oft mit ihrem Mann in New Orleans oder spielt mit ihren beiden Shih Tzus. Weitere Informationen und Neuigkeiten zu ihren neuesten Veröffentlichungen findet man auf ihrer Website unter deannachase.com.